D1135280

Judith Visser

STUK

Eerste druk 2008
Zevende druk 2010

ISBN 978-90-225-5660-3
NUR 305

Omslagontwerp: Wil Immink Design
Omslagbeeld: Getty Images
Zetwerk: Mat-Zet BV, Soest

© 2008 Judith Visser en De Boekerij bv, Amsterdam

*Dit boek draag ik op ter nagedachtenis
aan Diny van de Manakker*

Wat gek dat ik mezelf zo zag liggen. Ik was wit, bleker nog dan gewoonlijk, met mijn haar in een lange vlecht die langs mijn hals naar beneden lag op het roze vest dat ik droeg. Er brandde een kaars, één maar, een grote lange witte. Hij stond in een kandelaar waarvan het gouden toplaagje aan het afbladderen was. Ik zag geen rouwende mensen. Sterker nog, er waren helemaal geen mensen. De zaal waarin ik lag opgebaard was leeg, er zat niemand op de stoelen. Zelfs mijn moeder was niet aanwezig. En ook in het vertrek ernaast, in de ruimte waar de mensen elkaar na afloop huilend in de armen hadden moeten vallen, troost zoekend, vol ongeloof hun hoofd moesten schudden en mompelen: 'Ze was nog zo jong, zestien pas…' bleef het stil, de koffie en cake onaangeroerd. Er werd muziek gedraaid, dat wel, maar het waren klanken die ik niet kende, iets instrumentaals, het klonk klassiek. Wie had dat uitgekozen?

Ik was terug in mijn lichaam, de paarse voering van de kist voelde koud aan in mijn nek. Een oude magere man met grijs piekerig haar, gekleed in een zwart pak, bevond zich plotseling ook hier. Hij liep naar mijn kist. Ik wilde mijn mond opendoen, hem vragen waarom ik hier lag, wie hij was, waar mijn moeder uithing op de cremaatie van haar eigen kind en wie mij in godsnaam dit vreselijke roze vest had aangetrokken. Maar ik kon me niet bewegen. Mijn stem deed het niet, mijn gezicht was bevroren en ik kon niet eens met mijn ogen knipperen.

De man glimlachte me toe, een rustige, wijze glimlach, waarmee hij leek te zeggen dat het beter was zo.

En misschien had hij wel gelijk.

Hij sloot de kist, het was donker. En benauwd. Het rook naar het zaagsel in Sattnins kooi.

Sattnin!

Wie zorgde er nu voor hem? Stel dat mijn moeder hem inderdaad naar de kinderboerderij had gebracht om hem als voer aan de slangen te geven, iets waar ze pas nog mee had gedreigd tijdens onze zoveelste ruzie? Ik moest eruit! Weg hier!

Met mijn handpalmen duwde ik tegen de bovenkant van de kist, maar er was geen beweging in te krijgen. Het deksel zat muurvast.

Plotseling was mijn stem terug. 'Nee!' riep ik. 'Laat me eruit!' Ik ramde met mijn vuisten boven mijn hoofd.

Niemand hoorde me.

De muziek was afgelopen. Voetstappen stierven weg, steeds verder, niemand reageerde op mijn geschreeuw en gebonk. Ergens werd een deur gesloten. Toen was het stil.

Thuis, in mijn kamer, lag er een ander meisje in mijn bed. Een nieuwe dochter voor mijn moeder.

Blond.

Ik werd wakker met hoofdpijn.

Een nachtmerrie waaruit ik helaas níét ontwaakte, was het Mercatus College. De hele zomervakantie had ik gehoopt dat het vierde schooljaar anders zou worden, dat er misschien eindelijk betere tijden zouden aanbreken, dat ik nu eens een keer niet bij hen in de klas zou komen. Dat ik ze alleen maar af en toe in de gang zou zien, waar ik ze tenminste kon proberen te ontwijken en er verder niets meer mee te maken zou hebben. Dat mijn eerste drie jaren op deze school gewoon waren tegengevallen en dat het nu misschien eindelijk beter zou gaan.

Maar toen ik een week voor aanvang van het nieuwe jaar per e-mail de klassenlijst kreeg toegestuurd, had ik mijn beeldscherm een knal gegeven. En nog een. Met mijn vuist. De monitor had gewankeld, maar had daarna zijn evenwicht teruggevonden en het beeld was hetzelfde gebleven, onverstoorbaar. Ik had het niet verkeerd gezien. En weer had ik me afgevraagd wie die lijsten samenstelde en hoe ze dat dan deden, of er op de computer een zooi namen door elkaar gehusseld werden en vervolgens door drieën gedeeld zodat ze drie klassen hadden, of dat er daadwerkelijk iemand was die dacht: ja, laten we Elizabeth Versluys maar in klas 4b plaatsen, gezellig bij Sabina de Ruiter, Sebastiaan Volkers en Jeremy Hasselbank. Net als de afgelopen drie jaar!

Het enige positieve aan 4b was de aanwezigheid van Alec Leeu-wenburgh, die dit jaar eindelijk bij mij in de klas zat. Voorheen had ik hem regelmatig op en rond de school gezien, waarbij hij me was opgevallen omdat hij er veel ouder en wijzer uitzag dan de andere jongens van onze leeftijd. Hij had een volwassen uit-straling, als een man in een jongenslichaam. Zoiets trok de aandacht, vooral op het met puisten bezaaide Mercatus.

Alec was altijd in het gezelschap van Riley Konings, een uit-zonderlijk knap blond meisje. Ook zij zat dit jaar voor het eerst bij mij in de klas en zij en Alec vormden een ongelooflijk mooi stel. Ik betrapte mezelf erop dat ik tijdens de les naar hen zat te staren, maar dat ging niet anders. Je móést wel naar ze kijken. Ze waren, in al hun perfectie, eindeloos fascinerend.

Ik maakte totaal geen kans bij Alec, dat wist ik heus wel. Het was onzin om verliefd op hem te zijn. Hij kwam uit een ande-re wereld, een gesloten wereld achter een deur waar ik geen sleutel van had. Zijn leven was *members only*, de vipparty waar-voor ik nooit zou worden uitgenodigd.

Hij was van Riley.

Als deze pauze was afgelopen hadden we nog één uurtje les, wiskunde, en dan kon ik eindelijk naar huis. Na de kerstvakantie was ik begonnen de pauzes door te brengen op het toilet toen ook de aula niet meer veilig was. Ondanks de twee wisselende docenten die aan de tafel op het podium zaten en daar toezicht hielden, vond Sabina toch altijd wel een manier om onopvallend chocomel over mijn broek te gooien of mayonaise in mijn haar te smeren. Op de wc kon ze in ieder geval niet bij me komen.

Toen de bel liet weten dat de pauze voorbij was, opende ik de toiletdeur en stapte naar buiten, de trap op. Langzaam liep ik over de gang van de tweede verdieping naar lokaal 2.3.

Kut.

Zowel Sabina als Jeremy en Sebastiaan stonden nog voor de deur van het lokaal, als enigen, met hun rug naar me toe, terwijl de rest van de klas zo te zien al binnen was.

Ik stond halverwege de gang stil.

Vanaf de andere kant van de gang kwam meneer Schop aangelopen, hij snelde met grote passen op het lokaal af. Hij wenkte me. 'Vooruit, Elizabeth! Waar wacht je op? De bel is gegaan, we gaan beginnen!'

Sabina, Jeremy en Sebastiaan keken tegelijk om. Sebastiaan

grijnsde. Terwijl Sabina en Jeremy achter meneer Schop aan naar binnen liepen, bleef hij staan. Vlug liep ik hem voorbij. Ik stond al met één voet in de klas toen hij me ineens ruw opzij duwde en zich voor me langs drong. 'Uitkijken, varken!'

Toen de les was afgelopen en we vrij waren liep ik als eerste de school uit. Vlug, voordat Sabina er ook zou zijn, toog ik naar de fietsenstalling en haalde mijn fiets van het slot. Maar al voor ik de fiets uit het rek haalde zag ik het.

Lekke banden. Alweer.

Ik vloekte.

Terwijl ik terug de school in liep, op zoek naar Sundar, stond Sabina samen met Denise op het schoolplein te roken. Denise bleef vaak na de laatste les nog rondhangen om op haar vriendinnen uit 4c te wachten. Ze was vreselijk arrogant omdat ze ooit een keer in de *Fancy* had gestaan en zich daardoor verbeeldde dat ze Holland's Next Top Model was, maar ze deed gelukkig niet mee aan de pesterijen.

'Moet jij nog niet naar huis, Elizabeth?' vroeg Sabina met een uitgestreken gezicht toen ik langs hen heen liep.

Ik deed of ik haar niet hoorde.

Toen ik samen met Sundar terug de fietsenstalling in liep stond ze er niet meer. Sundar was de conciërge en de held van de school. Als er een groepje jongens met elkaar op de vuist raakte dan was hij het die tussenbeide kwam, toen een meisje uit de vijfde een keer last had van haar opdringerige ex was hij het die de agressieve jongen de school uit zette. En hij was een ster in het plakken van banden. Maar ondanks de grapjes die hij zoals altijd ook nu weer maakte, en die als een tweede natuur zijn mond uit rolden, kon ik aan zijn ogen zien dat hij medelijden met me had. Het was al de derde keer deze maand.

's Avonds in bed luisterde ik naar de ademhaling van Sattnin. Hij lag zoals gewoonlijk naast me op het kussen, links van mijn gezicht. De typerende zoete geur van zijn slapende lijfje was vertrouwd, de lekkerste lucht die er bestond. Voor veel mensen was een rat ongedierte, maar dat kwam doordat ze niet beter wisten. Sattnin was mijn vriend. Hij was slim, grappig en de enige op de hele wereld die van me hield zoals ik was.

'Hoe vaak moet ik je nou nog zeggen dat je dat smerige beest niet bij je in bed moet laten?' vroeg mijn moeder regelmatig. 'Hij poept en pist op jouw kussen en jij ligt er vervolgens met je gezicht op, lekker fris!'

En ik kon haar honderd keer uitleggen dat Sattnin zindelijk was en nooit zijn behoefte buiten de kooi deed, maar ze wilde het niet horen. Mijn moeder begreep me niet en dat zou ze nooit doen ook. Ze had er geen idee van wat ik allemaal moest doorstaan op school. Als ze het wel wist dan zou ze het uit haar hoofd laten om zo negatief te doen over iets wat me juist gelukkig maakte, het énige wat me gelukkig maakte.

Wanneer ze later deze avond eindelijk uit haar werk thuiskwam en zachtjes mijn deur opende om te kijken of ik al sliep, dan zou ze Sattnin zien die zich opgerold tegen mijn wang had aangevleid en ze zou zuchtend de deur weer sluiten. Dat er haren onder mijn kussen lagen, lange strengen die ik iedere avond uit mijn hoofd trok, wist ze niet. Dat mijn hoofdhuid op het moment dat ze mijn kamer in keek nabrandde van wat ik had gedaan, wist ze evenmin. Ver nadat zij zelf naar bed ging zou ik nog wakker zijn, wensend dat de nieuwe dag wegbleef, op veilige afstand aan de andere kant van de nacht. Maar uiteindelijk viel ik toch in slaap. Het werd steeds vanzelf weer morgen.

We hadden sinds mijn vader bij ons weg was nooit meer aan tafel gegeten. Eigenlijk hadden we niet eens een echte eettafel meer, want mijn moeder gebruikte hem voor het werk dat ze mee naar huis nam. Hij was bedolven onder de mappen en dossiers. Iedere avond schepte mijn moeder ons eten in de keuken al op een bord en aten we het in de woonkamer op, zittend op de bank voor de televisie.

Onze leeggegeten borden stonden voor ons op de donkerbruine salontafel, grijze placemats eronder. De placemats waren een treffende afspiegeling van ons bestaan, kleurloos en besmeurd. De vlekken erop, gemorste stukjes vette troep, waren de pesterijen die mijn leven vervuilden. Of misschien was ik zelf wel het vuil, was de wereld een placemat en ik de vetvlek die er ongewild op was terechtgekomen.

Riley at niet zittend op de bank, dat wist ik zeker. Zij zat vast samen met haar ouders aan een mooi gedekte tafel met een schoon wit tafelkleed en een gouden kandelaar in het midden. Het kaarslicht verspreidde een warme gloed over haar gezicht en de televisie stond uit, want die hadden ze in huize Konings niet nodig om het tijdens de avondmaaltijd gezellig te hebben. In plaats daarvan voerden ze gesprekken met elkaar, vertelde Riley over haar belevenissen op school en schonken haar ouders elkaar een gelukkige glimlach omdat ze zo trots waren op hun perfecte dochter. Riley at kaviaar en gestoomde exotische groentes. Ze dronk versgeperst vruchtensap uit kristallen glazen. Het bestek was van echt zilver en werd iedere dag gewreven en gepoetst, en ze morste nooit iets. Haar ouders dronken champagne of dure rode wijn die haar vader op voorraad had in hun eigen wijnkelder onder het huis. En iedere –

Mijn moeders stem haalde me terug naar mijn eigen avondeten. 'Morgenavond moet ik weer overwerken, Lizzie. Maar ik heb in de vriezer gekeken en er liggen nog drie maaltijden. Je kunt dus kiezen welke je wilt.'

Ik keek op. Op de tv was een reclame te zien van een blond meisje dat samen met haar vriendinnen in een roze cabriolet reed en hysterisch lachte omdat ze zo blij was met haar gladgeschoren benen. Een roze scheermesje werd triomfantelijk getoond, naast de brede glimlach van het fotomodel, dat een kort wit broekje droeg en nu trots haar benen de lucht in stak.

'Lizzie? Ik praat tegen je.'

'Ik heb je gehoord,' zei ik. 'Morgen diepvriesmaaltijd.'

Mijn moeder zuchtte. 'Ik weet dat ik de laatste tijd vaak overwerk, maar dat is nu eenmaal niet anders. De vorige keer zei je dat je het begreep.'

'Doe ik ook.'

'Nou, waarom trek je dan een gezicht alsof het vreselijk is om zelf even je eten op te warmen? Er ligt zelfs nog een pizza tussen, als het goed is.'

Ik zweeg en keek weer naar de tv.

Vanuit mijn ooghoek zag ik mijn moeders vragende gezicht, de wallen onder haar ogen, de groef tussen haar wenkbrauwen. Rimpels die er een paar jaar geleden nog niet waren geweest, werden met de dag dieper. Ik voelde hoe ze naar me keek, wachtend op een reactie.

Ik stond op. 'Ik ga mijn huiswerk maken.'

'Lizzie,' zei mijn moeder nog, maar ik liep de kamer al uit.

Lizzie. Ik haatte het wanneer ze me zo noemde. Als er één naam was die niet bij me paste dan was het wel Lizzie. Ik wist heus wel dat mijn moeder graag had gewild dat ik een Lizzie was. Een mooie dochter, een knap meisje met een klein wipneusje en kuiltjes in haar wangen. Zo eentje die tenger was en op ballet zat. Die een roze haarband droeg en altijd een gezonde blos op haar gezicht had. Die veel vriendinnen had, graag lachte, sms'jes ontving, geliefd was bij iedereen.

Lizzie. Iedere keer wanneer mijn moeder me zo noemde werd ik gestoken door haar teleurstelling, de verbittering over het feit dat haar dochter nooit een Lizzie zou zijn maar in plaats daarvan die dikke ongezellige Elizabeth was. Met bril, pluishaar en glimmende neus. Die wijde truien droeg en een afkeer had van alles wat roze en meisjesachtig was. Maar die tegelijkertijd een geheime en eindeloze fascinatie had voor die onbereikbare pluchen pastelwereld waar zij zelf zo volledig buitenstond.

Het punt was dat mijn moeder geen recht van spreken had, ze zag er zelf net zo uit als ik. Een paar weken geleden nog had ik zelfs tegen haar gezegd dat ze de frustraties over haar eigen uiterlijk niet op mij moest afreageren. Even was ze stil geweest, toen had ze gezegd dat zij een carrière had waar ze zich op moest richten en dat ze geen tijd had om ijdel te zijn. Maar dat ik een jonge meid was en dat ik daarom mijn best zou moeten doen om wat leuker voor de dag te komen. Want zíj zou het wel weten als ze mijn leeftijd had, merkte ze dan voor de duizendste keer op.

Helaas sprak ze daar nog de waarheid over ook. Ze had er zelf als tiener namelijk inderdaad heel anders uitgezien dan ik nu. Ik wist dat doordat ik vroeger, toen mijn oma er nog was, vaak bij haar door oude fotoalbums had gebladerd. Zittend op de ge-

zellige bank met de zachte lichtgroene kussens had ik gebiolo-
geerd naar de foto's gestaard van mijn moeder als meisje van
mijn leeftijd. En ook toen mijn moeder met mijn vader trouwde was ze nog steeds een aantrekkelijke vrouw geweest. Slank en
met een vrolijk gezicht. Haar aftakeling was pas begonnen toen
ik naar groep acht ging en zij haar werk als accountant weer op-
pakte. Ineens verschenen er hooggesloten blouses in haar kledingkast en verdwenen de leuke jurkjes naar zolder. Ze stopte
met het highlighten van haar bruine haar en voor sporten was
geen tijd meer, het werk ging voor. Haar uiterlijk veranderde.
Mijn moeder werd log en zwaar, verruilde haar lenzen voor een
bril en droeg ook in de weekenden haar haar in een vlecht.
   Mijn vader bleef steeds vaker en langer weg.

Toch was het als een schok gekomen, de mededeling dat mijn
vader 'ergens anders ging wonen'. Het gebeurde precies in de
zomer voordat ik naar de middelbare school zou gaan en vlak
voordat we met zijn drieën naar Italië zouden vertrekken voor
een vakantie die uiteindelijk nooit is doorgegaan.
   'Maar wáár ga je dan wonen?' had ik verbaasd gevraagd. Ik
kende genoeg jongens en meiden van wie de vader en moeder
uit elkaar waren, maar míjn ouders zouden zoiets stoms toch
zeker niet doen? Scheiden was iets dat andere ouders deden,
niet die van mij. Dat bestond niet.
   'Ik ga een tijdje naar het buitenland, Liz, voor mijn werk.
Naar Amerika.'
   Waarom mijn ouders niet gewoon meteen eerlijk waren geweest en me duidelijk hadden verteld dat hun huwelijk voorbij
was, wist ik niet. Misschien wilden ze me voorzichtig aan het
idee laten wennen, misschien dachten ze dat ik nog een kind
was dat het toch niet zou begrijpen. Maar ik was niet gek. Ons
huis had dunne muren en vaak kon ik de gesprekken tussen
mijn ouders letterlijk verstaan. Mijn moeder, die met een van

emoties overslaande stem telkens over ene Rachel begon en deze vrouw een slet en een hoer noemde. Mijn vader, die haar zwaar geïrriteerd waarschuwde niet zo hard te praten en uiteindelijk de deur uit stormde, keer op keer.

Ik hield me op die momenten stil in mijn slaapkamer, waar ik samen met Rudy diep wegdook onder het dekbed en wachtte tot alles weer rustig werd. Rudy voelde mijn verdriet, lag naast me en likte mijn tot vuisten gebalde handen. Hij begreep er net zo weinig van als ik. Een paar weken later, toen mijn vader al naar Amerika was, moest ik afscheid van hem nemen. Hij was dertien geweest, één jaar ouder dan ik. Hij had een hersentumor en er was niets meer aan te doen. Volgens de dierenarts had hij ondraaglijke hoofdpijn waardoor hij overgevoelig was voor geluid. Zelfs iets simpels als een rinkelende telefoon deed hem onder de tafel wegkruipen van ellende en de dierenarts had gezegd dat het niet eerlijk was om hem nog langer te laten lijden.

We waren alleen gegaan, op die laatste dag. Hij en ik. Ik wilde zelf afscheid van hem nemen, zonder mijn moeder erbij. Ze zou mijn laatste moment met hem alleen maar verpesten met haar aanwezigheid, er toch niets van begrijpen. Hem achterlaten op de koele roestvrijstalen tafel was het moeilijkste wat ik ooit had moeten doen. Rudy's ogen waren gesloten, het was bijna alsof hij alleen maar sliep, maar volgens de dierenarts was het gebeurd. Voorbij. Terug naar huis liep ik langzaam, mijn hoofd gebogen en Rudy's riem in mijn hand. Mijn schaduw op de stoep zag er kaal en verlaten uit zonder die van Rudy ernaast. Toen ik in de straat aankwam zag ik zijn mand buiten bij het vuilnis staan. Zijn mand, waar hij eerder die middag nog nietsvermoedend een dutje in had gedaan, was door mijn moeder meteen weggegooid alsof het niets was. Ik rende ernaartoe, trok het bij het afval vandaan en zakte door mijn knieën. Met mijn handen streelde ik de binnenkant van de stoffen mand, zag de afdruk van zijn lijf er nog in, zijn haren, ik kon zijn warmte bijna nog voelen. Ik huilde. Ik huilde totdat ik het gezicht van de buurvrouw voor het raam zag verschijnen en even later mijn moeder naar buiten kwam, geschrokken. 'Lizzie! Kom naar binnen, wat doe je?'

'Je hebt zijn mand bij het vuil gezet! Bij het vuil! Hoe kon je?' Ik hoorde de snikken in mijn stem, wist dat de buren het ook hoorden, maar het interesseerde me niet.

Mijn moeder trok aan mijn arm. 'Kom mee, Lizzie. Ik vind het ook heel erg, heus. Maar Rudy is er niet meer en zijn mand brengt hem niet terug.'

Ze begreep het niet. Ze was zomaar vergeten hoe hij en ik samen waren opgegroeid, dat hij mijn eerste maatje was geweest. Hoe ik, toen ik nog geen jaar oud was, had leren lopen door me aan zijn halsband vast te klampen terwijl ik door de huiskamer waggelde en hij geduldig naast me liep. Het enige waar mijn moeder nog aan kon denken was de scheiding.

Later die vakantie, toen mijn vader al bijna drie weken weg was, had mijn moeder me na lang aandringen eindelijk verteld wie die Rachel nu eigenlijk was. Ze was een Amerikaanse vrouw die mijn vader via zijn werk had leren kennen. Mijn vader en zij waren verliefd op elkaar geworden en hij woonde nu bij haar in Amerika. Dat was mijn moeders versie van het verhaal en meer dan deze beknopte details wilde ze er niet over kwijt. Wanneer ik doorvroeg, perste ze haar lippen stijf op elkaar en staarde voor zich uit. 'Het heeft geen zin om het erover te blijven hebben, Lizzie. Jouw vader heeft zijn keuze gemaakt en meer valt er niet te vertellen.'

Nog geen week later kreeg ik haar zelf te zien. Want alsof het vertrek van mijn vader en het overlijden van Rudy nog niet genoeg was geweest, overleed mijn oma die zomer. Ik kon het niet geloven. Mijn oma, mijn geweldige lieve oma was volledig onverwachts in haar slaap overleden.

'Niet waar,' zei ik toen mijn moeder het me vertelde. 'Ik geloof je niet. Je liegt.'

Zelfs toen ik haar een paar dagen later zag liggen, in haar kist, nadat mijn moeder me nog had afgeraden om te gaan kijken, was het niet te bevatten dat dit echt gebeurde. Het was een grap, dat kon niet anders. Mijn oma zou straks ineens haar ogen opendoen, iedereen laten schrikken en schateren: 'Haha! Waren jullie daar even mooi ingetrapt allemaal, of niet?'

Maar ze opende haar ogen niet. Ze hield ze dicht, haar korte grijze wimpers rustend op ingevallen wangen die ineens een heel andere kleur hadden dan normaal. Ik wilde vooroverbuigen en haar kussen, op haar voorhoofd. Ik wist zeker dat ze het zou voelen. Maar ik durfde niet.

Mijn vader had het in zijn hoofd gehaald dat het geen kwaad kon om Rachel die dag mee te nemen. Hij zag het probleem er niet van in dat mijn moeder, op de begrafenis van haar eigen moeder, oog in oog kwam te staan met de vrouw voor wie haar man haar had verlaten. Iemand die zonder overleg haar plaats had ingenomen en die tijdens de plechtigheid zelfs op de eerste rij zat, naast mijn vader, op slechts een paar stoelen afstand van mij en mijn moeder. Ze zag er heel anders uit dan ik me had voorgesteld. Ze was blond en absurd slank. Ik keek van haar naar mijn moeder, die naast me zat en die ik voor het eerst in mijn hele leven onbeheerst zag huilen, haar gezicht nat en vlekkerig en haar neus rood. De twee vrouwen hadden niet méér van elkaar kunnen verschillen.

Mijn oma keek me aan vanaf de foto die ingelijst op de kist stond, ze doorgrondde mij zoals mijn oma dat altijd kon. De tranen brandden achter mijn ogen en ik moest knipperen om ze tegen te houden en op mijn lip bijten om ze weg te slikken, want ik wist dat als ik eenmaal zou beginnen met huilen ik niet meer zou kunnen stoppen. Misschien wel nooit meer. Door mijn traanvocht heen zag ik mijn vader, die eruitzag alsof het hem allemaal niet raakte. Zijn ogen waren droog, zijn gezicht onbewogen en zijn hand lag op de in een zwarte panty gehulde dij van Rachel.

Het was in de ontvangstruimte, voordat de crematie begon, de eerste keer geweest dat ik mijn vader weer zag sinds hij was vertrokken. En terwijl ik aan de ene kant niets liever had gewild dan als een klein kind op hem af te rennen, in zijn armen te springen net als vroeger, mijn ogen te sluiten en te doen alsof er helemaal niets was veranderd en hij nooit bij me was weggegaan, wilde ik hem tegelijkertijd aanvliegen, toeschreeuwen, haten en daarna hard op de tenen stampen van de vrouw die naast hem stond. Haar hairextensions lostrekken, een ladder in haar panty maken, haar magere lijf een duw geven en antwoord eisen op de vraag hoe ze in vredesnaam kon denken dat het oké was om een vader zomaar bij zijn eigen dochter vandaan te lokken.

Maar in plaats daarvan had ik mijn vader de rug toegekeerd en me bij mijn moeder gevoegd, die zwijgend tussen haar zussen in stond te snuffen en een druppel aan haar neus had hangen. Op dat moment wist ik niet voor wie ik een grotere afkeer voelde: voor Rachel of voor haar. Zij had mijn vader zomaar laten gaan. Hoe kon ze? Als zij zichzelf niet zo had laten verslonzen en bovendien niet alleen maar aandacht voor haar werk had gehad, was er geen gat in hun huwelijk gekomen en was hij nooit verliefd op een ander geworden. Dat wist ik zeker. Ze stond wel te huilen, maar ze besefte niet eens hoe dit voor míj was. Al was het mij zelf natuurlijk ook niet gelukt mijn vader bij me te houden. Hij was liever bij die blonde vrouw – die met een zelfverzekerd gezicht om zich heen keek alsof het volslagen normaal was dat ze hier aanwezig was terwijl ze mijn oma niet eens had gekend – dan bij zijn eigen dochter. Er was iets enorm mis met mij, dat kon niet anders.

De rest van de crematie verliep in een waas. Ik vond troost in het vooruitzicht dat ik ooit mijn oma weer zou zien, dat ze op me wachtte in de hemel waar ze het zo vaak over had gehad. Mijn ouders waren geen van beiden gelovig, maar mijn oma wel en ze had me verteld over de mooie plek waar mensen heen gingen wanneer ze het aardse leven achter zich lieten. Terwijl de toespraak van oom Jeff naar de achtergrond vervaagde, hoorde ik in mijn hoofd haar stem, zag ik weer voor me hoe haar ogen glansden toen ze sprak over die andere wereld, waarin volgens haar mijn opa leefde en waar iedereen gelukkig was.

Naast mij ging mijn moeder steeds harder huilen en ze moest uiteindelijk door mijn tantes ondersteund worden toen we naar een andere ruimte liepen, waar drankjes klaarstonden en iedereen ineens veel meer belangstelling had voor het begroeten van oude vrienden en bekenden dan voor het feit dat mijn oma in de zaal ernaast eenzaam en koud in een kist was achtergebleven. Mijn vader was er ook, in die ruimte, en kwam recht op me af lopen. Zijn gezicht stond ernstig. Waar had hij Rachel zo snel gelaten?

'Liz,' zei hij.

Ik zat op een stoel, aan een tafel bij mijn nichtjes, die druk met elkaar in gesprek waren, en keek hem aan. Ik bewoog niet, was versteend.

Hij kwam bij me staan, legde zijn hand op mijn schouder. 'Liz…'

Vanuit mijn ooghoek zag ik mijn moeder, die nog steeds bij mijn tantes stond, haar hoofd mijn kant op draaien. Haar ogen werden groot toen ze mijn vader zag.

Ik keek naar de hand van mijn vader. Zijn trouwring was er net als bij mijn moeder vanaf, de huid was gebruind. En toch was het nog steeds de hand van mijn vader, míjn vader. Aan wie ik nog zo veel wilde vragen. Die ik miste, ondanks alles wat er was gebeurd.

'Papa,' zei ik zachtjes.

'Wat doe jij hier?' klonk de stem van mijn moeder ineens naast ons, luid. 'Waar heb je die blonde hoer gelaten?'

'Anne, alsjeblieft,' zei mijn vader dringend. 'Niet hier, niet nu.'

'Niet hier?' krijste mijn moeder. Mijn nichtjes waren stil geworden, iedereen keek naar ons, ik voelde het. 'En waarom niet? Mogen de mensen hier soms niet weten wat voor smeerlap jij bent? Dat je niet durft toe te geven dat je al maandenlang een verhouding had met die gratenbaal? Met die del? En dan nu proberen jezelf schoon te praten bij Lizzie zeker? Nou –'

Mijn vader had zijn hand van mijn schouder gehaald. 'Het spijt me, Liz,' zei hij. 'Ik had even rustig met je willen praten, maar daar krijg ik geen kans voor. Ik ga.'

'Ja, ga!' schreeuwde mijn moeder. 'Je hebt hier niets te zoeken. Ga!'

Zonder haar nog aan te kijken draaide mijn vader zich om en liep weg. Ik stond op, maar mijn moeder drukte me terug in mijn stoel. 'Hier blijven, Lizzie.'

'Houd je kop!' Ik duwde haar arm opzij en kwam weer overeind. Snel liep ik achter mijn vader aan. Zijn lange gestalte, gekleed in een donker pak, verdween met grote passen door de gang en ik moest bijna rennen om hem bij te houden. Juist toen ik hem wilde roepen, zag ik Rachel, die bij de ingang op hem stond te wachten.

Hij kuste haar, hand in hand liepen ze naar buiten.

Met mijn moeder had ik hem nooit zo zien lopen.

Ik draaide me om.

Als gevolg van de scheiding van mijn ouders besloot mijn moeder het huis in Dordrecht, de woning waarin ik mijn hele leven had gewoond en waarin overal herinneringen lagen, te verkopen. Veel vlugger dan ik had verwacht verhuisden we naar een flat in Rotterdam, de stad waar mijn moeder had gewoond voordat ze met mijn vader trouwde en waar ze haar leven weer kon oppakken. Aan míjn leven werd blijkbaar niet gedacht. Dat ik nu ineens naar een hele andere middelbare school moest dan dat we hadden gepland, was voor haar niet meer dan een kiezelsteentje op de weg. En ze ging zo op in haar eigen drama dat ze er blind overheen croste, zonder te beseffen dat ik op de achterbank zat en wagenziek was, dat ik het raam wilde opendoen om te kotsen, al mijn verdriet eruit te braken en het liefst over haar heen zodat ik misschien eindelijk eens tot haar zou doordringen.

Dat mijn moeder er sowieso geen fuck van begreep bleek wel toen ze na de dood van Rudy opmerkte dat het misschien maar beter was zo, omdat er in de flat waar we zouden gaan wonen toch niet genoeg plek voor hem zou zijn geweest. Ze meende het nog ook, aan haar gezicht kon ik zien dat ze echt geloofde dat ze me troostte met zo'n idiote opmerking.

En dat al mijn klasgenootjes van de basisschool naar het Calvino College in Dordrecht gingen en ik als enige naar een onbekende school in Rotterdam-Zuid moest, was in haar ogen juist goed. 'Zie je dat dan niet, Lizzie? We maken allebei een nieuwe start. Dit is een fris begin, maak er wat van!'

Zo geweldig was dat 'frisse begin' niet. Niet alleen ging het gepaard met extra kilo's die, doordat ik steeds meer was gaan eten, snel maar bijna ongemerkt aan mijn lichaam waren blijven kleven, het was alsof mijn hele leven een totaal andere wending had genomen vanaf het moment dat mijn vader me vertelde dat hij wegging. Nog geen half jaar eerder was ik samen met Esther en Annemieke en onze moeders naar de open dag van het Calvino College geweest. Het had me een leuke school geleken. Het had als een spannend vooruitzicht voor me gelegen: naar een nieuwe school te gaan, het kinderachtige basisonderwijs achter me te laten en een nieuwe periode in mijn leven in te stappen. Dagen waarin er ieder uur een ander vak werd gegeven, met allemaal verschillende leraren. Mensen van zestien en zeventien die al bijna volwassen waren zouden in hetzelfde gebouw rondlopen als wij. Lunch in een kantine in plaats van thuis of bij mijn oma, iedere dag een ander rooster – het leek een oneindig interessante en spannende nieuwe wereld. En al zou volgens mijn moeder het Mercatus College vast minstens zo leuk worden als het Calvino zou zijn geweest, ik geloofde er niets van.

Twee dagen voordat mijn eerste jaar op Mercatus begon was ik bij Annemieke thuis geweest, in Dordrecht. Zij en Esther hadden een soort afscheidsfeestje voor me georganiseerd omdat we elkaar waarschijnlijk niet veel meer zouden zien. Het broertje van Annemieke, Roy, had een nestje jonge ratjes in de kooi op zijn kamer en liet dit trots aan mij zien. Ik was meteen verliefd geworden op de donkerste uit de groep, een grijs en piepklein beestje met een roze neusje, donzige vacht en glanzende kraaloogjes die nieuwsgierig naar me opkeken.

'Je mag hem hebben als je wilt,' had Roy gezegd. 'Ik zoek nog een tehuis voor ze, want ik kan ze natuurlijk niet allemaal zelf houden.'

Opgetogen had ik Sattnin mee naar huis genomen, in een wollen muts van Annemiekes vader. De hele weg naar huis, met de trein en de metro, had ik de muts stevig met beide handen vastgehouden terwijl ik de kleine Sattnin lieve woordjes toefluisterde. Thuis pakte ik een van de verhuisdozen die nog in mijn kamer stonden van de grond, kieperde de inhoud eruit en bedekte de bodem met krantensnippers en wol. Het eten dat Roy me in een boterhamzakje had meegegeven, strooide ik in een hoekje en voorzichtig zette ik Sattnin neer in zijn tijdelijke huis. Morgen zou ik een mooi hok voor hem kopen bij Rob's Dierenshop, met een voerbak en een drinkfles en alles wat hij maar nodig had. Glimlachend was ik samen met Sattnin op mijn bed gaan zitten en had hem tegen mijn wang gedrukt. Het was voor het eerst in weken dat er weer iets moois in mijn leven gebeurde.

Maar toen mijn moeder thuiskwam en mijn nieuwe vriendje zag, flipte ze. 'Zo'n vies beest wil ik niet in mijn huis!' had ze uitgeroepen. 'Ratten dragen ziektes met zich mee, Lizzie. Je kunt hem niet houden.'

'Je bent gek!' zei ik. 'Dit is nog maar een baby, hij is zes weken! Het is geen wilde rioolrat met builenpest, het is een huisdier! Míjn huisdier, een schoon beestje! En morgen ga ik een kooi voor hem kopen.'

'Morgen breng je hem terug naar Annemieke,' zei mijn moeder beslist. 'En anders geven we hem aan de kinderboerderij.'

'Die gebruiken hem als slangenvoer, dat weet je net zo goed als ik! Je hebt zelf gezegd dat je na Rudy geen hond meer wilt, dus nu heb ik een rat, of jij het nu leuk vindt of niet. Hij is van mij en hij blijft van mij en jij blijft eraf.'

Mijn moeder had haar ogen samengeknepen en ze had gezwegen.

Uiteindelijk, toen ook ik niets meer zei maar met mijn armen over elkaar terug bleef staren, zei ze: 'Als je er maar voor zorgt dat hij nooit ontsnapt. Ik wil hem nergens anders zien dan in jouw kamer, denk daaraan.'

Twee dagen later was het Sattnin bij wie ik 's avonds troost vond, zijn donzige vacht vochtig van mijn tranen. Ik had geprobeerd Annemieke te bellen, haar te vragen hoe hún eerste dag op de nieuwe school was geweest, maar haar moeder zei dat ze er niet was. Haar mobiel werd niet opgenomen en ze belde me ook niet terug. Ze waren me nu al vergeten.

Ik pakte de foto van mijn oma uit mijn portemonnee, streek zachtjes met mijn wijsvinger over het gladde papier. 'Was je nog maar hier,' zei ik zachtjes. 'Ik mis je zo.'

Ik drukte de foto tegen mijn borst. Mijn moeder was nog niet eens thuis uit haar werk, ze had er geen idee van wat voor dag ik had gehad. Zelfs op mijn eerste schooldag werkte ze gewoon tot 's avonds laat over.

'Het was zo vreselijk, oma,' fluisterde ik. 'Er waren alleen maar groepjes, alsof iedereen elkaar al jarenlang kende. En omdat ik niet meteen het juiste lokaal kon vinden van het eerste uur, kwam ik als enige pas binnen toen iedereen er al zat. Ze hebben om me gelachen, oma, en de enige tafel die nog vrij was stond helemaal vooraan. Vervolgens heb ik de rest van de dag in ieder lokaal steeds op die plek gezeten, en steeds alleen.'

Mijn oma's blik was nog steeds hetzelfde. Vroeger zou ze nu knikken, een arm om me heen hebben geslagen, rooibosthee voor me zetten. Ze zou naar me luisteren, me het gevoel geven dat ik niet alleen was. Maar dat was ik wel. En Mercatus was een ramp.

In de pauze had ik me afzijdig gehouden, was in de hoek van de aula blijven staan waar ik zag dat ik de enige was die uit een broodtrommel at. Iedereen kocht eten in de kantine.

Toen de dag eindelijk voorbij was en ik naar mijn fiets toeliep, was ik langs een groepje van twee jongens en een meisje gekomen die ik herkende van mijn klas. Het meisje, Sabina heette ze, dacht ik, was in de fietsenstalling aan het zoenen met een van de jongens. Ik deed alsof ik niets zag en liep snel door.

'Hé!' riep ze me na. 'Stond je te gluren? Ik zag je wel, hoor!'

'Zeker nog nooit twee mensen zien zoenen,' zei de jongen die, volgens mij, Sebastiaan heette.

Ik negeerde ze, liep verder, maar een ruk aan mijn schouder bracht me tot stilstand. Sabina stond achter me. 'Ik vroeg je wat.'

'Ik heb niets gezien.'

Sabina lachte. 'Kijk nou, jongens, die dikzak wordt helemaal rood!'

De twee jongens kwamen er ook bij staan. 'Deze trol zit bij ons in de klas, toch?' vroeg Sebastiaan.

Sabina knikte. 'Helaas wel. Te stom om het juiste lokaal te vinden en te vadsig om voorbij te kunnen lopen zonder dat ik me eraan stoor.'

'Ik wil geen trol in de klas,' zei de andere jongen. Hij gaf me een duw. 'Oprotten, jij!'

Toen ik even later met mijn fiets langs hen reed, riep Sabina me dreigend na: 'Tot morgen!'

Toen mijn moeder 's avonds eindelijk thuiskwam stond ik in de keuken pindakaas uit de pot te lepelen. Op haar vraag hoe het was gegaan, antwoordde ik kort. 'Ik ga niet meer naar Mercatus. Ik ga naar Calvino.'

Mijn moeder keek me geërgerd aan. 'Doe niet zo achterlijk.'

'Ik meen het. Het kan me niet schelen dat ik dan een eind moet reizen iedere dag, maar hier ga ik niet meer naar terug. Echt niet.'

'Stel je niet zo aan, zeg. Je geeft het niet eens een kans! Een eerste dag op een nieuwe school in je eentje is altijd eng, dat geldt voor iedereen.' Ze vroeg niet eens wat er dan was gebeurd.

'Ik ga naar Calvino,' herhaalde ik.

'Zolang ík jouw schoolgeld betaal, bepaal ík naar welke school jij gaat, Elizabeth. Je woont nu in Rotterdam, dus ga je naar een Rotterdamse school.'

Ik zette de pindakaas terug en stampte naar mijn kamer. De deur trok ik met een klap achter me dicht.

Het was abnormaal hoe overdreven Denise achter Alec aanliep. Ze deed echt alles om zijn aandacht te trekken, had zelfs geprobeerd bij Riley te slijmen om zo bij Alec in de buurt te komen. Riley was er niet op ingegaan, maar Denise gaf niet op. Ze droeg extreem korte rokjes waarin ze voorover bukte wanneer Alec langsliep en hield zichzelf zolang hij geen oog voor haar had tevreden met jongens die wél geïnteresseerd waren in haar makkelijkheid.

Denise was een van de leerlingen die van een andere school waren ingestroomd. Na de herfstvakantie was ze ineens bij ons in de vierde terechtgekomen omdat ze door 'problemen thuis' niet goed had kunnen functioneren op haar oude school. Maar in plaats van zich afwachtend en bescheiden op te stellen, zoals andere instromers meestal deden, had ze met een enorme hoeveelheid zelfvertrouwen al binnen een paar dagen een bevoorrechte positie in de klas verworven, waarbij ze hoofdzakelijk met de oudere meisjes zoals Sabina omging. Ze had dan wel niet de elitaire opperstatus die Riley had, maar ze werd zeker niet getreiterd zoals ik. Binnen haar eigen kringetje van meelopers was ze populair en bovendien had ze een grote mond, waarmee je bij voorbaat verschoond leek te blijven van pesterijen. Misschien had ik dat ook moeten doen toen ik voor het eerst op Mercatus aankwam. Gewoon brutaal doen tegen iedereen en zelf geloven dat ik stoer was, dan kwam het in niemand op om je lastig te vallen. De enige door wie Denise uitgelachen werd was Iwan, die haar regelmatig belachelijk maakte in zijn raps. Iwan was samen met Alec en Jurgen een van de meest volwassen jongens uit de klas. Hij hield zich rustig, schreef tijdens de lessen op zijn gemak raps in plaats van aantekeningen en bracht die vervolgens in de aula of op het schoolplein ten gehore. Hij was populair, maar wekte niet de indruk dat hij daar waarde aan hechtte.

De zelfverzekerde soepelheid waarmee Denise zich op Mercatus had gevestigd, leek in niets op de manier waarop ik zelf vier jaar eerder stil en schuchter mijn hoofd om de hoek van de school had gestoken. Als een bange muis met overgewicht was ik aan de brugklas begonnen, nog in shock van de vreselijke zomer die achter me lag. De overgang van het comfortabele badwater van groep acht naar de koude diepte van de middelbare school was iets waar ik niet aan had kunnen wennen. In een wereld waar gerookt werd op het schoolplein, de meisjes make-up droegen en strakke spijkerbroeken, en waar iedereen me leek uit te lachen als ik alleen maar voorbijliep, was ik al vanaf de eerste dag een veel te makkelijk doelwit geweest voor Sabina en haar vriendjes.

Voor Denise was dat allemaal heel anders. Denise was al zestien toen ze op Mercatus aankwam. Ze had uitdagende foto's van zichzelf in haar agenda geplakt en beweerde ingeschreven te staan bij Max Models. Ze was zo dun dat haar ribben te zien waren als ze een strak truitje droeg. Met haar lange zwarte haar, getinte huid en te sexy kleding was ze het tegenovergestelde van het type waar Alec op viel, maar die realiteit kreeg geen kans om door de dikke laag plamuur op Denises gezicht heen te dringen en haar hersenen te bereiken. Ze was ervan overtuigd dat ooit het glorieuze moment zou aanbreken waarop

Alec haar zonnebanklichaam zou verkiezen boven de fragiele bleke schoonheid van Riley. En totdat het zover was teerde ze op de foto's die ze van hem maakte met haar mobiel en fantaseerde ze, wanneer ze zich tijdens de pauze in de toiletten liet betasten door de blowende jongens uit de vijfde, dat het Alecs handen waren die ze op haar billen voelde.

'Elizabeth,' zei meneer De Boer toen maatschappijleer was afgelopen en het lokaal leegstroomde, 'blijf jij even hier?'

Verbaasd keek ik hem aan. 'Nu?'

Hij knikte.

Terwijl de rest van mijn klas de gang op liep, naar buiten ging en de vrijheid omarmde, bleef ik staan. Dit was ons laatste uur en omdat ik wist dat Sabina langs Sundar moest om haar mobiel terug te krijgen die tijdens wiskunde door meneer Schop in beslag was genomen, zou dit eigenlijk het perfecte moment zijn geweest om te ontsnappen. Nu dat niet ging zou Sabina straks alle tijd hebben om me buiten op te wachten. Ik zuchtte. Meneer De Boer had geen idee wat hij aanrichtte.

En wat wilde hij van me? Waarom dachten leraren toch altijd maar dat ze zich met je leven konden bemoeien? Ik kwam naar school, ik deed mijn huiswerk, ik veroorzaakte geen opschudding in de les en ik was nog nooit een jaar blijven zitten. Waarom was dat niet genoeg? Ik was nota bene een vierdeklasser, geen brugsmurf meer die begeleiding nodig had. Waarom lieten ze me dan niet met rust? Want ik wist heus wel waar dit gesprek over zou gaan, het was niet de eerste keer dat een docent zich geroepen voelde mij te helpen. In de brugklas hadden ze mijn situatie eerst even aangekeken, waarschijnlijk omdat ze ervan uitgingen dat ik nu eenmaal nog even mijn draai moest vinden in deze onbekende omgeving. Maar toen ze zagen dat ik me juist steeds meer afzonderde kwamen er pogingen om met me te praten. Ze deden alsof alles goed zou komen als ik simpelweg vertelde wat er aan de hand was en hoe dat kwam. Dat ze namelijk hadden geconstateerd dat het 'niet helemaal goed' met me ging.

Misschien was het beter geweest als ze juist wél meteen al in de eerste klas hadden ingegrepen, in plaats van het zover te laten komen. Niet dat ik ze verteld zou hebben van mijn vader of mijn oma en Rudy of zelfs maar over de verhuizing en al die andere shit, maar misschien zou ik dan wél beter opgewassen zijn geweest tegen het gepest. 'Je staat er niet alleen voor, Elizabeth,' zouden ze gezegd kunnen hebben. 'Er zijn mensen bij wie je terecht kunt.' Maar zo was het niet gegaan. Toen ik in de eerste zat deden Sabina, Jeremy en Sebastiaan dat jaar voor de tweede keer omdat ze alle drie waren blijven zitten. Hierdoor verbeeldden ze zich dat ze alles al wisten en superstoer waren, en mij pesten was een makkelijke manier om dit aan de rest van de klas te tonen.

Het gebaar van meneer De Boer dat ik tegenover hem moest komen zitten, aan de voorste tafel bij het raam, haalde me uit mijn gedachten en zwijgend nam ik plaats. Op de gang liepen jongens en meisjes langs, zware rugtassen aan hun schouders. Sommigen keken nieuwsgierig naar binnen, anderen waren te druk met elkaar in gesprek om me te zien. Ik draaide in mijn stoel en keek de andere kant op, het raam uit.

Toen meneer De Boer begon te praten, keek ik hem aan. Zijn gezicht stond oprecht bezorgd, waarschijnlijk geloofde hij zelf dat hij iets goeds deed. Net zoals de leraren vóór hem ging hij, na de verplichte belangstelling hoe het met me ging, vrijwel meteen over op mijn 'positie in de klas'. Het was hem opgevallen dat ik niet happy was op school. Dat ik eigenlijk altijd alleen was en dat ik geen contact leek te hebben met de andere leerlingen.

'Moet dat dan?' mompelde ik.

Hij negeerde mijn vraag. 'Wil je misschien dat ik het er eens met je moeder over heb? Er komt binnenkort een ouderavond aan en –'

'Nee, zeg!'

Verbaasd keek hij me aan.

Ik schraapte mijn keel, ging rechtop zitten.

'Elizabeth,' zei hij nadrukkelijk, 'je zult er toch een keer met iemand over moeten praten. Sommige dingen kun je nu eenmaal niet in je eentje oplossen.'

Ik keek weer uit het raam, het schoolplein op, waar Jeremy en Sebastiaan luidruchtig op hun Citta's heen en weer scheurden, Sabina bij Jeremy achterop. Dat het daar helemaal niet mocht, maakte voor hen niet uit.

'Het is niet op te lossen.' Mijn binnensmondse opmerking was nauwelijks te verstaan. Beneden, aan de andere kant van het raam, reden Jeremy en Sebastiaan weg. Sabina zat nog steeds achterop. Ik keek naar ze tot ze uit het zicht waren. Dat was een meevaller, ik kon straks in ieder geval direct naar huis.

'Wat zeg je?' vroeg De Boer.

Ik schudde mijn hoofd. 'Niets. Laat maar.'

Zijn verwarde gezicht negerend, schoof ik mijn stoel naar achteren en stond op. 'Bedankt voor uw bezorgdheid, maar die is nergens voor nodig.'

Ook De Boer ging staan en legde zijn hand op mijn arm. Meteen deed ik een stap naar achteren. Hij zuchtte. 'Luister, Elizabeth, ik kan een gesprek voor je regelen met mevrouw Emans. Ik denk namelijk dat je er veel aan zult hebben om eens met haar te praten.'

Mevrouw Emans, die godsdienst gaf, was de vertrouwenspersoon op het Mercatus College. Als je ergens mee zat dan kon je bij haar 'op de thee', zoals ze het zelf noemde. Ze had er een speciaal kamertje voor. Soms nodigde ze zelf mensen uit, dan zei ze aan het begin van de les: 'Andrea, ik wil jou graag uitnodigen om woensdag in de grote pauze bij mij op de thee te komen,' maar je kon ook op eigen initiatief een afspraak met haar maken. Tot nu toe was ik er al drie jaar lang onder uitgekomen, hoofdzakelijk door ervoor te zorgen dat ik zo min mogelijk opviel in haar lessen.

Ik hees mijn tas over mijn schouder. 'Praten? Wat schiet ik daarmee op?'

'Misschien dat zij je kan helpen. Probeer het maar eens een keer. Dat kan nooit kwaad, toch? En je kunt haar volledig vertrouwen, alles wat je tegen haar zegt blijft tussen jullie. Ze staat niet voor niets bekend om haar discretie.'

Dat was weer typisch iets voor een volwassene, te denken dat door een simpel gesprek alle problemen konden worden opgelost. Praten loste helemaal niets op. De Boer was zelf waarschijnlijk nooit gepest, anders zou hij me wel beter begrijpen.

'Is niet nodig. Ik red me wel.' Zonder verder nog wat te zeggen liep ik het lokaal uit, de deur liet ik open staan.

Onderweg naar huis begon het te regenen, eerst kleine druppels, toen grotere en steeds meer. Binnen een paar minuten was ik doorweekt. De wind blies in mijn rug en rukte de zijplukken van mijn haar uit mijn vlecht en de natte koude strengen plakten tegen mijn wangen. Straaltjes regen drupten via de kraag van mijn jas naar binnen, sijpelden naar beneden. Zoals zo vaak wanneer ik hier fietste, op de Slinge, de lange geasfalteerde route waar auto's, bussen en fietsers allemaal dezelfde ruimte deelden, sloot ik mijn ogen en fietste een paar seconden blind verder. Trappen ging vanzelf, de wind duwde me voort. In niets dan duisternis klonken de geluiden van het verkeer om me heen extra luid, voelde ik mijn stuur naar links neigen, had ik geen idee of ik nog aan de rechterkant van de weg fietste of in het midden tussen de auto's. Steeds als ik dit deed vroeg ik me af of ik op deze manier het lot kon helpen. Dat ik kon zeggen: 'Hier, ik maak het je makkelijk, zie je dat? Ik werk mee. Doe maar wat je moet doen.'

En even zou ik de pijn voelen van de fatale botsing met een bus of auto, de chaos horen van gillende mensen die in paniek raakten bij het zien van dat jonge, dikke meisje dat ineens met haar fiets voor de bus dook. Ik zou mijn ogen dicht hebben gedaan en nooit meer open doen, beseffen dat het beter was zo. Het zou over zijn. *Alles* zou over zijn. Ik zou een eeuwige duisternis in rollen waarin pijn niet bestond.

Maar niet alleen werd na een paar seconden de instinctieve drang mijn ogen te openen te sterk, ik besefte ook dat ik Sattnin niet alleen kon achterlaten. Ik wilde niet eens bedenken wat er met hem zou gebeuren als ik er niet meer was.

In tien minuten legde ik de resterende rit naar huis af. Daar trok ik een zak m&m's open en vrat hem in drie minuten helemaal leeg.

De volgende ochtend klonk de bel van half negen door de school precies op het moment dat ik het gebouw in liep. Perfecte timing, als de deur van het lokaal nu meteen openging dan zou iedereen al binnen zitten als ik bovenkwam en kon ik in een keer doorlopen naar mijn plek.

Maar uitgerekend de drie personen om wie het ging, stonden nog op de gang. Sebastiaan zag me als eerste en grijnzend stootte hij de andere twee aan. Ik deed alsof ik het niet zag, versnelde mijn pas en liep zonder hun kant op te kijken door. Ik was al bijna bij de deuropening toen er hard aan mijn haren werd getrokken. Sebastiaan had mijn vlecht beet. 'Luizenhaar!'

'Bah!' klonk de schelle stem van Sabina. 'Luizen! Ik heb meteen overal jeuk!'

Alle drie lachten ze hard, zo hard dat het binnen in de klas te horen moest zijn. Alec hoorde het natuurlijk ook, iedereen hoorde het.

Ik pakte Sebastiaans hand beet en duwde hem hard weg, trok met mijn andere hand mijn vlecht terug.

'Smerig luizenkind!' zei Jeremy achter me.

Sabina duwde me opzij. 'Weg jij, wij gaan als eerste naar binnen. Het is jouw schuld dat we te laat zijn, vies varken dat je bent. Je blokkeert heel de ingang met dat dikke lichaam van je.'

Ze liep de klas in. Jeremy en Sebastiaan volgden haar, gaven me allebei een harde elleboogstoot in mijn zij. Toen ik naar mijn plek toeliep, kwam meneer Nuys aangelopen. Nuys was, behalve onze docent Nederlands, ook onze klassenleraar. Hij had niets gezien.

Soms, als Alec bukte om iets uit zijn tas te pakken die op de grond lag, kon ik als ik op dat moment een klein stukje naar voren boog zijn geur opsnuiven. Hij rook altijd fris, alsof hij net gedoucht had.

De plek aan de tafel naast mij was altijd leeg. Samen met Walter was ik de enige uit de klas die overal alleen zat, maar gelukkig was er nooit voorgesteld dat hij en ik dan maar naast elkaar moesten gaan zitten. Ik vond het niet vervelend om alleen te zitten, dan hoefde ik me tenminste ook geen zorgen te maken dat iemand me per ongeluk zou aanstoten en zou voelen hoe dik ik was.

Alec zat altijd naast Riley en voor de duizendste keer staarde ik naar de twee hoofden voor me, samen het logo van hun eigen bevoorrechte wereld van schoonheid. Riley's blonde krullen hingen zacht en los over haar rug en af en toe boog ze zich naar Alec toe en fluisterde iets in zijn oor. Op andere momenten leunde hij met zijn elleboog op haar tafel en las mee van haar aantekeningen, in een krullend rond handschrift. Mijn eigen aantekeningen, als ik ze al maakte, waren slordig en onoverzichtelijk, mijn pen vlekkerig.

Riley's voorovergebogen hoofd was zo dicht bij dat van Alec, dat haar haren hem bijna raakten. Waarschijnlijk merkte ze het niet eens. Het was voor haar zo normaal om naast hem te zitten, om met hem te praten, grapjes met hem te maken. Ze vond het vanzelfsprekend dat hij na de les op haar wachtte tot ze haar spullen bij elkaar had, dat hij de deur voor haar openhield, dat ze samen door de gangen liepen en dat hij eten voor haar haalde in de kantine. Zou het ooit wel eens in haar opkomen dat iemand als ik er de hele wereld voor overhad om haar leven te leiden? Om Alecs vriendin te zijn, om in de grote pauze samen met hem en Pascal, Alecs vriend uit 4c, naar buiten te gaan en tussen hen in te lopen en dan net als Riley klein en popperig te lijken naast hun lange jongenslichamen. Alles zou ik er voor doen om Alecs lippen op de mijne te voelen. Om voor eenmaal te weten hoe het was om hem van dichtbij in de ogen te kunnen kijken, onze gezichten zo dicht bij elkaar dat ik zijn adem op mijn huid voelde. Alles, om maar voor eenmaal Riley te kunnen zijn.

Ik zat al meer dan een half uur op het neergeklapte deksel van de wc. Iedere dag hetzelfde. Sabina, Jeremy en Sebastiaan proberen te ontwijken, naar huis fietsen wanneer alle anderen al lang weg waren. Door de nieuwe, verscherpte controle was het dit jaar onmogelijk geworden om te spijbelen. De voorgaande jaren was het me regelmatig gelukt om van school weg te blijven, om op te bellen en te doen alsof ik mijn moeder was, maar nu iedere ziekmelding meteen werd gecontroleerd bij de ouders ging dat niet meer. 's Avonds in bed voelde ik de plekken op mijn benen waar Sabina's laarzen me hadden geraakt, hoorde ik de echo van hun stemmen. Pas wanneer ik de pijn verplaatste door mijn haar uit te trekken, soms haar voor haar en soms per pluk, vond ik rust.

Ik keek op mijn horloge. De laatste stemmen, van meisjes uit een andere klas, waren al meer dan tien minuten geleden uit de toiletruimte verdwenen. De enigen die nog op school waren, maar dat was op de tweede verdieping, waren degenen die vandaag in het ict-lokaal hun computeropdracht hadden mogen inhalen. Alec was een van hen. Maar die opdracht duurde anderhalf uur, ze waren vast nog niet klaar. Het was vier uur geweest, alle anderen waren natuurlijk al naar huis. Ook Sabina en de rest zouden weg zijn, dat kon bijna niet anders. Ze zouden heus niet op me blijven wachten, zo veel vrije tijd was ik ze niet waard.

Ik opende de deur en liep door de stille gang op de begane grond naar buiten.

'Nee!'

Ik probeerde me los te rukken maar Sebastiaan en Jeremy hielden mijn armen stevig vast. Mijn bril gleed van mijn linkeroor en bleef scheef op mijn neus hangen. 'Laat me los!'

Ze hadden hun voeten over de mijne geklemd waardoor ik ook met mijn benen geen kant op kon en het schoolplein was op ons vieren na helemaal leeg.

Sabina plukte de bril van mijn gezicht en zette hem zelf op. Lachend blies ze haar met make-up besmeerde wangen bol. 'Ik ben Elizabeth,' zei ze met een zware stem. 'Ik ben een vette trol en ik stink als een varken.'

'Zet dat ding af, joh. Straks krijg je nog schurft,' zei Jeremy.

Sabina slaakte een hoge kreet en trok mijn bril van haar gezicht. Met haar mondhoeken naar beneden gekeerd gooide ze hem op de grond. 'Bah!'

Nog steeds trok ik met mijn armen. 'Waarom laten jullie me niet gewoon een keer met rust?'

Lachend lieten ze mijn vraag onbeantwoord.

Plotseling begonnen Sabina's ogen te schitteren. 'Zeg, jongens, willen jullie eens wat zien?'

Alsof ze al wisten wat Sabina ging doen begonnen Jeremy en Sebastiaan te grinniken en Sabina kwam dichterbij. In een reflex wilde ik naar achteren deinzen, maar ik werd nog steeds vastgehouden.

Sabina's adem stonk naar sigarettenrook en met een valse grijns op haar gezicht schoof ze met een ruk mijn trui omhoog. Meteen drong de buitenlucht door de vezels van mijn witte katoenen beha. Ik droeg zoals altijd een groot en vormeloos model van de Hema. Mijn moeder had vaak geprobeerd me wat mooiere beha's te laten dragen, maar ik vond ze niet lekker zitten en zag het nut er niet van in. Aan mijn figuur was het toch niet besteed.

Sabina schaterde het uit. 'Sexy, hoor!'

'Laat me fucking los!' Jeremy en Sebastiaan hielden me zo stevig in de houdgreep dat de spieren in mijn armen door mijn huid leken te snijden en een felle steek trok via mijn schouderblad naar mijn onderrug.

Jeremy maakte grommende geluiden in mijn oor.

Sabina lachte steeds harder en trok wild mijn beha omhoog. Mijn borsten bolden er pijnlijk onderuit en Sebastiaan begon te joelen. Een hard, krankzinnig geluid. Zijn kreet werd meegevoerd door de wind, vloog het hele schoolplein over en zou zomaar door de muren van Mercatus kunnen dringen zodat iedereen de vreselijke klanken zou horen en kwam kijken waar het vandaan kwam. Allemaal zouden ze naar me wijzen en me uitlachen, zich in een kring om me heen verzamelen.

Ik sloot mijn ogen, kneep ze stevig dicht. Het gelach en gejoel klonk om me heen, maar ik kon ontsnappen aan deze wereld. Als ik me maar hard genoeg concentreerde, zou het een nachtmerrie zijn en zou ik ontwaken. Ik lig in bed. *Nu.*

Ik opende mijn ogen.

Ik lag niet in bed. Ik stond nog steeds hier, op het schoolplein, waar de kou mijn lichaam betastte en het hoge gelach van Sabina in mijn oren sneed. *Als ik nu een mes had zou ik haar neersteken.* Tot ze dood was. Hoe erg dat ook klonk, ik zou het doen. En ik zou haar laten liggen, als beschimmeld voer voor de pissebedden. Mijn schoenen aan haar afvegen. Ze verdiende niet beter. Ik zou er niet eens spijt van hebben.

'Hier, houd jij haar eens vast,' zei Jeremy tegen Sabina. 'Dit wil ik even van dichtbij bekijken.'

Terwijl Jeremy en Sabina van plaats verwisselden probeerde ik los te komen, mijn arm te gebruiken, maar Jeremy liet me pas los toen Sabina zijn grip stevig had overgenomen.

Jeremy stond voor me, zijn hoofd schuin, zijn duim aandachtig onder zijn kin. Als Alec nu voorbij zou komen en mij zo zou zien zou ik doodgaan, ik wist het zeker. Met een ruwe hand pakte Jeremy mijn linkerborst beet en kneep er hard in. Mijn lichaam verstijfde onder zijn aanraking, zijn hand op een plek waar nog nooit eerder iemand mij had aangeraakt. Jeremy kneep door, harder, tot ik een pijnkreet niet langer kon onderdrukken. Tranen sprongen in mijn ogen. Ik probeerde achteruit te stappen, maar Sebastiaan had zijn voet nog steeds over mijn enkel geklemd. Sabina stond met haar laars op mijn rechtervoet.

'Wat een misvormde tieten heb jij,' zei Jeremy en gaf van onderen een tik tegen mijn borst.

'Getverdemme!' gilde Sabina. 'Wat een vette drilpudding.'

Jeremy lachte. 'En moet je die tepels eens zien, het lijken wel spenen.' Hij pakte de linker tussen duim en wijsvinger en draaide er hard aan.

Pijn vlamde door mijn buik. Mijn ogen gloeiden. Mijn onderlip begon te trillen en ik beet erop, hard. Dit hoefde ik niet te pikken. Met alle kracht die ik in me had hief ik mijn rechterknie zodat Sabina wankelde en raakte Jeremy zo hard als ik kon tussen zijn benen.

Raak.

Met een schreeuw liet hij mijn borst los en kromp ineen.

'Vuile teringhoer!' riep Sabina. Ze liet me los, sloeg haar arm om haar kermende en gebukt staande vriendje. 'Gaat het?'

Met mijn vrije hand schoof ik snel mijn beha en trui terug naar beneden. De beha zat scheef en de beugels prikten in mijn vlees, maar dat was nu niet belangrijk. Ik duwde Sebastiaan weg, maar hij leek het niet eens te merken, ging aan de andere kant van Jeremy staan. Op zijn gezicht lag een geschrokken uitdrukking.

Voordat ik kon wegrennen was Sabina met een sprong voor me gaan staan en gaf me met haar vlakke hand een harde mep in mijn gezicht. De klap op mijn wang weerklonk in mijn hoofd, kaatste heen en weer tussen mijn oren. 'Smerig kutvarken,' siste ze.

Vechtend tegen de drang een hand naar mijn brandende gezicht te brengen, bukte ik en raapte vlug mijn tas en bril van de grond. Wegwezen, en snel.

'Je zou blij moeten zijn met wat Jeremy net deed,' beet Sabina me toe, 'want er is geen jongen op de wereld die jou ooit zou willen aanraken.'

'Inderdaad,' klonk Jeremy.

Toen ik omhoogkwam zag ik nog net zijn vuist hard op me afkomen. Tijd om weg te duiken was er niet, hij raakte me boven op mijn neus. Voor de tweede maal belandde mijn bril op de grond.

Iets in mijn gezicht kraakte. Alles werd zwart. Lichtflitsen schoten heen en weer. Ik was zo duizelig dat ik begon te wankelen. Stevig klemde ik mijn handen om mijn neus. Ze trilden. Van pijn? Van woede? Ik wist het niet. Mijn gezicht was nat. Tranen, of bloed, misschien wel allebei. Een golf van misselijkheid kwam naar boven.

Ergens in de tuimelende beelden zag ik Jeremy op zijn Citta stappen. 'Teringtrol. Ik krijg je nog wel.'

Hij gebaarde naar Sabina en ze sprong bij hem achterop, haar armen om zijn middel. Toen spuugde hij naar me.

De fluim belandde naast mijn bril op de grond en Jeremy reed weg. Sebastiaan scheurde er met veel kabaal op zijn Citta achteraan en keek om, zijn ogen samengeknepen. 'Hier krijg je spijt van!' riep hij over zijn schouder.

De angst die ik misschien had moeten voelen bij het horen van zijn bedreiging drong niet tot me door, het enige wat bestond was de pijn in mijn gezicht. Ik had nog steeds mijn handen om mijn neus gevouwen en mijn mond had zich gevuld met de ijzersmaak van bloed. Ik boog mijn hoofd en liet mijn ogen dichtvallen. Eindelijk was ik alleen, het was voorbij. Voor nu. Een combinatie van opluchting en pijn ontplofte in mijn schedel, mijn keel, mijn buik. Het deed mijn tranen stromen, mijn lichaam schokken. Uit mijn mond kwam een schor geluid.

Toen ik mezelf, na wat een paar minuten geweest moest zijn, in bedwang had, liep ik met droge ogen maar mijn hoofd gebogen en nog steeds duizelig de school in, naar de toiletten. Mijn bril had ik in mijn jaszak gestopt, het was te pijnlijk hem op mijn neus te hebben. Als ik vandaag nog net iets langer was blijven wachten in de wc's voordat ik naar buiten was gegaan, dan had ik dit misschien allemaal kunnen vermijden. Ik was ongeduldig geweest. Voortaan moest ik –

Ik botste op tegen iemand die uit de jongens-wc kwam en ik slaakte een kreet. Snel verborg ik met mijn hand mijn neus en zonder te kijken wie het was liep ik verder, opende de deur van de toiletruimte.

'Elizabeth?'

Alec.

'Gaat het wel goed met je?'

Voorzichtig keek ik hem aan, mijn hand nog steeds op mijn neus. Door onze botsing was er bloed van mij op zijn schouder gekomen en het stak fel af op het witte T-shirt dat hij droeg.

Alec volgde mijn blik en zag de vlek. Een verbaasde uitdrukking verscheen op zijn gezicht, met zijn wijsvinger streek hij over het bloed. Toen pakte hij mijn hand en trok die van mijn gezicht af. 'Jezus!'

Ik trok mijn hand los en vluchtte het toilet in. Zachtjes vloekend trok ik een stuk wc-papier van de rol af, vouwde het meerdere malen dubbel, drukte het tegen mijn bloedende neus en liep naar de wasbak. Waarom moest het van alle mensen nou uitgerekend Alec zijn die me zo zag? Met één hand draaide ik de kraan open, spoelde eerst mijn ene en toen mijn andere hand af. Het toiletpapier kleurde intussen steeds roder, de vlek breidde zich uit op de witte ondergrond.

Achter me in de spiegel verscheen Alecs bezorgde gezicht.

'Je mag hier niet komen,' zei ik zonder erbij na te denken, mijn stem gedempt van onder het papier. 'Dit is het damestoilet.'

Hij negeerde mijn opmerking en kwam dichter bij me staan. Onderzoekend keek hij naar mijn rode ogen. 'Heb je gewoon een spontane bloedneus of komt dit door iets anders?'

Zijn blik in de spiegel was bezorgd.

Ik zweeg. Het papier tegen mijn neus was inmiddels doorweekt, helrood.

Alec liep een van de hokjes in en kwam eruit met een complete rol. 'Hier, houd dit er maar goed tegenaan. Ik ga even iemand halen voor je.'

'Nee!'

Verbaasd keek hij me aan.

'Het gaat wel weer,' zei ik. 'Als het bloeden straks is gestopt, ga ik naar huis. Alsjeblieft, vertel dit aan niemand.'

'Iemand heeft dit dus op zijn geweten,' zei hij. 'Wie, Elizabeth? Is het iemand uit onze klas? Is het wie ik denk dat het is?'

'Het doet er niet toe, echt niet. Ik ga straks naar huis en dan is er niets meer aan de hand.' Ondanks de trilling in mijn stem lukte het me om vastberaden te klinken.

'Maar moet je er niet naar laten kijken dan? Je neus kan misschien wel gebroken zijn. Wil je niet –'

'Nee, nee. Hij is niet gebroken. Het komt wel goed, echt.'

Even leek hij niet te weten wat hij moest doen, toen zei hij: 'Goed.'

Ik wilde hem een glimlach schenken, maar dat lukte niet.

'Maar,' vervolgde hij toen, met een stem die aangaf dat hij niet van plan was om van gedachten te veranderen, 'ík breng je naar huis, want ik wil zeker weten dat je daar goed aankomt.'

Waarom? *Waarom* in vredesnaam? Wat kon hem het schelen, waarom deed hij zo aardig tegen mij? Ik was het, de trol, besefte hij dat dan niet? En hij woonde nota bene in 's-Gravendeel, mij naar huis brengen zou een enorme omweg voor hem zijn en hij was al verlaat door zijn toets.

In de spiegel zag ik mijn reflectie. Ik zag er nog afzichtelijker uit dan normaal. Mijn ogen waren dik en opgezwollen, mijn haar stond door het getrek van Sabina alle kanten uit, mijn hele gezicht was vlekkerig van de tranen en mijn neus bloedde. Ik leek wel een fucking monster. Nee, het was onmogelijk dat hij me thuis zou brengen, dat kon ik niet toestaan. Hij mocht me geen seconde langer nog zo zien. Het was al erg genoeg dát hij dit had gezien. En hoe wilde hij me naar huis brengen dan? Ik was met de fiets, hij met de bus. Wilde hij soms mijn fiets besturen en dat ik achterop zou zitten? Dan zou hij nog voelen hoe zwaar ik was ook. Nee, het was gewoon een vreselijk idee. Hij bedoelde het goed, hij was nog aardiger dan ik had verwacht en het was afschuwelijk dat uitgerekend dit het eerste gesprek was dat ik ooit met hem voerde, maar ik kon er niet tegen dat hij zo nog langer naar me keek. In zijn ogen lag een mengeling van bezorgdheid en medelijden, alsof ik een gewond dier was dat hij langs de kant van de weg had aangetroffen en waar verder niemand zich over wilde ontfermen. Waar iedereen met een boog omheen liep omdat het een mismaakt beest was, waar de vliegen zich al boven hadden verzameld, klaar om toe te slaan. En waar hij zich nu verantwoordelijk voor voelde. Wat moest hij me lelijk vinden, vergeleken met de schoonheid van Riley waar hij aan gewend was. Ik moest zo snel mogelijk uit zijn zicht verdwijnen. Misschien dat ik van de week opnieuw met hem kon praten, wanneer ik geen rood hoofd en bloedneus had. Die kans was klein, dat wist ik ook wel. Dan was Riley er immers weer en had hij alleen maar oog voor haar. Ik kon het hem niet eens kwalijk nemen. De enige reden dat hij –

'Dus? Vind je dat goed?'

Ik schraapte mijn keel, schudde mijn hoofd. 'Hoeft niet,' zei ik zo nonchalant mogelijk. 'Ik word zo namelijk opgehaald.' In de spiegel ontweek ik zijn ogen.

'O, dat is fijn. Dan blijf ik bij je tot het zover is, voor het geval je voor die tijd ineens flauwvalt of zo. Want je ziet er echt uit alsof je ieder moment kunt instorten.'

Ik schudde nogmaals mijn hoofd.

'Ik kan je hier toch niet zo achterlaten, Elizabeth? Wie komt er, je vader?'

Hij wist natuurlijk niet eens dat mijn ouders gescheiden waren, wist waarschijnlijk helemaal niets.

'Ja,' zei ik. 'Hij is al onderweg, hij zal zo wel hier zijn. Dus je hoeft niet te blijven, echt niet.'

Alec legde kort zijn hand op mijn schouder en glimlachte naar mijn spiegelbeeld. Voor een paar seconden was de pijn in mijn neus weg. Roerloos bleef ik staan, niet in staat om iets te zeggen of terug te glimlachen.

Alec liep de toiletruimte uit.

Ik had hem niet eens bedankt.

Ik lag gelukkig al in bed toen mijn moeder thuiskwam. Ik hoorde hoe ze haar jas ophing, haar schoenen uittrok, de koelkast opende om in haar behoefte aan troostvoedsel te voorzien. Haar oneindige drang naar eten herkende ik, ook al was het bij mij pas ontstaan nádat mijn vader weg was en bij haar al daarvoor. Ik hoorde hoe ze de deur van de vriezer opentrok om de bak vanille-ijs eruit te halen en leeg te lepelen. Alle geluiden herkende ik en ik zag voor me hoe ze erbij liep, haar witte blouse half in haar broek, haar ogen klein van een hele dag werk, haar lichaam verlangend naar de door het slaappoeder in haar nachtkastje beloofde rust. Zonder dat spul kon ze bijna niet in slaap komen en ze gebruikte het al een paar jaar. Omdat ze het van de dokter niet iedere nacht mocht gebruiken, hoorde ik haar in de nachten dat ze het zonder moest doen eindeloos draaien en zuchten en was ik het uiteindelijk die als eerste in slaap viel.

Ze slofte door de gang, binnen een paar minuten zou ze mijn kamer binnenkomen om te kijken of ik nog wakker was.

Mijn neus bloedde niet meer, gelukkig. Het had allemaal veel erger gekund, Jeremy had me een blauw oog kunnen slaan of een tand door mijn lip. Zulke dingen bleven minstens een paar dagen zichtbaar. Nu zat alle schade inwendig en was Alec de enige die wist wat er was gebeurd.

Alec…

Zou hij het aan Riley hebben verteld? Wat zou hij dan hebben gezegd? Riley was nog nooit van haar leven gepest, laat staan geslagen, dat wist ik duizend procent zeker. Iemand die zo mooi was kon zich waarschijnlijk niet eens voorstellen wat pesten inhield. Mooie mensen werden niet gepest. Die waren populair, zonder er ook maar iets voor te hoeven doen. Ze konden dom zijn, volslagen hersenloos, en dan nog waren ze geliefd. Omdat de buitenkant, die eigenlijk alleen maar een omhulsel was, een willekeurig resultaat van een zooi genen die gemixt werden, toch enorm belangrijk was.

Ook Alec zou nooit worden gepest, dat was eenvoudigweg onmogelijk. Alec was cool en zelfverzekerd en zou Jeremy alleen maar met gefronste wenkbrauwen aankijken als de jongen te dicht bij hem in de buurt kwam. De manier waarop Alec liep, de manier waarop hij keek, alles aan hem deed Jeremy en Sebastiaan twee kleuters lijken. Alec dwong respect af, zonder er eigenlijk iets voor te doen. Hij zou later ongetwijfeld een leider worden. En dan niet zo eentje die kickte op macht en die zijn werknemers beschouwde als onderdanen, zoals ik mijn moeder vaak haar eigen baas had horen beschrijven. Nee, Alec zou een natuurlijke heerser zijn, iemand die zijn rang niet hoefde te benadrukken maar vriendelijk was tegen de mensen die voor hem werkten. Hij zou geliefd zijn, zoals hij dat nu ook was. Terwijl ik juist een tegenovergestelde reactie losmaakte.

Wat zouden ze doen als ik er echt eens over ging praten met iemand? Als ze er op aangesproken zouden worden door bijvoorbeeld meneer De Boer? Zouden ze dan stoppen? Waarschijnlijk zou het daardoor alleen maar erger worden omdat ze woedend zouden zijn dat ik over ze had geluld. Ik zou er niets mee opschieten. Niet alleen zou het vernederend zijn om iemand te vertellen wat me allemaal werd aangedaan, ik zou er ook nog eens helemaal niets mee bereiken. Volgend jaar zou ik hoe dan ook naar een andere school gaan. En dit keer echt. Dit was mijn laatste jaar op Mercatus, of mijn moeder het nu leuk vond of niet. Het was mijn leven en niet dat van haar. Ik was zestien, geen klein kind meer! En ik zou het mezelf simpelweg niet aandoen om nog een jaar op deze verschrikkelijke school door te brengen. Op de nieuwe school zou niemand me kennen, kon ik opnieuw beginnen. Ik zou al beginnen met lijnen en tegen de tijd dat ik naar die andere school ging zou ik slank zijn. Ik zou de hele zomervakantie lang aan mezelf blijven werken, mezelf compleet veranderen, een metamorfose ondergaan. Mijn moeder zou wild worden van enthousiasme. Ik zou naar de kapper gaan, lenzen laten aanmeten en die stomme bril weggooien. Mijn haar blonderen en er mooie krullen in laten zetten. Mijn naam veranderen in Riley. En op mijn nieuwe school zou nooit iemand kunnen vermoeden hoe ik vroeger was. Ik zou blond, mooi en populair zijn, net als Riley. En ik zou een vriendje krijgen natuurlijk, iemand zoals Alec. Misschien wel Alec zelf. Nee, dat ging niet. Die zou ik dan natuurlijk niet meer zien en bovendien had hij de echte Riley al.

De echte Riley...

Mijn god, wie hield ik voor de gek? Ik zou nooit zo kunnen zijn als zij, met haar geplooide tennisrokjes en slanke benen. Al deed ik twintig keer mee met *Extreme Makeover* en *Make Me Beautiful*, ik zou altijd Elizabeth blijven.

Ik greep een pluk haar, balde mijn vuist eromheen en trok. Mijn huid rekte mee, kwam omhoog, strekte zich zo ver als het ging, maar verloor de strijd en scheurde. Mijn tanden drukten zich in mijn onderlip en door het kraken van de haarzakjes heen hoorde ik hoe mijn moeder nog steeds door de gang liep, mijn kant op kwam. Stilletjes opende ze mijn kamerdeur om te kijken of ik al in bed lag. Ik lag stil, mijn ogen dicht, een losgetrokken pluk haar in mijn vuist.

De volgende avond zat ik op mijn bed tv te kijken toen mijn moeder in mijn deuropening verscheen. Het was vrijdag en ze was om kwart voor negen al uit haar werk thuisgekomen, vroeg voor haar doen.

In haar handen hield ze het grijze T-shirt dat ik gisteren had gedragen. 'Er zit allemaal bloed op dit shirt, Lizzie. Hoe komt dat?'

Ik had het kledingstuk gisteren rechtstreeks in de wasmachine gegooid in plaats van in de wasmand, wetende dat mijn moeder op vrijdagavond altijd een gekleurde was draaide. Ze zou het shirt vast niet bekijken voordat ze de rest van de kleding erbij propte en de was aanzette. En wanneer ze het er weer uithaalde zouden de vlekken eruit zijn.

Niet dus.

Vragend keek ik haar aan. 'Bloed?'

Mijn moeder zuchtte en kwam naar me toelopen. Ze hield het kledingstuk voor mijn gezicht en wees met haar wijsvinger de vlekken aan. 'Hier.'

'Wat gek,' zei ik. 'Ik weet niet wat dat is.'

'Het is bloed, Lizzie.'

'Kan niet. Want waarvan? Zal wel ketchup zijn, of zo.'

'Ketchup?'

Ik knikte.

Mijn moeder zuchtte. 'Als je kleren niet onder de chocomel zitten dan is het wel ketchup. Kun je niet eens op een normale manier eten op die school?'

Ik haalde mijn schouders op. 'Gewoon nog een keer wassen, dan gaat het er wel uit.'

Maar ze schudde haar hoofd. 'Nee, ik weet iets beters. Ik ben al een hele tijd van plan om weer eens naar Zuidplein te gaan met jou om nieuwe kleren voor je te kopen. Dat moeten we binnenkort dan maar eens gaan doen.'

Zonder mijn antwoord af te wachten liep ze mijn kamer uit, een zelfvoldane blik op haar gezicht toen ze zich naar mij omdraaide om de deur achter zich te sluiten.

Ik rolde met mijn ogen. Sattnin, die het gesprek zittend op zijn achterpootjes had gevolgd vanaf het voeteneinde van mijn bed, kwam naar me toe lopen. 'Zuidplein,' mompelde ik. 'Blegh.'

Het was de eerste echte lentedag van het jaar. Het moment waarop de winterjas verruild werd voor een dun jack, de bomen van de ene op de andere dag ineens blaadjes hadden en het na de aanhoudende regen van de afgelopen weken eindelijk een keer droog bleef terwijl ik naar school fietste. Voorbijrijdende auto's hadden hun ramen open en vier Chinese meisjes slenterden over de Slinge, aan de kant van de winkels. Ze hadden lang stijl haar en lachten vrolijk, waarbij ze hun hoofd in hun nek legden en elkaar aanstootten van plezier.

Ik keek ernaar, ving flarden op van hun gelach terwijl ik langsfietste. Wat moest het fijn zijn om daar bij te horen, om een van die meisjes te zijn en het gevoel te hebben dat je in een *sisterhood* leefde. Dit soort meisjes kende geen eenzaamheid, dat wist ik zeker. Ze leefden in een hechte, gelukkige gemeenschap waar hun broers ervoor zorgden dat ze nooit werden gepest, waar ze altijd vriendinnen om zich heen hadden en 's avonds elkaars mooie gladde haar borstelden. Niemand deed hun wat.

Het eerste uur hadden we gym. Ik was er dit jaar gelukkig redelijk vaak onderuit gekomen, meestal door te zeggen dat ik mijn gymkleding was vergeten. De zeldzame keren dat ik wel meedeed moest ik tijdens de verplichte rondjes rennen aan het begin van iedere les mijn armen voortdurend voor mijn bovenlichaam kruisen om te voorkomen dat Alec of de anderen mijn rondvliegend vet zouden zien. Ze zouden gym moeten afschaffen, onszelf de keuze geven of we wel of niet aan lichaamsbeweging wilden doen. Waarom had zo'n school daar eigenlijk wat over te zeggen? Het was mijn lichaam.

Manon, die vanwege een zere voet ook niet meedeed en samen met mij op de bank zat terwijl de rest van de klas druk bezig was met basketbal, zuchtte toen Alec voorbijkwam. 'Die jongen is zo mooi dat het bijna eng is.'

Ik zei niets en blijkbaar verwachtte ze ook geen antwoord, want haar blik bleef aan Alec kleven, die de bal ving en deze al dribbelend naar het net wist te krijgen. Hij wierp, hij scoorde. Alec was, met zijn atletische bouw en gerichte bewegingen, de beste met gym. Heel anders dan Jeremy en Sebastiaan, die ook altijd snel gekozen werden, maar weinig wisten te presteren.

Riley, die in het andere team zat, sprong dartel rond, een blos op haar wangen en haar krullen bijeengebonden in een staart. Ze lachte naar Alec.

Meneer De Graaff keek naar me, ik kon het voelen. Hij stond bij de zijlijn, zijn blik op mij gericht. Ik wist dat hij mijn buikpijn niet geloofde.

Vorige maand had de school bedacht dat iedereen er plotseling hetzelfde moest uitzien. In plaats van ieder zijn eigen T-shirt en trainingsbroek werden donkerblauwe korte broeken en witte T-shirts ingevoerd. Voor de moslimmeisjes was er een lange broek.

Mijn moeder had de nieuwe regels belachelijk gevonden. 'Daar moeten we dan ineens dertig euro voor betalen,' mopperde ze. 'En waarom? Zijn jouw T-shirts soms niet goed genoeg meer?'

Ik wist het ook niet, maar het grootste nadeel was dat niet

meedoen nu ineens een stuk moeilijker werd gemaakt. Want meneer De Graaff had duidelijk gemaakt dat wie zijn spullen vergat een van de reservesetjes zou moeten aantrekken die op een stapeltje in de EHBO-kamer lagen. Had ik het me verbeeld of keek hij, terwijl hij dat zei, net iets langer naar mij dan naar de rest?

'Lekker fris!' had Sabina geroepen. 'Alsof ik in de zweetkleding van een ander ga lopen!' De rest had hierom gelachen.

Sindsdien had ik iedere dinsdagochtend buikpijn.

Toen ik 's middags, een half uur later dan de rest van mijn klas, vanuit het toilet de school uit liep en naar huis fietste, was het nog steeds mooi weer. De zomer, de grote vakantie met zeven weken lang geen zorgen, was nog een paar maanden weg maar zichtbaar in aantocht.

Zoals vaak wanneer ik thuiskwam, ging ik voor de passpiegel staan die aan de binnenkant van mijn kledingkastdeur hing. Mijn moeder had die daar voor mij opgeplakt en 's middags, als het zonlicht nog net mijn kamer in scheen, kon ik mezelf er haarscherp in zien. Mijn gezicht was zo dicht bij het glas dat mijn adem een gedeelte van het spiegelbeeld besloeg. Millimeter voor millimeter speurde ik mijn uiterlijk af op zoek naar iets aantrekkelijks, al was het maar een stukje huid dat er zacht uitzag of misschien een mooie kleur vertoonde. Maar ik kon niets ontdekken en het gezicht in de spiegel keek verwijtend terug.

Ik schoof mijn bril omhoog op mijn hoofd om mezelf nog dichterbij te kunnen brengen. Mijn neus plette zich tegen het koele glas. Ik keek in de bruine ogen, urinevlekken in de sneeuw zonder sprankeling of glans, mijn korte wimpers droevig naar beneden. Mijn blik gleed omlaag, naar mijn mond, zoomde erop in tot ik niets anders meer zag dan een roze plek. De wereld om mij heen verdween, er was alleen mijn mond en de gedachte aan hoe het zou zijn om die van Alec van zo dichtbij te zien. Hoe het zou voelen om mijn gezicht dicht bij het zijne te brengen, zijn adem op mijn huid, te weten dat het zijn mond was op de mijne. Ik tuitte mijn lippen, raakte de spiegel. Mijn ogen sloten zich en ik voelde mijn hartslag versnellen, de lucht die ik uitademde warmer worden. Ik drukte mijn lichaam tegen de spiegel, tegen *Alec*, voelde de aanraking door mijn kleren heen, mijn ogen nog steeds dicht. Ik was Riley. Ik was tenger en mooi, en Alec was hier en hield van me. Zachtjes bewoog ik mijn mond heen en weer over het glas. We zoenden, de warmte van zijn lichaam stroomde door me heen, steeg naar mijn hoofd, maakte mijn knieën zwak. Ik sloeg mijn arm om hem heen, perste mezelf zo dicht mogelijk tegen hem aan, voelde de druk tegen mijn borsten, onze harten samen één. Ik streelde zijn rug en hief mijn gezicht verder omhoog om beter bij zijn mond te kunnen, extra te kunnen genieten van zijn zoen, zijn lippen, zijn tong. Zijn aanraking. Ik kreunde zachtjes toen we samensmolten in een kus zo zoet dat –

Er gleed iets van mijn hoofd. Met een zacht plofje belandde het naast me op de grond.

Ik opende mijn ogen. Knipperend tegen het licht van de werkelijkheid keek ik naar beneden. Het was mijn bril, die met de pootjes omhoog op de beige vloerbedekking bij mijn voeten lag.

Toen ik weer voor me keek staarde mijn eigen gezicht verbaasd terug, afschuwelijk dichtbij. De spiegel was nat en bevlekt, Alec was weg. Mijn arm, nog altijd stevig om de kastdeur geklemd, liet los en viel langs mijn lichaam, desillusie waar een paar seconden geleden nog liefde had bestaan.

Ik bukte om mijn bril op te rapen, keek mezelf beschuldigend aan. Ik was Elizabeth, niet Riley. Ik was niet mooi en ik was niet met Alec samen. Het was een fantasie geweest, de zoveelste, een droom die nooit zou uitkomen en die de werkelijkheid nog deprimerender maakte dan hij al was.

Ik was alleen in dit leven en er was niemand die van me

hield. Zelfs mijn ouders niet. Ze dáchten misschien dat ze van me hielden, maar dat kwam alleen maar omdat ik toevallig hun dochter was. Dat wekte een verplicht soort liefde op, voorgeschreven gevoelens voor hun enig kind, het baby'tje dat zestien jaar geleden zo welkom was geweest. Natuurlijk hielden ze daarvan, dat hoorde zo. Maar van míj hielden ze niet. Want hoe konden ze dat als ze mij niet eens kenden? Ze hadden er geen idee van wie ik werkelijk was.

Ik had mijn vader al meer dan een jaar niet gezien. Af en toe vroeg hij wanneer ik eens een keer langskwam, maar hij had me slechts één keer daadwerkelijk een open vliegticket gestuurd. Dat was voor mijn vijftiende verjaardag geweest en ik mocht zelf kiezen in welke schoolvakantie ik het liefst wilde komen. Mijn moeder had gezegd dat ik mocht gaan wanneer ik wilde, zij zou me op het vliegtuig zetten en hij zou me daar komen ophalen, maar ik had het niet gedaan en inmiddels was dat ticket verlopen. Misschien als hij daar alleen zou wonen, zonder Rachel, dat het dan anders zou zijn, dat ik dan wel zou gaan. Maar het was duidelijk dat Rachel belangrijker voor hem was dan ik en bovendien wilde hij mij waarschijnlijk niet eens écht te logeren hebben. Hij had me dat ticket alleen maar gestuurd omdat hij wist dat ik toch niet zou komen, dat ik nooit met dat vreselijke mens in één huis zou gaan zitten. Ik zou daar voortdurend getuige moeten zijn van hoe verliefd mijn vader en zij wel niet waren, hoe ze 's nachts tekeer gingen in bed, mijn vader 's ochtends met kleine ogen aan de ontbijttafel verscheen omdat hij de hele nacht bezig was geweest met het beminnen van de slanke Rachel. Hij zou fronsend naar mijn ontbijt kijken en suggereren dat ik misschien beter wat minder kon eten omdat ik wel erg zwaar was voor een meisje van mijn leeftijd ('Vind je niet, Rachel?'), waarop Rachel glimlachend zou zeggen dat ik nu eenmaal op mijn moeder leek en dat ik daar niets aan kon doen. Ze zouden met al die walgelijke seks een kind verwekken, een nieuw kind, een dochter die er perfect uitzag en Amber of zo zou heten, waardoor mijn vader mij helemaal zou kunnen vergeten. Het contact zou verwateren. Zijn e-mails zouden steeds korter worden en hij zou ze steeds sporadischer versturen, want ik paste niet in het plaatje van zijn perfecte leven in Californië, met zijn perfecte blonde vrouw en zijn perfecte nieuwe dochter. Na een tijdje zou hij niet eens meer weten dat hij ook hier nog een kind had, hij zou mij vervangen zoals hij dat met mijn moeder had gedaan.

Ik sloeg met mijn vuist tegen de spiegel, waardoor de kastdeur wegzwaaide en meteen terugzwiepte, hard tegen mijn gezicht aan. Ik vloekte. Wrijvend over mijn voorhoofd deed ik een stap naar achteren en sloot de deur stevig. Met mijn rug leunde ik ertegenaan.

Ik zou nog liever doodgaan dan mijn vader en Rachel bezoeken.

Ik zou ook liever doodgaan dan ooit nog naar school gaan, ik zou liever doodgaan dan wat dan ook. Alles was beter dan dit. De enige reden dat ik mezelf nog in leven hield was om mijn moeder geen verdriet te doen. Terwijl dat niet eens ergens op sloeg, want ze hield toch niet echt van me. Hoe lang zou ze er nou helemaal om rouwen? Over de dood van mijn oma was ze ook onverwacht snel heen gekomen. Even was ze verdrietig geweest, maar daarna stortte ze zich op haar werk alsof er niets was gebeurd en al snel sprak ze niet eens meer over haar. Eerst had ik nog gedacht dat ze haar verdriet misschien niet toonde, maar inmiddels wist ik zeker dat ik mijn oma veel meer miste dan zij dat deed. Mijn oma was voor haar een ingelijste foto op de schoorsteenmantel geworden, maar voor mij was ze de enige persoon die ooit echt van mij had gehouden.

Ik greep een pluk haar beet en trok eraan zo hard ik kon. Meteen sprongen de tranen in mijn ogen. Ik klemde mijn kaken op elkaar en trok harder tot de pijn zo hevig werd dat ik moest stoppen en naar adem snakte. Ik liet los, pakte een dunnere lok, en wikkelde die rond mijn wijsvinger. Mijn bewegingen werden gestuurd door routine. Ik draaide en trok. Ik hield mijn adem in, concentreerde me op de vlammende pijn in mijn hoofd, de steken, het gevoel van macht, te weten dat ik dit gevoel ieder moment kon laten stoppen als ik dat wilde. Dat ik zelf voor deze pijn koos, dat dit gevoel al het andere kon overstemmen, al was het maar voor een moment. Het stukje hoofdhuid dat barste, de haarwortels die loslieten, de ontlading was zo hevig dat ik ervan moest hijgen. Op naar de tweede pluk. Ik trok weer, harder nog. Er klonk geknars toen ook deze pluk uiteindelijk losliet.

Ik liet me op de grond zakken, mijn rug nog steeds tegen de kast. Mijn snikken kwamen met hoge uithalen, het snot liep uit mijn neus. Mijn hoofd brandde. De bruine plukken op de grond keken me beschuldigend aan. Wat net nog zo goed had gevoeld was ineens verkeerd, achterlijk, krankzinnig.

Was ik maar dood. Weg van al deze ellende, rustig op een vredige plek waar niemand me ooit nog pijn kon doen. Waar ik mijn oma weer zou zien. Ze wachtte op me daarboven, ik wist het zeker. Zij zou me in haar armen sluiten en van me houden. En Rudy was er ook. Daar zou ik gelukkig zijn.

Mijn knieën deden zeer terwijl ik de straat in fietste. Na een hele week waarin het me was gelukt Sabina te ontwijken, had ze me te pakken gekregen toen ik na Duits het lokaal uit liep. Ze had zich verdekt opgesteld om de hoek van de deur en haar been uitgestoken toen ik langsliep. Ik was gestruikeld, voorover gevallen, hard op mijn knieën terechtgekomen. Mijn rugtas was van mijn schouder gevallen en gleed voor me uit over de gladde vloer.

'Oeps, sorry!' had Sabina gegiecheld en samen met Jeremy en Sebastiaan was ze weggelopen, haar schouders schokkend van de lach.

Het enige positieve aan vandaag was dat het woensdag en dus pizzadag was en dat het geld daarvoor onder een magneetje op de koelkast op me wachtte.

Mijn maag knorde toen ik mijn fiets de kelder in reed. De pizzadienst ging pas om vier uur open, dus ik kon nog niet bellen. Maar dat gaf niet, ik zou boven gewoon vast beginnen met het pak stroopwafels dat nog in de kast lag, kijken of mijn moeder misschien nog ergens chips had liggen en daarna het restje vla eten dat nog in de koelkast stond. Als ik uit school kwam was mijn honger altijd het ergst en pas als er echt geen hap meer bij kon besefte ik hoeveel ik eigenlijk had gegeten.

Ik opende de kelderdeur en reed mijn fiets erin. Toen ik de deur achter me op slot draaide viel mijn blik op de ruimte ernaast. Sinds vorige week stond de deur van de leegstaande kelder naast de onze op een kier. Hij was open blijven staan nadat de bewoners van de flat naast ons waren vertrokken. Er had een Turks gezin in de woning gezeten, met drie kleine kinderen en de moeder was zwanger van de vierde. De kleine flat was waarschijnlijk te krap geworden en de Turkse familie was verhuisd, waardoor de woning nu te koop stond. Ik stak mijn hoofd om de hoek van de kelder. Het zag er koud en donker uit. Met de sleutels in mijn hand draaide ik me om en liep naar de lift.

Onderweg kwam ik mevrouw Hoornweg tegen, die aan de andere kant naast ons woonde. Ze had een volle boodschappentas aan het stuur van haar fiets hangen en ze knikte me vriendelijk toe.

Ik glimlachte. Wat moest het heerlijk zijn, om zo oud en vrij te zijn. Nooit meer naar school te hoeven, helemaal niets meer te hoeven. Mevrouw Hoornweg woonde alleen, was ergens boven de zestig en kon met haar dagen doen wat ze wilde. Geen verplichtingen, geen vervelende mensen die het op haar hadden gemunt. Ze deed haar boodschappen, keek haar tv-programma's en was gelukkig. Zo af en toe kreeg ze bezoek van haar dochter en schoonzoon, ik had het stel wel eens gezien, maar dat was het. Ze had haar eigen leven en al zei mijn moeder dat ze soms medelijden had met mevrouw Hoornweg omdat die zo alleen was, ik wist zeker dat mevrouw Hoornweg zelf het wel best vond zo. Ze had de schoonste ramen van de hele galerij, klopte iedere dag haar deurmat uit en had een leven dat perfect paste bij het grijze permanentje op haar hoofd. Ze had rust. Rust om veilig zichzelf te zijn.

Boven gooide ik mijn rugtas op bed en plofte met de stroopwafels neer op de bank in de woonkamer. Daar zette ik de tv aan op *Oprah* en wachtte tot het vier uur was.

Mijn ogen staarden naar de lege opengevouwen kartonnen doos met vetvlekken aan de binnenzijde die voor me lag en naar me terugstaarde. In nog geen vier minuten had ik de pizza helemaal opgegeten, er was geen kruimeltje meer van over. Een record. Vroeger kon ik amper een halve pizza weg krijgen en mijn vader had altijd de andere helft voor zijn rekening genomen.

Ik liet me onderuit zakken tegen de kussens van de bank. Mijn maag voelde zwaar en opgezet. Een harde boer borrelde op vanuit mijn maag en ik wreef over de bolling van mijn buik, die dikker was dan ooit. Ik keer ernaar. Het was mijn eigen schuld dat ik zo zwaar was. Ik vrat als een varken, ik wás een varken. Zo volgepropt en vetgemest dat ik bijna geen lucht meer kreeg. Waarom stond ik dit toe?

Ik stond op, liep naar het toilet. Daar bleef ik staan, staarde naar de wc-pot. Zou ik het doen? Het moest. Als ik het niet deed dan zou die vieze vette pizza en alles wat ik daarvoor had gegeten in mijn buik blijven en dan was ik morgen nog dikker dan nu. En overmorgen nóg dikker. Zo zou het maar doorgaan, voor de rest van mijn leven, tot ik niet meer kon lopen en dood zou gaan, stikken in mijn eigen vet en eindigen in een graf van stinkende lege pizzadozen. Ik had er eerder bij moeten stilstaan. Ik had het drie jaar geleden al moeten beseffen, toen mijn vreetbuien voor het eerst ontstonden. Want met één keer kotsen zou ik onmogelijk al het vet dat ik de afgelopen jaren had binnengekregen kwijtraken. Maar wél dat van vandaag. En dat was nodig, ik voelde het. Voor het eerst. Ineens was het alsof mijn lichaam al die tijd naar een bepaald punt had toegewerkt waarop het kon zeggen: 'Tot hier en niet verder.' Waarop ik eindelijk zou begrijpen wat er moest gebeuren en ik plotseling besefte dat dit mijn lijf niet was. Nooit eerder was ik zo misselijk geweest. Dit was niet wie ik hoorde te zijn. Ik moest slank zijn, dit overtollige gewicht zo snel mogelijk kwijtraken.

Ik hurkte neer. Het was hoog tijd om eens verantwoording te dragen voor mijn daden. Om er wat aan te doen. Het was niet nodig om met al het vet dat ik zojuist had binnengekregen te blijven rondzeulen. Niet als er ook een manier was om ervan af te komen, een uitweg.

Langzaam sloot ik mijn ogen en riep het beeld van Riley op. In het strakke, donkerrode vest dat ze vandaag had aangehad was ze ranker geweest dan ooit. De vrouwen op de lingerieposters in de bushokjes die ik iedere dag zag als ik er langsfietste, Rachel, mijn nichtjes, allemaal waren ze slank. Ik kon zo niet doorgaan. Het was niet normaal om zo misselijk te zijn dat het voelde alsof mijn buik zich als een ballon had vol geblazen en ieder moment kon openbarsten. Die pizza mocht echt geen seconde langer in mijn lichaam zijn!

Zo hard als ik kon ramde ik een vinger in mijn keel.

Een schok schoot door mijn keel en mijn maag. Ik kokhalsde, mijn buikspieren trokken samen in een reflex. Mijn ogen prikten.

Maar er gebeurde niets.

Ik stak mijn vinger verder mijn keel in, zo ver dat de tranen over mijn wangen stroomden. Ik duwde door. Verder. Dieper. Tot ik niet verder meer kon omdat mijn hand in de weg zat. Nog een klein stukje. Mijn lichaam schokte, ergens vanuit mijn keel kwamen gorgelende geluiden, maar nog steeds duwde ik blijkbaar niet ver genoeg. De vermaalde pizza bleef waar hij was.

Ik stond op, liet het wc-licht branden en de deur openstaan, en liep naar de badkamer. Daar pakte ik mijn tandenborstel uit het bekertje dat op het plankje boven de kraan stond. Een roze tandenborstel, gekocht door mijn moeder in haar niet-aflatend streven een echt meisje van me te maken. Zelf had ze een groene. Met de tandenborstel in mijn handen liep ik terug en voor de tweede keer hurkte ik neer bij de wc-pot, één elleboog op de rand. Zo diep mogelijk stopte ik de tandenborstel in mijn keel, achterstevoren, en toen gebeurde het. In één vloeiende golf kwam de pizza naar buiten, kotste ik over mijn hand en met horten en stoten volgde de rest van het braaksel. De zure geur van uitgekotste kaas en gal steeg op en bleef hangen. Klontjes deeg, omhuld door een laagje schuimig slijm, dreven in de pot.

Ik spoelde door. Met trillende handen snoot ik mijn neus, droogde mijn ogen en veegde mijn mond af. Langzaam stond ik op. Mijn duizelige hoofd drukte ik tegen de koele witte tegels op de muur en ik glimlachte. Het was me gelukt.

Nadat ik had gedoucht ging ik, gekleed in mijn dikke donkerblauwe badjas, in mijn kamer achter de computer zitten. Het afdankertje van mijn moeders werk was een groot en oud ding, maar hij deed het nog goed.

Een paar dagen geleden had ik een chatruimte gevonden waar ik me geregistreerd had onder de naam RileyK. Hier chatte ik met jongens, steeds meer, en wanneer ze vroegen hoe ik eruitzag zei ik dat ik lange blonde krullen had, blauwe ogen en maat 34. Het enthousiasme waarmee er op me werd gereageerd stond in zo'n scherp contrast met de manier waarop de jongens op school tegen me aankeken, dat het me bijna high maakte. Deze cyberjongens wílden me, vroegen zelfs of ik met ze wilde afspreken en of ze me mochten bellen.

W3SL3Y020: wat hebbie aan dan
RileyK: Heel weinig… ik heb het warm! Alleen een topje en roze hotpants
W3SL3Y020: zet je cam is aan sgatje
RileyK: Die is helaas kapot… :-(

W3SL3Y020: stuur dan is ff een lekkere picca van jezelf,
kwil je zien

Even overwoog ik de foto die op Riley's Hyves-pagina stond te
downloaden en naar de jongen te sturen, maar ik deed het niet.
In plaats daarvan zuchtte ik en zonder verder nog wat te zeggen logde ik uit. Volgende keer moesten ze me maar meteen geloven als ik vertelde hoe ik eruitzag. Ik vroeg hun toch ook niet
om een foto?

Op zaterdag was het overdekte winkelcentrum Zuidplein op zijn drukst. Groepjes vriendinnen die gewapend waren met kleedgeld hadden kleurige tasjes van trendy shops als Pimkies en Young Gear aan hun vingers bungelen en spoten zich bij Douglas onder met testers van de nieuwste parfums. Ze stonden massaal in de rij bij de Mac, keken uitgebreid naar de rondhangende jongens, overstemden alles met hun gekwebbel en kauwden op Hubba Bubba-kauwgom.

Ik kreeg geen kleedgeld, mijn moeder wist dat ik het toch niet zou gebruiken waar het voor was bedoeld. In plaats daarvan moest ik eens in de zoveel tijd verplicht met haar mee naar Zuidplein. Als ik niet meeging kocht zij naar eigen inzicht kleding voor me en dat was nog veel erger. Nadat ze een keer was thuisgekomen met het soort blije kleren waar iemand als de overdreven opgewekte Manon zich misschien prettig in zou voelen, maar die ik zelfs op zondag nog niet zou dragen, had ik besloten dat het beter was om dan inderdaad maar met haar mee te gaan.

Al een aantal keer had ik voorgesteld om mijn kleren online te kopen, maar daar wilde ze niets van weten. 'Dat is allemaal vreselijk omslachtig, Lizzie. Als het dan niet past of het valt tegen, dan moet de hele handel worden teruggestuurd en zo blijven we aan de gang. We gaan gewoon lekker naar de winkels, zodat we zeker weten dat het goed is. Dan kom je ook nog eens veel meer dingen tegen dan in zo'n catalogus op internet, waar alles mooier lijkt dan het is.'

Ze bedoelde natuurlijk dat de getoonde kleding bij mij heel anders zou staan dan bij de slanke modellen die de outfits showden.

'De meeste meisjes vinden het juist geweldig om te shoppen,' had ze er nog aan toegevoegd. 'Je zou het leuk moeten vinden dat je nieuwe kleren krijgt!'

Maar waarom? Het zag er zolang ik nog dik was toch allemaal niet uit. Grote truien en wijde spijkerbroeken, dat was wat ik droeg en voorlopig was dat het beste.

Maar niet als het aan mijn moeder lag. 'Je bent een meisje, Lizzie, een méísje! Kleed je daar dan ook eens naar.'

'Het zou me zo'n plezier doen als je eens gewoon een keer een rok zou aantrekken. Of een leuk topje. Altijd maar datzelfde wijde spul…' klaagde ze voor de miljoenste keer toen ik weigerde naar binnen te gaan bij Cool Cat.

Ik luisterde er niet eens meer naar, haar woorden vervlogen nog voordat ze mijn oren bereikten en haar stem ging op in het rumoer van Zuidplein. Toch tikte ze me op mijn arm. 'Kijk, zoiets als dat meisje aanheeft! Dat zou jou ook leuk staan!'

Met tegenzin volgde ik haar blik.

Onmiddellijk wendde ik mijn ogen weer af van waar mijn moeder op doelde. Het was fucking Sabina, *of all people*. Zelfs in het weekend kon ik niet ontsnappen aan haar verschrikkelijke bestaan.

In mijn ooghoek glimlachte Sabina vals toen ze, innig gearmd met haar moeder, langsliep. 'Hoi, Elizabeth!' zei ze luid.

Ik keek de andere kant uit, naar de etalage van Cool Cat, die toch ineens bijzonder interessant was.

Mijn moeder trok aan mijn arm. 'Lizzie! Je wordt begroet!'

Zonder wat te zeggen liep ik door. Mijn moeder schudde nogmaals aan mijn arm, maar ik liep verder, mijn hoofd weggedraaid.

'Waarom deed je nou zo raar?' vroeg ze uiteindelijk, toen Sabina en haar moeder uit zicht waren. 'Waarom zei je dat aardige meisje geen gedag?'

Ik zuchtte. 'Dat was geen aardig meisje.'

'Ik versta je niet als je zo binnensmonds praat, Lizzie, dat weet je.'

Ik gaf geen antwoord meer, staarde in plaats daarvan naar de ruit van Wonder Woman waar we voorbijliepen. Een van de etalagepoppen was werkelijk ongelooflijk. Ze had lang blond haar dat net echt leek. Wow. Wat zou ik die pruik graag een keer opzetten, misschien dat ik dan een beetje op Riley leek. Stel je voor, en dan –

Een scherpe stoot tegen mijn scheenbeen bracht me terug in de werkelijkheid. De jonge vrouw die achter de buggy liep waar ik bijna over was gestruikeld, keek me geschrokken aan.

Mijn moeder zuchtte luid en trok me opzij.

'Hoe verwacht jij nou ooit leuke vriendinnen te krijgen als je zo onvriendelijk doet?' zei ze een half uur later in de auto, nadat we uiteindelijk bij V&D een paar truien voor me hadden gevonden. 'Echt hoor, Lizzie, soms begrijp ik je werkelijk niet.'

Ik ging er niet op in en thuis sloot ik me de rest van de dag en de avond op in mijn kamer. Ook mijn avondeten at ik daar, in plaats van bij mijn moeder op de bank.

Later op de avond hoorde ik haar bellen met tante Floor. Wat ze precies zei was niet te verstaan, maar dat het over mij ging was duidelijk en één keer hoorde ik het woord 'Zuidplein' vallen.

Ik zat op mijn bed, Sattnin rustte op mijn schouder en ik

had een zak Hamka's op schoot. Ik wist dat ik me had voorge-
nomen te minderen met eten, maar voor een keertje maakte
het nu ook niet meer uit. Een paar handjes, dat was alles wat ik
zou nemen. Het deed me goed, helemaal na een dag als vandaag. Ik had het nodig. Voor de laatste keer. Hierna zou ik écht
gaan beginnen met lijnen. Ik sloot mijn ogen, liet de Hamka's
met vier en soms wel vijf tegelijk in mijn mond verdwijnen en
voelde de kruimels aan mijn lippen plakken. Ik bleef graaien
naar meer en raakte plotseling de bodem van de zak.

Nu al? Dat was onmogelijk.

Ik opende mijn ogen en keek in de zak, naar de zilverkleuri-
ge binnenkant waar vet en kruimels aan de zijkanten kleefden.
Er waren nog een stuk of tien Hamka's over. Ik stak mijn hand
uit om ook die op te eten.

Toen trok ik mijn hand terug.

Nee.

Het was al erg genoeg. Hoe had ik het zo ver kunnen laten
komen? Een paar handjes, dat was alles wat ik zou nemen!
Waarom bleef dit toch gebeuren? Snel verfrommelde ik de zak
tot een prop. De overgebleven Hamka's kraakten onder mijn
handen en ik stond op, smeet het in de prullenbak die in de
hoek van mijn kamer stond. Weg met die gore troep!

Met een volle buik plofte ik op mijn bed. In mijn mond zaten nog kruimels, lag de smaak nog op mijn tong. Ik stopte
Sattnin in zijn kooi, zette mijn radio hard aan en liet mijn kamerdeur openstaan terwijl ik naar de wc liep. Op het toilet
deed ik de deur op slot, hurkte neer bij de pot en kotste alles
uit. Het ging veel makkelijker dan de vorige keer, ik had niet
eens een tandenborstel nodig en hoefde er niet bij te hoesten.
Mijn braken werd overstemd door Kelly Clarkson, die uit mijn
cd-speler schalde en ervoor zorgde dat mijn moeder me niet
hoorde. Nadat ik mijn neus had gesnoten, spoelde ik in de badkamer mijn mond met mondwater en liep terug naar mijn kamer.

's Nachts, nadat ik net zolang aan een pluk haar had gedraaid en getrokken tot ik dacht dat er een gat in mijn hoofd zou ontstaan als hij niet snel losliet, sprong ik uit bed en knielde neer bij de prullenbak. Met een allesoverheersende behoefte griste ik in de weggegooide zak Hamka's, propte het restje chips met twee handen tegelijk in mijn mond. Ik sloot mijn ogen terwijl ik kauwde, proefde ieder kruimeltje.

Toen zat ik stil, op de grond in het donker. De zak was leeg, mijn vingers waren vettig. Ik sloeg mijn handen voor mijn ogen en huilde. Waarom? Waarom deed ik dit?

Ik drukte de lamp aan en terwijl mijn lichaam schokte van het snikken stak ik een vinger in mijn keel en kotste boven de prullenbak. In de wc zou het te veel herrie maken. Daarna veegde ik mijn mond af, spoot deodorant over het braaksel, bedekte het met een lege plastic tas en zette mijn raam open.

In bed trok ik de deken over mijn hoofd. Dit moest ophouden. Ophouden.

Ondanks de rust die ik op zondag vond, was het tegelijkertijd een vreselijke dag, omdat voortdurend het besef om me heen hing dat het alweer de laatste dag was van het toch al te korte weekend. Dat een nieuwe dag op school nog maar minder dan vierentwintig uur van me was verwijderd en dreigend als een donkere wolk boven me hing, die met iedere seconde die verstreek dichterbij kwam. Bovendien was het de enige dag in de week waarop mijn moeder bijna altijd thuis was. Overdag ontweek ik haar, zij zat aan tafel te werken en ik was op mijn kamer. Maar tijdens het avondeten zaten we samen op de bank.

'Of je laat eens een klasgenootje hier komen, dat kan ook!' zei ze, terwijl ze haar kabeljauwfilet sneed. 'Dan kijken jullie gezellig samen naar je dvd's, in plaats van dat je daar maar in je eentje zit met de gordijnen dicht!'

Ik schoof mijn bloemkool heen en weer op mijn bord, prikte een aardappel op mijn vork. Ik ging er niet op in.

'Wist jij dat Jennifer en Trisha op zondag vaak naar de bioscoop gaan of zwemmen in Tropicana?' ging ze verder. 'Tante Floor zei dat gisteren aan de telefoon. Waarom ga je niet eens gezellig een keertje met hen mee?'

Mijn nichtjes fungeerden voor haar al jaren als het ultieme voorbeeld om aan te tonen hoe treurig en leeg mijn bestaan in haar ogen was. Alsof ik mezelf met dit lichaam ooit in een badpak zou vertonen. Al helemaal niet in zo'n spermabad als Tropicana. Volgens Manon kwamen daar alleen maar meisjes die erop kickten om zich onder water te laten betasten door geile Marokkaanse jongens.

'Dat tante Floor het leuk vindt dat Jennifer en Trisha lopen te slettenbakken in zo'n goor zwembad, bewijst alleen maar hoe slecht ze op de hoogte is,' merkte ik op.

Mijn moeder keek me geïrriteerd aan. 'Nou ja, zeg! Waar slaat dat nou weer op!'

'Ja, waar slaat het op dat jij continu aan mijn kop loopt te zeuren terwijl ik mijn zondagen goed vind zoals ze zijn? En waar slaat het op dat jij me altijd maar met Trisha en Jenny vergelijkt terwijl je er geen idee van hebt wat een bimbo's ze zijn geworden?'

Mijn moeder vertrok haar mond tot een dunne streep. 'Ik weet niet waar je het over hebt. Ik vind het alleen vreemd dat jij altijd alleen maar op je kamer zit, samen met die rat. Je komt helemaal nooit ergens.'

'Moet dat dan?' Ik stond op, zette mijn nog volle bord op de tafel voor ons. 'Stoort het je dat ik hier ben?'

Ik liep de kamer uit.

Mijn moeder kwam achter me aan. 'Stel je niet zo aan, Lizzie,' zei ze geërgerd. 'En eet je bord leeg, je hebt nog bijna niets op.'

Met mijn hand op de deurknop van mijn kamer draaide ik me om en keek haar aan. 'Ik heb geen honger.' Ik smeet de deur dicht.

Tropicana. Het idee alleen al. Denise kwam er ook, wist ik. Ik hoorde haar er wel eens enthousiast verslag over doen op maandag tegen de meiden uit 4c, als die haar tussen de lessen door op de gang opzochten om hun weekend te bespreken. Ze vertelde dan over haar geslaagde en onvergetelijke weekend, hoe ze op zaterdag was wezen stappen bij de Baja en op zondag de kater van zich had afgespoeld in Tropicana. Het zou me niets verbazen als Sabina er ook rondhing. Mijn moeder snapte er echt helemaal niets van.

Sattnin stond op zijn achterpootjes in de kooi, zijn ogen geschrokken door de harde klap van mijn deur. Ik hurkte bij hem neer en pakte hem op. Zachtjes drukte ik mijn gezicht tegen zijn pels, sloot mijn ogen.

In de gang zuchtte mijn moeder.

Het zou vandaag nog erger dan anders zijn om Sabina onder ogen te komen. Zij vond natuurlijk dat ik haar voor schut had gezet tegenover haar moeder afgelopen zaterdag door haar zo nadrukkelijk te negeren toen ze mij gedag had gezegd. Voor de zekerheid bleef ik op het toilet op de begane grond zitten tot de bel van het eerste uur klonk en wachtte daarna nog een minuut. Toen snelde ik de trap op, de gang door en de hoek om naar lokaal 2.4.

Meneer Nuys was er zo te zien nog niet, de hele klas stond op de gang. Sabina, Jeremy en Sebastiaan stonden met zijn drieën te lachen. Iwan was er, Alec en Riley, iedereen. Denise stond met een zakspiegeltje in haar hand lippenstift op te doen, Bojan en Manon luisterden samen naar een liedje op Manons iPod en Tarek trapte een denkbeeldige bal tegen de muur.

Ik ging langzamer lopen.

Toch keek Sabina mijn kant op. Haar blik trof me recht in mijn ogen.

Kut.

Sabina stootte Jeremy aan en ook hij zag me. Hij grijnsde. Ik kon niet meer teruglopen, ze zouden me achterna komen. Er zat niets anders op dan zo dicht mogelijk tussen de anderen in te gaan staan. Naast Iwan of zo, die aan het rappen was.

Ik deed een paar stappen zijn kant op in de richting van zijn altijd rappende stem, zo'n bekend geluid dat ik soms bijna vergat dat hij dit jaar pas voor het eerst bij mij in de klas zat.

Yo maandag, je bent nooit een keer te laat
Je maakt met mij geen grappen, je weet toch waar je staat
Tussen zondag en dinsdag hou jij me van de straat
Het begin van de week en mijn kater is paraat
Respect voor iedereen, vandaag maakt Iwan zich niet kwaad
Ik weet als geen ander: ook een woord is soms een daad
Je bent nog steeds…

'Het is weer gedaan met de frisse lucht,' zei Sabina luid toen ik dichterbij kwam. 'Neus dicht, jongens, trolalarm.'

Behalve Sebastiaan, die lachte, reageerde niemand. Ook Alec keek niet eens op, bleef met Riley in gesprek. Ik ging naast Iwan staan, die met gesloten ogen nog steeds in zijn rap zat.

'… maar mijn wekker vindt jou zuur / Je bent soms niet te harden, vooral het eerste uur…'

De naderende voetstappen van Nuys overstemden Iwans tekst en we stapten opzij om hem erlangs te laten zodat hij het lokaal kon openen. Vlug wilde ik voorbij het groepje glippen om net als de rest naar binnen te gaan, toen Sebastiaans vuist me hard in mijn buik raakte. Ondanks mijn vet klapte ik naar voren in een pijnreflex. Sabina lachte.

Sebastiaan deed een greep naar mijn arm, maar ik stapte achteruit, duizelig, het gevoel van zijn stomp nog steeds in mijn buik en allebei mijn handen eroverheen. Ik slikte om de misselijkheid die naar boven kwam terug te dringen.

Plotseling stond Alec tussen ons in. 'Niet doen,' zei hij rustig tegen Sebastiaan.

Iedereen was stil. Ineens was er in de gang, de school, op de hele planeet geen enkel ander geluid te horen dan de echo van Alecs stem.

Even keek Sebastiaan hem verbaasd aan. Toen grinnikte hij, kort. Hij keek naar Jeremy, voor bijval, maar die deed of hij het niet zag. Sebastiaan opende zijn mond om wat te zeggen, maar sloot hem toen hij Alecs serieuze gezicht zag. Uiteindelijk hees hij zijn volgekliederde rugzak over zijn schouder en liep mompelend het lokaal in, gevolgd door Jeremy en Sabina.

Ik moest Alec een dankbare glimlach schenken. Moest contact met hem maken, hem laten zien dat ik waardeerde wat hij had gedaan. Moest iets doen, wat dan ook. Maar ik staarde naar de grond, kreeg het niet voor elkaar mijn blik omhoog te hijsen, hoe graag ik het ook wilde.

Samen met Riley wandelde Alec de klas in.

De toets die we kregen stond al een paar weken in mijn agenda aangekondigd, maar vanmorgen tijdens het ontbijt was ik pas begonnen met het inkijken van wat er eigenlijk moest worden geleerd. Het was Nederlands en samen met Engels was dat het vak waar ik het beste in was en waar ik altijd goede cijfers voor haalde, ook als ik thuis niet leerde.

'Meneer, mogen we weg als we klaar zijn?' vroeg Cliften.

Nuys knikte. 'Maar niet op de gangen blijven hangen, oké? Wie klaar is gaat naar de aula of naar buiten, anders krijg ik problemen.'

Ik maakte bij Nederlands altijd gebruik van de mogelijkheid weg te mogen gaan als ik klaar was. Ik was bijna altijd de eerste die mijn toets inleverde, terwijl Sabina er juist slecht in was en als een van de laatsten bleef zitten. Bij de andere vakken bleef ik juist tot het einde in het lokaal. Niet omdat ik er slecht in was, ik was behalve in wiskunde in niet één vak echt slecht. Ik bleef tot het eind omdat het al een paar keer was gebeurd dat ik mijn uitgewerkte toets op het bureau van de docent had gelegd en de klas uit liep, om bij het verlaten van het lokaal nog net te zien hoe ook Sabina ineens haar werk inleverde en met een grijns op haar gezicht achter me aan kwam. Zodra ik doorhad dat ze echt bleef wachten tot het moment dat ik klaar was, bleef ik daarna steeds bij alle toetsen behalve de Nederlandse tot het einde van het uur zitten.

's Avonds kon ik niet in slaap komen.

Ik was alleen thuis en ik had een kant-en-klaarmaaltijd gegeten, die op zich redelijk gezond was, maar die ik voor de zekerheid toch weer had uitgekotst omdat ik hem te zwaar in mijn maag voelde liggen. Het voelde fijner om leeg te zijn, zonder dat er vermaald eten in mij lag opgestapeld. Ik had tv gekeken, een poging gedaan in bed een boek te lezen, maar niets wist mijn aandacht echt vast te houden.

Want er was vandaag iets bijzonders gebeurd.

Alec had het voor me opgenomen. Hij was een held, míjn held. Met zijn mooie, kalme stem had hij gezegd dat Sebastiaan het niet moest doen. Nooit eerder had ik Sebastiaan zo zien reageren, op niemand. Zelfs meneer Schop zou niet voor elkaar krijgen wat Alec vandaag zo moeiteloos was gelukt. Sebastiaan was afgedropen, had zich omgedraaid. En dat terwijl hij breder was dan Alec en waarschijnlijk fysiek sterker. Toch was hij niet tegen hem ingegaan. Te weten dat Alec aan mijn kant stond, hoe klein en onbelangrijk het voorval voor hem waarschijnlijk ook was geweest, was genoeg om mijn bloed te verwarmen en mijn hele lichaam te laten gloeien. Zelf was Alec het misschien al lang weer vergeten, maar wat hij vandaag voor mij had gedaan was het mooiste wat ik ooit had meegemaakt.

Zo moest Riley zich dus voelen, weten dat Alec achter haar stond, altijd voor haar op zou komen. Ze was beschermd, gezegend, en eventjes, een tel, had ik kunnen voelen hoe het was om haar te zijn. Bevoorrecht, verbonden met Alec. Trots dat hij het voor me opnam waar iedereen bij was.

Als ik toch eens voor één dag, al was het maar voor een paar uur, eruit kon zien zoals zij. Het zou zalig zijn. Ik zou me niet kleden op haar manier, met haar pastelkleurige en ietwat tuttige kleding. Nee, ik zou mijn looks volledig uitbuiten. Een strakke spijkerbroek, met hoge hakken uiteraard, en een truitje dat net kort genoeg was om een strookje platte buik te laten zien.

Aan Riley's lichaam viel niets te verbeteren. Haar kleine borsten stonden pront vooruit en pasten perfect bij de rest. Die van mij waren nooit zo geweest, al sinds mijn tiende waren ze te zwaar, als vetklieren zonder vorm. Maar als ik eruit zou zien als Riley, dan zou ik 's zomers naar het strand gaan, met een zonnebril op en een witte haarband om mijn blonde krullen uit mijn gezicht te houden. Genieten van de verliefde blikken van de vele bewonderaars. Terwijl zij toekeken zou ik mijn handdoek op het zand spreiden en langzaam mijn zomerjurkje langs mijn smalle lichaam naar beneden laten glijden. Ik zou topless op mijn rug gaan liggen, mijn haren als een gouden krans rond mijn hoofd uitgewaaierd. En ik zou mijn boven-stukje de hele dag aflaten, zelfs wanneer ik naar de zee liep om te zwemmen of wanneer ik even een ijsje ging halen. Bevallig zou ik naar de ijskraam slenteren, heupwiegend en doen alsof ik niet doorhad dat de jongen achter de kraam zijn ogen niet van me kon afhouden. Hij zou er goed uitzien en me met een knipoog vragen of ik die avond wat te doen had, maar ik zou geen interesse in hem hebben, want ik had Alec. Alec en ik zou-den gelukkig zijn samen. In de weekenden zou hij bij mij sla-pen of ik bij hem, en we zouden tegen elkaar aan kruipen in bed. Naakt. Hij zou de hele nacht mijn borsten in zijn handen houden, in zijn slaap, terwijl hij achter me lag met zijn armen om me heen. Ik zou genieten van de zachte streling van zijn ademhaling in mijn nek en gelukkig zijn in de wetenschap dat hij bij me was en van me hield. Dat ik hem voor altijd in mijn leven zou hebben. En wanneer we wakker werden zouden we zoenen, non-stop en steeds intenser en dan… Wacht even, zouden Riley en Alec al met elkaar naar bed gaan? Echte, daadwerkelijke seks hebben? Waarschijnlijk niet, zo ver gingen ze nog niet. Of wel? Er waren best veel meisjes van onze leeftijd die het al hadden gedaan. Sabina, bijvoorbeeld, en Stephanie ook. Ik had ze erover horen praten in de kleedkamer bij gym. En Denise natuurlijk, die had zich waarschijnlijk al op haar twaalfde laten ontmaagden, ergens in een schuur, door een heel elftal geile losers die ze had opgepikt in Tropicana. Ze vonden zichzelf allemaal zo stoer, Sabina en de rest. Ze gingen om met oudere jongens en hadden ordinaire foto's van zichzelf op hun Hyves. Ze gedroegen zich alsof ze al minstens achttien waren. Maar Riley was anders, zij was netjes. Zij en Alec gingen nog niet met elkaar naar bed, dat wist ik zeker. En daarom zou ik het ook niet doen. Daar zouden we later immers nog genoeg tijd voor hebben. Voorlopig zouden we het bij zoenen laten en we zouden wel naakt zijn, maar nog niet *all the way* gaan. Ik zou hem kusjes geven over zijn hele lichaam en hij mij ook, en daar hielden we het bij. En het zou heerlijk zijn. Nooit zou ik onzeker hoeven zijn of me lelijk voelen. Ik zou weten dat ik het waard was om naast hem te lopen omdat ik net zo mooi was als hij. Mijn glimlach zou stralen als hij mijn hand pakte en me naar zich toetrok om me een kus te geven. Nooit zou ik mijn ogen hoeven neerslaan als hij naar me keek, nooit zou ik bang hoeven te zijn dat hij me lelijk vond.

Voor Riley was dit allemaal zo vanzelfsprekend. Ze had er geen idee van hoe het was om lelijk te zijn. Ze wist niet beter dan dat het leven gemakkelijk was, simpelweg omdat ze mooi was. Voor knappe mensen ging het allemaal vanzelf. Hun liefde was altijd wederzijds en ze waren zonder uitzondering populair. Ik zag hoe de jongens uit de klas en op de gangen naar Riley keken, hoe *Alec* naar haar keek.

Ik sloot mijn ogen. Als vanzelf ging mijn hand naar de haarlijn bij mijn nek, waar ik een streng haar stevig beetpakte. Mijn vingers wisten wat ze moesten doen en ze begonnen te trekken en te draaien, net zo lang tot de huid niet langer meerekte en mijn gezicht nat werd van tranen.

De stukken kale hoofdhuid die steeds meer zichtbaar werden, verborg ik door de rest van mijn haar eroverheen te borstelen en het daarna te bedekken met een vlecht.

Mijn nieuwste schuilplek was de mediatheek. In deze rustige ruimte op de begane grond kon ik, omdat de wc's geen goede plek meer waren, zitten zonder dat Sabina me vond.

Een paar dagen geleden had Sabina ineens hard op de wc-deur gebonkt, mijn naam geroepen en gegild: 'Zit je nou alweer te poepen, Elizabeth? Wat poep jij veel! Jij poept de hele dag! Daarom stink je natuurlijk zo!'

Ze lachte hard om haar eigen opmerking en ging toen verder: 'Volgens mij veeg jij je kont niet af, die dikke trollenreet is vast helemaal bruin van de aangekoekte poep. Strontvarken! Kom er nou maar gewoon vanaf, Elizabeth, ik weet dat jij het bent die hier zit! Je kunt maar beter nu naar buiten komen, want ik blijf hier staan, en hoe langer je me laat wachten, hoe meer het hier gaat stinken en hoe bozer ik word!'

Ik had me stilgehouden, had nergens op gereageerd, was doorgegaan met lezen in het dagboek van Anne Frank. Die had het ook niet makkelijk gehad, als tiener. Ook zij had zich moeten schuilhouden. Ze was eenzaam geweest, net als ik. Wel op een heel andere manier natuurlijk. Vaak probeerde ik me haar situatie voor te stellen, me in haar wereld te verplaatsen.

'Elizabeth! Kom van die fucking wc af, smerige poepzeug!' Sabina trapte tegen de deur.

Met één hand had ik de binnenkant van het slot vastgehouden en met mijn andere hand hield ik het boek op mijn schoot. Het was Sabina eerder een keer gelukt om met haar nagelvijl het slot vanaf de buitenkant open te draaien en dat zou me niet nog een keer gebeuren. Uiteindelijk was ze weggegaan.

Hierna had ik de wc's niet meer als schuilplaats gebruikt.

In de mediatheek kreeg ze geen kans om zo te doen. Er was daar altijd iemand aanwezig die toezicht hield en bovendien mocht er niet hard worden gepraat. Achterin, links in de hoek achter een grote kast met buitenlandse woordenboeken, stond een klein bureau waaraan nooit iemand zat en daar ging ik tegenwoordig zitten. Ik pakte mijn boek of huiswerk erbij en ging lezen, en ik bleef er tot ik zeker wist dat ze weg zouden zijn.

Het laatste uur was ongeveer drie kwartier geleden afgelopen, de school was inmiddels zo goed als verlaten. Ik liep de fietsenstalling in. Zoals ik had verwacht was het er leeg, iedereen was natuurlijk al lang naar huis. Of nee, toch niet iedereen, want naast mijn fiets stonden twee –

Jeremy en Sebastiaan doken op vanachter hun Citta's. 'Hé, kijk eens wie we daar hebben!'

Ik stond stil.

Ook Sabina had gehurkt gezeten en kwam tevoorschijn.

Ik was in de val gelopen. Ik keerde me snel om, maar Jeremy lachte en greep me bij mijn arm. 'Ga je nu alweer weg? Je bent er nog maar net!'

Sabina, die op de bagagedrager van mijn gestalde fiets ging zitten en een sigaret in haar hand had, gichelde.

Het was natuurlijk die kutfiets die mijn aanwezigheid had verraden. Zolang dat ding er stond wisten ze dat ik vanzelf een keer zou komen. Eigenlijk zou ik mijn fiets voortaan op een andere plek moeten neerzetten, ergens in de buurt van de school, bij een winkel voor de deur of zo, op een plek waar ze hem niet zouden zien. Waarschijnlijk zouden ze dan denken dat ik met de bus naar school ging. Was ik ook meteen van het probleem van de lekke banden af, want dat gebeurde nog steeds een paar keer per maand. De goede Sundar had nog niet geprotesteerd, maar ik kon me voorstellen dat hij er genoeg van begon te krijgen om iedere keer mijn banden te plakken. Hij had als conciërge wel belangrijkere dingen te doen.

'Je hebt ons lang laten wachten,' merkte Sabina op.

'Zeker weer lopen klikken bij meneer De Boer, net als de vorige keer,' zei Jeremy, die nog steeds mijn arm vasthad. 'Denk maar niet dat we dat niet hebben gezien, hoor.'

Sebastiaan spuugde op de grond. 'Vuile kliktrol.'

Met een ruk trok ik mijn arm los en vluchtte weg. Achter me klonk geschreeuw. Ik rende zo vlug als ik kon, zo hard dat het gestamp van mijn schoenen in mijn oren dreunde. Of kwam het van achter me vandaan? Niet omkijken. Ik was bijna bij de uitgang van de fietsenstalling, nog een paar –

'Hebbes.' Met een schok kwam ik tot stilstand, Jeremy's grip was stevig, mijn arm werd omklemd door zijn beide handen.

Sebastiaan was er ook.

Ik zette me schrap, probeerde met alle kracht die ik in me had mijn voeten op de grond te houden, maar ik werd meegetrokken, terug de fietsenstalling in. Ik schopte voor me uit, draaide met mijn bovenlichaam, maar Jeremy en Sebastiaan lachten alleen maar.

Sabina zat nog steeds op mijn bagagedrager, haar vingers spelend met een van haar krullen die zoals altijd stijf stonden van de haarlak.

'Vluchten kan niet meer,' zong ze. Ze giechelde.

Met een vlugge beweging trok Jeremy mijn tas van mijn schouder.

Ik greep ernaar. 'Hé, geef terug!'

Maar Jeremy lachte en ritste mijn rugtas open. Met beide

handen hield hij hem schuddend ondersteboven. De gehele inhoud belandde op de vieze tegels van de fietsenstalling. Mijn etui, met de kapotte rits waardoor al mijn pennen en potloden op de grond kletterden en wegrolden, mijn boeken, schriften, agenda. En, tot overmaat van ramp, twee pakjes Libresse.

Sebastiaan liet me los en begon te joelen. 'Bah, kijk nou! Die vieze trol is ongesteld!'

Jeremy lachte en gooide mijn tas neer.

Vlug hurkte ik en raapte mijn spullen bij elkaar. Ik stopte ze terug in de tas en ritste hem dicht. In plaats van hem over mijn schouder te hangen hield ik hem met twee handen voor me, stevig tegen mijn buik.

'Ik wil naar huis,' zei ik zo rustig mogelijk. 'Laat me gaan.'

'Nee!' Sabina kwam met een sprongetje van mijn bagagedrager af en raakte me voordat ze landde met de punt van haar zwarte laars hard tegen mijn scheenbeen. Recht op het bot. Ik kon een kreet niet binnenhouden en Sabina lachte.

Ik keek om me heen. Die fucking fietsenstalling had maar één uitgang.

Sebastiaan zag mijn blik. 'Weer wegrennen heeft geen zin. We hebben je toch gelijk weer te pakken.'

Door samengeknepen ogen keek ik hem aan. 'Kun je niets leukers verzinnen om met je tijd te doen?'

'O, maar dit ís toch leuk?' zei Sabina. 'Dan had je maar niet zo'n walgelijk kind moeten zijn.'

Mijn scheenbeen brandde nog steeds alsof Sabina's laars een put in mijn bot had getrapt en ik boog voorover om door mijn spijkerbroek heen over mijn zere scheenbeen te wrijven.

'Heb je schurft?' vroeg Sabina.

Ik negeerde haar. Als ik nu heel hard zou gaan gillen, dan moest iemand me wel horen. Ergens. Er was vast nog wel een leraar op de school. Of Sundar. Of –

Vanuit het niets stampte Jeremy hard op mijn voeten en

sloeg op hetzelfde moment mijn tas uit mijn handen. Het bloed in mijn tenen klopte.

'Dit ding stinkt!' riep hij. Hij hield de donkerblauwe tas in de lucht. 'Bewaar je er soms je gebruikte maandverband in?'

Ik draaide me om, stak mijn arm uit naar mijn tas, maar hij hield hem hoog boven zijn hoofd.

'Ze is er vies genoeg voor,' zei Sabina met opgetrokken neus. 'Het zou me niet eens verbazen als ze er zelfs in poept. Bah. Laten we die smerige tas weggooien, jongens, in een van de containers op het schoolplein.'

Ik ging weer rechtop staan. 'Geef maar gewoon terug,' zei ik. 'Dan heb je er ook geen last meer van.'

'Teruggeven?' zei Sabina, terwijl ze me aankeek alsof dat het vreemdste was wat ze ooit had gehoord. 'Geloof je dat zelf?'

Ik zuchtte.

'Eigenlijk moeten we je straffen voor zo'n stomme opmerking!' zei ze.

Sebastiaan en Jeremy keken haar vragend aan.

'Ja!' riep ze. 'En ik weet ook hoe!'

Ik deinsde achteruit, mijn rug tegen het hek van de fietsenstalling.

Sabina grinnikte. 'Jongens, houden jullie haar even zo goed mogelijk vast. Deze trol moet een lesje leren.'

Jeremy gooide mijn tas op de grond en duwde me hard tegen het metalen hek. Hij en Sebastiaan stonden aan weerszijden van me en met hun voeten die ze op mijn enkels hadden gezet en mijn armen die ze in een greep achter mijn rug hielden kon ik geen kant op.

Sabina ging voor me staan, bukte en ritste toen mijn spijkerbroek open.

'Blijf van me af!' riep ik. 'Rot op!'

Met een vlugge beweging trok ze mijn broek naar beneden, waar hij bleef steken op mijn knieën. Mijn onderbroek volgde en met een opgewonden kreet rukte Sabina het maandverband eruit. Ze sprong overeind, sloeg me ermee in mijn gezicht.

Ik rukte met mijn schouders, schudde mijn hoofd heen en weer, maar Sabina bleef ermee slaan. Ze raakte mijn ogen, mijn neus, kwam ermee tegen mijn voorhoofd. Toen greep ze met haar ene hand mijn gezicht en wreef met haar andere hand het bebloede maandverband over mijn wangen uit. Jeremy en Sebastiaan schreeuwden en lachten.

Sabina gooide het maandverband over het hek en hees mijn broek en onderbroek weer terug. Haar besmeurde handen veegde ze af aan mijn jas.

'Zo,' zei ze. 'En nou niet meer zo bijdehand doen.'

Ik kneep mijn ogen dicht, voelde hoe er een traan over mijn wang rolde.

Maar het was nog niet voorbij.

'Wil je je tas nog terug?'

Ik opende mijn ogen. Sabina had een rood hoofd van opwinding.

Ik knikte.

'Dan moet je hem eerst verdienen!' Ze keek naar Jeremy en Sebastiaan. 'Toch, jongens?'

Jeremy en Sebastiaan keken haar geamuseerd aan. Sabina zei: 'Je krijgt hem terug als je Sebastiaan pijpt.'

Een luid gebrul brak los. Sebastiaan hijgde in mijn oor en likte met zijn tong langs zijn lippen.

Ik voelde mijn ogen groot worden. '*No way.*'

'Dan niet,' zei Jeremy. Hij liet me los, raapte de tas op en klom op zijn Citta. Met één hand hield hij mijn tas in de lucht en maakte aanstalten om weg te rijden. 'Dan verdwijnt dit ding in de container en zie je hem nooit meer terug.'

Ook Sebastiaan liet me los en ging bij Jeremy staan.

'Maar ze doet het wel,' zei Sabina met glinsterende ogen. 'We laten haar gewoon niet gaan totdat ze het doet.'

'Dan kun je lang wachten,' zei ik. Al schoten ze me door mijn kop, dan nog zou ik het niet doen. Al stonden we hier tien jaar. 'Dan kun je lang wachten,' echode Sabina met een kraaienstem en gaf me een duw. Zo hard als ik kon duwde ik terug. Sabina's nagels krasten over mijn wangen. Ik gilde en trok aan haar haar. Ze krijste.

Jeremy gooide mijn tas op de grond, sprong van zijn Citta af en kwam achter me staan. Ik sprong opzij, maar hij trok me terug. Hij en Sabina duwden me zo hard en onverwachts op mijn schouders naar beneden dat ik door mijn benen zakte en met mijn knieën hard op de grond terechtkwam. Jeremy plantte zijn voet op mijn schouder en bleef zo staan, zijn gewicht zorgde ervoor dat ik niet overeind kon komen. Sabina hurkte achter me en klemde haar koude handen om mijn nek. Ik wilde me uit hun greep losrukken, maar Jeremy drukte zijn smerige sportschoen zo hard op mijn schouder dat ik mijn evenwicht verloor en opzijviel. Ik strekte mijn arm uit en kreeg een lok van Sabina's haar te pakken.

Meteen schoot ze weg en trok mijn hand los. 'Getverdemme, vieze trol, als je me nog één keer fucking aanraakt ga je eraan!' krijste ze in mijn oor.

Jeremy trok me terug tot ik weer op mijn knieën zat, en terwijl hij en Sabina me op de grond hielden, greep Sebastiaan mijn tas. Hij graaide er met zijn hand in en haalde er iets uit.

Mijn portemonnee. Wat moest hij daarmee? Als hij hoopte er geld in te vinden, dan zou hij snel teleurgesteld zijn.

Met een zogenaamd gefascineerd gezicht bestudeerde Sebastiaan de inhoud van mijn portemonnee, trok er lachend iets uit en wapperde ermee voor mijn gezicht.

Mijn keel werd droog toen ik het zag.

'Als je me niet pijpt dan verscheur ik deze foto en daarna pis ik erop,' dreigde hij. 'Of ik gebruik hem om mijn reet mee af te vegen als ik vanavond op de plee zit.'

'Nee, ik weet wat beters!' gilde Sabina opgetogen. 'Je scant de foto en je plaatst hem op een sekssite voor bejaarden! Dan schrijf je dat ze van SM houdt en dat ze een grote dikke neger zoekt die haar moet vastbinden! Die haar anaal neukt terwijl hij met een zweep op haar gerimpelde reet mept!'

Jeremy en Sebastiaan bulderden van het lachen. Sebastiaan likte kreunend met zijn tong over de foto.

Met brandende ogen wendde ik mijn blik af van het vertrouwde gezicht van mijn lieve oma. Als zij me toch eens zo zou zien, wat een verdriet zou haar dat doen. Een snik schoot omhoog, duwde tegen de achterkant van mijn keel. Ik drukte mijn tong tegen mijn gehemelte, knipperde met mijn ogen om de tranen tegen te houden.

'Pijp hem nou maar, stom kind,' zei Sabina en ze gaf me met haar knie een por in mijn rug.

Ik viel voorover, mijn handen op de grond. Mijn linkerpalm landde op de nog brandende peuk die Jeremy daar een paar seconden eerder had neergegooid. Hij siste onder mijn huid.

Jeremy hield me van achteren op de grond, drukte op mijn schouders.

Sebastiaan kwam voor me staan en liet zijn broek zakken. Zijn rechterhand verdween onder het brede elastiek van zijn onderbroek en trok een spierwitte lul naar buiten. Een dikke blauwe ader was zichtbaar over de gehele lengte en zijn schaamhaar was steil en gitzwart.

In een vlugge zure en opwaartse stroom kwam mijn maagzuur naar boven, dreef mijn mond in. Ik slikte, sloot mijn ogen. Toen ik ze weer opende hing het vreselijke ding nog steeds voor me. Sebastiaan zwaaide ermee en in zijn hand zag ik het groeien, hard worden. Walgend keek ik weg.

De foto van mijn oma lag naast me op de grond.

Ruw pakte Sabina mijn hoofd beet en duwde het in de richting van Sebastiaans pik. 'Doe het, onder het toeziend oog van je oma!' gilde ze. 'Anders verscheuren we deze foto en zal ze branden in de hel!'

'Ik heb thuis heus nog wel andere foto's,' zei ik, terwijl ik probeerde om niet te kijken naar het witte geslachtsdeel voor me, dat nu helemaal stijf was en veel langer was geworden. Het zag er niet uit. Rond de punt zat een soort witte droge uitslag. Eronder hing een rimpelige zak en in het kruis van zijn witte boxershorts was een gore lichtbruine vlek te zien.

'Als je het niet doet gooien we je tas weg, met alles erin,' zei Jeremy.

Sabina zat gehurkt naast me, greep met beide handen mijn gezicht vast, haar rode nagels in mijn wangen. Haar lange plakkerige haar dat naar nicotine en haarlak stonk, viel tegen mijn wang.

Sebastiaan deed een stap naar voren, duwde ruw zijn lul in mijn gezicht. De koude, zuurruikende punt stootte tegen mijn neus en ik schoot met mijn hoofd opzij.

'Mond open!' krijste Sabina.

'Bek open,' herhaalde Jeremy van achter me en gaf een trap tegen mijn onderrug.

Bijna viel ik helemaal voorover, maar Sabina hield me op mijn plaats. Ik hield mijn lippen stijf op elkaar geklemd. De walging dreef nog steeds boven in mijn keel en was bijna niet meer binnen te houden. Ik haalde diep adem, snoof de zure geur van Sebastiaan op en opende mijn mond. Een volle kolk braaksel stroomde over hem heen. En toen nog een.

Schreeuwend sprong Sebastiaan achteruit. Het kots zat op zijn ding, op zijn broek, zelfs op zijn schoenen.

Sabina gilde, liet mijn gezicht los. Ze gaf me zo'n harde duw dat ik dit keer wel helemaal voorover viel. 'Smerig wijf!' riep ze. 'Je bent nog viezer dan ik dacht!'

'Vuile teringhoer!' brulde Sebastiaan.

Snel krabbelde ik overeind.

Sabina graaide in mijn tas en haalde er een van de pakjes Libresse uit. Snel trok ze de verpakking open en gaf het verbandje aan Sebastiaan. Met zijn rug naar ons toe veegde hij zichzelf ermee af.

'Wees maar blij dat ze je niet heeft gepijpt,' zei Sabina tegen hem. 'Je zou waarschijnlijk nog een ziekte oplopen ook door die smerige varkensbek van haar. Wie weet wat die allemaal bij zichzelf naar binnen stopt.'

Sebastiaan draaide zich terug, zijn broek had hij weer aan. Zijn ogen stonden nog wijd open van de schrik. Hij wees naar me. 'Wacht jij maar. Binnenkort kots ik jou helemaal onder en daarna maak ik je dood.'

'Goed idee,' zei Jeremy. Hij grijnsde vals en hield de foto van mijn oma in de lucht. Grinnikend reikte hij me hem aan, maar toen ik mijn hand uitstak trok hij de foto snel terug en verscheurde hem. Stukjes oma dwarrelden op de grond, het gedeelte waarop haar ogen te zien waren bovenop. Sebastiaan spuugde erop.

Terwijl de andere snippers wegwaaiden bleven haar ogen liggen, bijna alsof ze me inderdaad zag. Ik keek weg.

Sebastiaan en Jeremy klommen op hun Citta, en Sabina, met een stuk van haar felrode string zichtbaar boven haar spijkerbroek, sprong bij Jeremy achterop. Met veel kabaal reden ze weg. Bij de uitgang stopten ze, hielden mijn tas ondersteboven. Weer vielen al mijn spullen eruit. Jeremy keerde en reed er met zijn Citta hard overheen. Toen gingen ze de hoek om en verdwenen uit het zicht.

Het lukte me op de een of andere manier om zonder ongelukken naar huis te fietsen. Met mijn zicht troebel door de waas van tranen die maar niet wilden opdrogen, sjokte ik de lift uit en de galerij over naar de tweede deur. Daar stak ik de sleutel in het slot.

Nadat ik mijn schoenen had uitgeschopt, stroopte ik mijn

spijkerbroek op tot boven mijn knieën. Op mijn linkerscheen-
been prijkte een vuurrode plek van Sabina's laars. Mijn knieën
waren geschaafd, maar lagen gelukkig niet open. Aan de binnenkant van mijn rechterhand zat een brandblaartje van Jeremy's peuk.

Ik keek in de spiegel die naast de kapstok aan de muur hing en
schudde mijn hoofd naar mezelf. Dit kon zo niet langer. De enige manier om ervoor te zorgen dat deze ellende zou ophouden,
zou verdwijnen, was door zélf op te houden en te verdwijnen.
Het zou de ultieme ontsnapping zijn. Ik zou mijn lot te slim af
zijn, mezelf voorgoed bevrijden van het gepest. *Ik* zou als laatste
lachen en de echo daarvan zou door de gangen van het Mercatus College donderen. Het hele gebouw zou ervan trillen, zure
regen zou neerdalen op het schoolplein. Sabina zou zich, met
natte haren en uitgelopen mascara als een verlopen stoephoer,
afvragen wat er aan de hand was. Dan zou ze het horen. Iedereen
zou het horen. Meneer Kuipers zou de klas binnenkomen om
een mededeling te doen. 'Jongelui, ik heb een niet zo aangenaam
bericht. Jullie klasgenootje Elizabeth Versluys is gisteravond
overleden. Zij heeft zichzelf van het leven beroofd.'

Ik zou iedereen verbijsterd achterlaten en het gesprek van de
dag zijn. En in de andere wereld, het geluksoord waar mijn
oma en Rudy ook waren, zou ik geliefd zijn en voor altijd beschermd. Ver buiten het bereik van Sabina.

Sattnin, die vanachter mijn kamerdeur met zachte opgewonden piepjes liet weten blij te zijn dat ik weer thuis was, zou
ik meenemen. Als ik het slaappoeder van mijn moeder, dat ik
zelf ook zou innemen, door zijn drinken deed en ervoor zorgde dat we het tegelijkertijd binnenkregen, zouden we samen in
een diepe, zoete en eeuwigdurende slaap vallen. Geen nacht-
merries meer. Geen wekker meer. Geen werkelijkheid meer.

Mijn moeder zou er wel overheen komen. Het leven ging
verder en zij zou vanzelf doorgaan met het beleven ervan. Net

als mijn oma zou ik een herinnering worden, een stille aanwezigheid in vergeelde fotoalbums van toen ik klein was.

Ik deed mijn kamerdeur open, hurkte bij Sattnin neer, pakte hem op en zette hem op mijn schouder. Vandaag was de dag waarop het eindelijk ging gebeuren. Dit was geen wereld voor mij, mijn tijd zat erop. Niet iedereen op de wereld werd vijfennegentig, voor sommigen gingen met twaalf jaar de lichten al uit. Dat had met mij ook moeten gebeuren, ik had in dezelfde zomer waarin mijn oma en Rudy me voorgingen naar de andere wereld ook mijn exit moeten maken. Dan was er niets aan de hand geweest. Maar om de een of andere reden had de dood mij over het hoofd gezien. Ik moest het zelf doen.

Mijn moeder zou het begrijpen als ik haar alles uitlegde in de brief die ik voor haar achterliet. Het was nu eenmaal het beste zo.

Natuurlijk deed ik het niet. Alweer niet. Zo vaak al had de drang om de stekker uit dit kutleven te trekken door mijn hoofd gegonsd, had ik mijn hart uitgestort in de zoveelste afscheidsbrief, had ik foto's van mijn oma en Rudy tegen mijn hart gedrukt en ze fluisterend toevertrouwd dat ik eraan kwam. Maar nooit deed ik het.

Ik had de middelen binnen handbereik. De oranje zakjes slaappoeder van mijn moeder lagen in de la van haar nachtkastje, ik zou ze zo allemaal kunnen wegspoelen met cola. Makkelijker kon bijna niet. Maar zelfs wanneer ik de zakjes al in mijn handen had, de brief voor mijn moeder al op haar kussen lag en ik zekerder dan ooit wist dat ik er klaar voor was, deed ik het niet. Steeds weer legde ik zuchtend de zakjes terug en verscheurde de brief.

Ik kon het niet.

'Vandaag gaan we het hebben over uiterlijk,' zei meneer De Boer. 'En over het beeld en de boodschap die met name de media hierover naar buiten brengt.'

Nadat we het bij maatschappijleer de afgelopen weken haast alleen maar over drank en drugs hadden gehad, ging er een zucht van verlichting door de klas omdat er eindelijk een ander onderwerp aan bod kwam.

'Op tv is bijna iedereen altijd superslank,' begon De Boer. 'Wat vinden jullie daarvan?'

'Niet realistisch,' klonk Manon van achter uit de klas. 'Want in het echte leven ziet niet iedereen er zo uit.'

'Ja, maar televisie is toch juist even een ontsnapping aan het echte leven?' reageerde Denise. 'We willen dan toch geen dingen zien die we ook gewoon kunnen aanschouwen als we naar buiten kijken? Dan kunnen we net zo goed door het raam gaan turen in plaats van naar de televisie!'

Jeremy lachte.

'Het punt is,' zei De Boer, 'dat veel jonge meisjes en vrouwen, en ik weet niet of dit voor jullie ook geldt, hierdoor gaan denken dat je dun moet zijn om mooi te zijn en vervolgens een heel verkeerd zelfbeeld ontwikkelen.'

'Nou, geef mij maar iemand met wat vlees op d'r lijf,' reageerde Iwan. 'Die magere *chickies* vind ik echt niet flex.'

'Smaken verschillen,' zei Bojan. 'De een vindt slank mooi, de ander houdt van mollig. Dat is toch juist goed?'

'En weer een ander boeit het geen fuck, zolang ze maar dikke tieten heeft,' grinnikte Cliften.

Achterin werd gelachen.

'Bojan heeft een punt,' zei De Boer. 'Natuurlijk is het goed dat smaken verschillen. Maar het punt is dat er in de media juist vaak maar één soort schoonheid te zien is en ik wil van jullie weten of je dat storend vindt en waarom je denkt dat het zo is.'

Even bleef het stil. Toen zei Jurgen: 'Mijn vriendin heeft maat 42 en ik vind haar prachtig. Echt helemaal top. Het gaat erom wat er bij een meisje past en dat is bij iedereen anders, maar zij is inderdaad onzeker door al die zogenaamd perfecte lichamen overal. Dat vind ik kut, want ik vind haar juist duizend keer mooier dan die uitgehongerde gratenpakhuizen op tv.'

'Zeg je dat dan ook tegen haar?' vroeg De Boer. 'Weet ze dat?'

'Ja,' zei Jurgen. 'Maar soms lijkt het wel alsof het niet tot haar doordringt, alsof ze gelooft dat de mening van de media automatisch de mening is van iedereen.'

'Mijn zusje heeft dat ook,' klonk Denise weer. 'Die vindt zichzelf nog steeds dik, terwijl ze inmiddels dunner is dan ik. Maar iedere keer dat iemand tegen haar zegt dat ze te mager wordt, denkt ze dat die mensen alleen maar jaloers zijn op haar lichaam. Ze beweert dat ze nog lang niet op haar streefgewicht zit.'

'Oké, interessant, interessant,' zei meneer De Boer. 'Jullie hebben er dus een mening over. Alec, wat vind jij er bijvoorbeeld van?'

'Waarvan precies, meneer?'

Denise en Manon giechelden.

'Dat iedereen via de bladen en tv de boodschap krijgt dat je als vrouw slank moet zijn,' legde De Boer rustig uit.

Alec ging rechtop zitten.

Riley kantelde haar hoofd, keek hem met een geamuseerde glimlach aan.

'Ik ben het met Jurgen eens dat iedereen zijn eigen smaak heeft,' begon Alec, 'en ik denk ook dat ieder meisje mooi is op haar eigen manier. Dat we in de media slechts één soort schoonheid te zien krijgen, zendt een verkeerde boodschap uit.'

De Boer knikte. 'Jij zou je er persoonlijk dus niet door laten beïnvloeden?'

'Ik heb mijn voorkeur, meneer, en daar kan helemaal niemand wat aan veranderen.'

'En wat is jouw voorkeur dan, als ik vragen mag?'

Alec grinnikte, gebaarde naast hem. Riley bloosde.

De Boer lachte. 'Ah, natuurlijk.'

'Ik vind het eerlijk gezegd wel fijn dat we op tv geen dikke mensen zien,' zei Sabina ineens. 'Het is al erg genoeg dat die fatso's bestaan en dat we er in het echte leven tegenaan moeten kijken!'

Ik zakte dieper weg in mijn stoel.

'Dat is wel erg grof, Sabina,' zei Tarek.

'Het is gewoon vette bullshit,' zei Iwan. 'Wat als er nou mensen zijn die juist dat dunne gedoe fucking irritant vinden?'

Achter in de klas begonnen mensen door elkaar te praten, de stem van Sabina erbovenuit.

'Wacht even,' zei De Boer. 'Sabina, jij bent het dus eens met wat er momenteel gebeurt in de media?'

'Ja. Ik vind dikke mensen niet om aan te zien.'

'Dat is inderdaad nogal hard, Sabina,' zei Jurgen.

Ik draaide me niet om, keek naar mijn schrift, waar ik zonder dat ik het doorhad Sabina's naam had geschreven, met grote krassen erdoor.

'En als je nou zelf zwaar zou worden, wat dan?' wilde De Boer weten.

Sabina zuchtte. 'Dat gebeurt niet. Ik ben vier jaar geleden mijn zus verloren omdat ze zo zwaar was dat ze niet geopereerd kon worden, dus ik kijk wel uit.'

Even was iedereen stil.

'Dat is echt waar, meneer,' zei Jeremy toen.

De Boer schraapte zijn keel. 'Nou goed, dat is natuurlijk weer iets heel anders. En dat spijt me voor je, Sabina, dat wist ik niet.' Hij zweeg even. 'Er zijn natuurlijk ook genoeg mensen die er niets aan kunnen doen dat ze te dik zijn, bijvoorbeeld door ziekte of medicijnen. Maar het is over het algemeen inderdaad ongezond.'

'Er zijn heel veel verschillende soorten schoonheid,' bracht Bojan het gesprek weer terug op het juiste onderwerp, maar ik stopte met luisteren. Ik hoorde verschillende stemmen door elkaar praten, maar het drong niet tot me door wat er werd gezegd. Ik geloofde er niets van dat Sabina haar zus had verloren. Het was een leugen, ze had het alleen maar gezegd omdat ze voelde dat ze de discussie aan het verliezen was. Meneer De Boer was dom als hij haar geloofde.

En wat een kutonderwerp was dit. Wat had ik eraan om te weten dat Jurgen en Iwan dus vonden dat niet iedereen dun hoefde te zijn? De persoon om wie het me ging had duidelijk gemaakt dat hij een specifieke 'voorkeur' had, zoals hij het noemde. En ik had nog een hele lange weg te gaan voordat ik zelfs maar in de buurt zou komen van die voorkeur.

Zelfs op haar verjaardag was mijn moeder al vroeg de deur uit, nog voordat ik opstond. Ze vertrok iedere ochtend rond zeven uur naar haar werk en op de dagen dat ik 's avonds al in bed lag wanneer ze thuiskwam zag ik haar helemaal niet.

Net als ieder jaar zouden vanavond mijn ooms, tantes en nichtjes langskomen. Al een paar dagen had mijn moeder zich, zodra ze uit haar werk kwam, gestort op het grondig schoonmaken van het huis en de keuken puilde inmiddels uit van alle hapjes en drankjes die ze had ingeslagen.

Al die moeite voor twee zussen die haar niet zagen staan, hun mannen die altijd alleen maar met elkaar in gesprek waren, en mijn twee nichtjes. Neven had ik niet, ook niet van mijn vaders kant. Mijn vader was enig kind en mijn moeder had twee zussen, die allebei een dochter hadden van mijn leeftijd. Vroeger had dat de verjaardagen leuk gemaakt omdat Jennifer en Trisha behalve nichtjes ook vriendinnen waren. Naast de verjaardagen zagen we elkaar tijdens de schoolvakanties en soms op woensdagmiddag of in het weekend en het was altijd gezellig.

Maar de laatste jaren was er iets veranderd. Jennifer en Trisha waren zich anders gaan gedragen. Ze smoesden en giechelden met elkaar, en toen ik, op de dertiende verjaardag van Trisha, voor de eerste keer had gevraagd waar ze om lachten, hadden ze elkaar alleen maar met een geheimzinnige blik aangekeken en nog harder gegiecheld. Het had me gekwetst, want plotseling gedroegen ze zich net als de meisjes op Mercatus. En zo zagen ze er ook uit. Ook mijn nichtjes waren de populaire wereld van make-up en spijkerjasjes binnengestapt en Trisha had een permanentje in haar blonde haren laten zetten.

Ik zat toen net drie maanden in de brugklas en kon het niet geloven. Juist omdat de middelbare school zo tegenviel, had ik ernaar uitgekeken mijn nichtjes weer te zien. Met hen zou ik tenminste als vanouds kunnen lachen. Maar ook zij waren helemaal veranderd. Hoe was het toch mogelijk dat zoiets simpels als een school in staat was om zo'n bizar effect op mensen te hebben? Waarom ging iedereen denken dat je er allemaal op een bepaalde manier moest uitzien en je hetzelfde moest gedragen omdat je er anders niet bij hoorde? Misschien waren Esther en Annemieke inmiddels ook wel zo en was dat de reden dat ze me helemaal niet meer gebeld of gemaild hadden sinds de vakantie was afgelopen. Het was bijna niet voor te stellen, maar nu zelfs mijn nichtjes lippenstift op hadden en met een gek populair accent waren gaan praten, wist ik het niet meer. Ze negeerden mij volledig en rookten stiekem sigaretten op Trisha's kamer, waar ze bleven giechelen en zweetplekken onder hun oksels kregen van de pret. Hun strakke truitjes spanden om hun opgevulde beha's en voor de eerste keer viel het me op dat ik veel zwaarder was dan zij.

Ze gingen steeds meer op in hun wereldje van fluisterende geheimtaal en uiteindelijk had ik ze maar alleen gelaten en was ik terug naar beneden gegaan. Daar ging ik zwijgend naast mijn moeder op de bank zitten. Toen ze me vroeg waarom ik niet gezellig bij Jennifer en Trisha boven bleef, haalde ik mijn schouders op en keek strak voor me uit.

Mijn moeder zuchtte, waardoor tante Floor glimlachte en

zei: 'Joh, dat is de puberteit. Dan willen ze ineens alles anders, let er maar niet op.'

Ik zag de rode ogen van mijn moeder, zag hoe ze tussen mijn tantes in zat en eindelijk een keer de aandacht kreeg waar ze altijd zo'n behoefte aan had. Omdat het de eerste keer was dat ze zonder mijn vader naar een verjaardag had moeten gaan, probeerde iedereen haar te troosten en was hij het gesprek van de avond. Ik zat er stil naast en hoorde hoe mijn tantes bemoedigende dingen tegen mijn moeder zeiden.

'Je bent beter af zonder hem, wie weet hoe lang het al aan de gang was met die del.'

'Nu kun je tenminste lekker je eigen leven opbouwen, voor jou en Lizzie.'

'Je komt er wel overheen, het heeft alleen even tijd nodig. Op den duur slijt het, je zult het zien.'

Ze hadden net gedaan alsof mijn vader een slechte man was omdat hij was weggegaan, maar het kwam geen seconde in ze op dat de schuld daarvan misschien juist bij mijn moeder en mij zou kunnen liggen. Ik had me erbuiten gehouden, maar vroeg me wel af of ze dezelfde dingen zeiden als mijn moeder er niet bij was.

Tussen mij en mijn nichtjes was het sindsdien op iedere verjaardag hetzelfde gegaan. Elke keer dat ik Jennifer en Trisha zag waren ze meer make-up gaan gebruiken, droegen ze meer armbandjes en grotere oorbellen en giechelden ze onophoudelijk. Over jongens, uitgaan, kleding. Over zoenen. Het was duidelijk dat ik geen deel meer uitmaakte van hun bestaan.

Ik had een paar keer tegen mijn moeder gezegd dat ik niet meer meeging naar die stomme verjaardagen, maar daar wilde ze niets van weten. Ik moest niet zo raar doen. 'Vroeger ging je zo leuk met je nichtjes om, waarom is dat nu niet meer? Waarom zonder jij jezelf toch zo af van iedereen?'

Ze begreep er gewoon geen fuck van.

Vanavond was het dus feest bij ons thuis. Ik wist dat er verwacht werd dat ik mijn nichtjes mee naar mijn kamer zou nemen, maar *no way* dat ik dat ging doen. Ze bekeken het allemaal maar. Ik zou mooi in de woonkamer blijven zitten. Of ik zou op mijn kamer gaan zitten, maar dan zonder Jennifer en Trisha.

Voor het zover was, lag er eerst nog een dag Mercatus in het verschiet. Op vrijdag hadden we altijd de eerste drie uur vrij en ik had het kopen van een cadeau voor mijn moeder tot dat moment uitgesteld. Nadat ik de dvd-box van *Dynasty* had gevonden, liep ik met een plastic tasje in mijn hand Zuidplein uit waar ik met de roltrap afdaalde naar de bushaltes.

De pop met de Riley-pruik prijkte nog steeds in de etalage van Wonder Woman. Bijna was ik naar binnen gegaan om aan het haar te voelen, het gewoon even aan te raken, maar ik deed het niet. Misschien zou ik ooit, wanneer het een geschikt moment was, onopvallend de winkel in stappen en de pruik van het hoofd van de etalagepop grissen. Vlug, zonder dat iemand het zag, en hem dan mee naar huis nemen. Maar nu nog niet. Op zo'n doordeweekse ochtend als vandaag was het veel te rustig. Zoiets moest ik op een drukke zaterdagmiddag doen. Binnenkort. Het zou een stukje Riley in mijn wereld brengen en daarmee een stukje Alec.

Iwan en Cliften stonden bij het bushokje toen ik aan kwam lopen. Het stallen van mijn fiets een paar straten bij school vandaan was een paar dagen lang goed gegaan, tot hij op een dag spoorloos was verdwenen. Gestolen. Tegen mijn moeder had ik gezegd dat ik geen nieuwe fiets nodig had, dat ik voortaan de bus zou nemen.

'Waarom?' had ze gevraagd. 'Ik dacht juist dat je het fijn vond om met de fiets te gaan.'

'Fijn' was nogal overdreven, maar ik had inderdaad altijd de voorkeur gegeven aan fietsen boven de bus. Op de fiets was er niemand die naar me keek, terwijl ik in de bus altijd het gevoel had aangestaard te worden, dat iedereen mijn lelijkheid met afgrijzen in zich opnam. Tegenwoordig trok ik meteen een boek uit mijn tas, waar ik mijn gezicht zo diep mogelijk in verschool tijdens het lezen. Het hielp.

'De bus is gezelliger,' zei ik. 'Dan reis ik samen met een paar anderen uit mijn klas.'

Meteen klaarde het gezicht van mijn moeder op. 'Zeg dat dan gelijk! Leuk dat je eindelijk eens met je klasgenootjes omgaat. Ik koop morgen meteen een maandabonnement voor je.'

Dat ik tegenwoordig steeds later uit school kwam, dat ik me soms meer dan een uur schuilhield in de mediatheek voordat ik me naar buiten waagde, wist ze niet. Ik zou me net zo goed als de vorige jaren helemaal suf kunnen spijbelen. Zij zou er toch niets van merken. Als dat irritante strenge toezicht niet was ingevoerd zou ik dat zijn blijven doen.

Iwan en Cliften stonden samen over een A4'tje gebogen dat Iwan in zijn handen hield. Toen ik ze passeerde om op het bankje te zitten keek Iwan op.

'Hé,' zei hij.

'Hoi,' zei ik terug.

Cliften zei niets.

Net als Alec was Iwan rustig en zelfverzekerd, en dat stak scherp af bij het geschreeuw en gebrul van types als Jeremy en Sebastiaan. Ooit had ik een keer gehoord dat Iwan de oudste was thuis en dat hij zich verantwoordelijk voelde voor zijn vier jongere broertjes omdat zijn vader er niet meer was. Waar zijn vader was wist niemand, al werd er genoeg gespeculeerd. Toch durfde niemand hem er rechtstreeks naar te vragen want dit was het enige onderwerp waarbij Iwan, die bijna altijd kalm was, zijn zelfbeheersing kon verliezen. Samen met zijn broertjes en zijn moeder woonde hij aan de rand van het woonwagenkamp in de Beverwaard, en zijn uiterlijk en achtergrond zorgden er vaak voor dat mensen een verkeerd beeld van hem kregen. Er waren er maar weinig die wisten dat hij het geld dat hij verdiende met zijn clubgevechten thuis meteen aan zijn moeder gaf. Ik wist het omdat ik het Denise, die ondanks het feit dat hij haar uitlachte bijna net zo erg achter Iwan aanliep als achter Alec, een keer tegen Manon had horen zeggen in de kleedkamer van gym. Het zei veel over zijn karakter.

Naast me op het bankje zat een oude vrouw met grijs haar, haar bruinleren handtas stevig op schoot geklemd. Vanachter haar bril keek ze met een schuin en misprijzend oog naar Iwan. Naar de wijde camouflagekleding, zijn leren jas en de tribaltekens die in zijn hoofd geschoren waren. En naar zijn mond, die een rap ten gehore bracht.

Iwans raps waren beroemd op school, er was zelfs een keer een tekst van hem in de schoolkrant geplaatst toen de school veertig jaar bestond en hij er een nummer over had geschreven. Iwan rapte over alles. Wanneer er iemand van school werd gestuurd, een meisje uit 3a zwanger was, er een lerarenstaking plaatsvond of er een bommelding was, Iwan rapte erover. Als je al zijn raps op een cd zou verzamelen kreeg je een volledig overzicht van alle gebeurtenissen op Mercatus.

Cliften fungeerde als beatbox en hun geluid vulde het bushokje. De bejaarde vrouw draaide haar hoofd weg en vertrok haar mond tot een smalle lijn. Ze vouwde haar handen nog wat steviger om haar tas en zuchtte.

Wat zou ze doen als Sabina bij haar in het hokje zou staan? Zou ze naar haar glimlachen, denken dat er een aardig meisje naast haar stond? Zelfs bejaarden lieten zich beïnvloeden door uiterlijk, ze zou er geen idee van hebben dat het juist Sabina was die kwaadaardig was tot op het bot en dat Iwan een goede jongen was.

Het gezicht van de vrouw klaarde op toen Iwans rap ineens luid werd overstemd door het draaiorgel achter ons, dat plotseling tot leven kwam. Vol overgave werd er ingezet met een Nederlandse hit en Iwan en Cliften vervaagden naar de achtergrond.

De draaiorgelmuziek stroomde mijn hoofd in en riep herinneringen op aan een zo ver verleden dat het bijna een vorig leven leek. Een tijd waarin mijn wereldje nog veilig was, mijn ouders gelukkig waren getrouwd en een stabiele factor in mijn zorgeloze bestaan waren, als een warme en constante vanzelfsprekendheid.

De ochtendzon scheen het hokje in en verwarmde mijn gezicht. Ik sloot mijn ogen en liet me voor een moment mee terugvoeren in de tijd. Ik was zes en zwierde rond in de zweefmolen van de Efteling. Ik schaterde. Iedere keer wanneer ik voorbij mijn ouders zoefde stak mijn vader zijn hand op en zwaaide ik opgetogen terug.

'Kijk papa! Met losse handen!'

Steeds hoger vloog ik, tot boven de boomtoppen uit, in een gelukkige cirkel van pret, terwijl beneden mij de feestelijke melodie van het draaiorgel klonk.

Van alle attracties in de Efteling had ik de zweefmolen, in al zijn ouderwetse eenvoud, verreweg het leukste gevonden. Steeds wanneer ik eruit kwam, duizelig van plezier, trok ik opgetogen aan de mouw van mijn vader. 'Nog een keer, nog een keer!' En steeds weer ging mijn vader geduldig met me in de rij staan, zonder zelf mee te zweven. Mijn moeder stond even verderop, buiten de rij, een glimlach op haar gezicht. Ze straalde. In die tijd besefte ik niet hoe ik had moeten waarderen dat mijn ouders samen waren, dat ze liefde voelden voor elkaar, voor mij. Het hoorde zo.

Mijn god, wat was er gebeurd? Hoe was het mogelijk dat alles zes jaar na die dag in de Efteling in één fucking zomer zo was veranderd? Als ik wat liever voor mijn vader was geweest, wat beter mijn best had gedaan op school, wat vaker mijn kamer had opgeruimd, wat minder lang met Rudy was weggebleven iedere dag, zou mijn vader dan niet zijn weggegaan? Als ik een mooier kind was geweest, met blond haar en blauwe ogen en niet zo zwaar, zou hij dan wél genoeg van me hebben gehouden om te blijven?

De muziek stopte.

Ik opende mijn ogen. Weg was de zweefmolen, het sprookjesbos. Weg waren mijn ouders.

Bus 70 kwam aanrijden.

Terwijl ik de bus in stapte en een plaatsje zocht, was er nog net te horen hoe er buiten een nieuw draaiorgelnummer werd ingezet. Het geluid vervaagde en ging over in het geroezemoes van de bus die wegreed. De grijze wolk die zich voor de zon schoof bevestigde dat ik wederom op weg was naar een nieuwe dag op het Mercatus College.

Mijn moeder had haar best gedaan er mooi uit te zien. Ze had krullen gezet, lippenstift opgedaan en zich in een knielange rok met bruine laarzen gehesen. Dat het eigenlijk te modern was voor haar en het met die hoge laarzen net leek alsof ze probeerde er uit te zien als iemand van twintig, had ze niet door.

Tante Floor en tante Laurien gingen ook wel zo gekleed, maar op de een of andere manier stond het bij hen wel. Misschien omdat zij slank en knap waren en het bij hen paste, als een natuurlijke stijl in plaats van een krampachtig bij elkaar gesleepte outfit die mijn moeder speciaal voor deze avond had aangeschaft. Waarschijnlijk had ze zich in de kledingwinkel, Miss Etam of Promiss of een van die andere zaken waar ze altijd kwam, blind laten adviseren. Dat soort dingen deed ze. Ze luisterde naar de zogenaamd goede raad van de verkoopster en kocht vervolgens precies wat die haar aansmeerde. Geen eigen mening of smaak. Dat het negen van de tien keer totaal niet bij haar paste, zag ze niet en ik zei er niets over. Het laatste wat ik nodig had was een zoveelste discussie over kleding.

'Ik hoop dat jij straks ook je best zult doen om gezellig te zijn,' zei ze terwijl ze de kussens op de bank recht legde. 'Trisha en Jenny zullen er ongetwijfeld bij zijn en die komen niet voor mij, maar voor jou, dat weet je.'

'Vroeger misschien, ja,' mompelde ik.

Mijn moeder fronste. 'Nu nog steeds. Maar als jij altijd maar zo chagrijnig kijkt, dan is het niet verwonderlijk dat ze liever met elkaar optrekken dan met jou. Wees een keer gewoon spontaan, probeer eens te lachen. Tante Floor zei vorige keer nog –'

'Tante Floor begrijpt er helemaal niets van. Ze weet nog niet de helft van wat Jenny allemaal uitspookt. Ze zou eens op haar eigen dochter moeten letten in plaats van op mij.'

Mijn moeder keek me verbaasd aan. 'Begin je nou alweer? Ze zei alleen maar dat ze jou zo stil en bleek vindt geworden. En weet je, ze is niet de enige van wie ik dat te horen krijg.'

De avond verliep precies zoals ik had verwacht. Tante Floor en tante Laurien waren druk in gesprek met elkaar, evenals oom Frits en oom Jeff. Mijn moeder sloofde zich uit met hapjes en drankjes en deed voortdurend pogingen zich in het gesprek te mengen. Mijn plaatsvervangende schaamte groeide met iedere blik die ik haar kant op wierp. Ze deed altijd zo haar best erbij te horen, om deel uit te maken van de conversatie op welke manier dan ook, dat het vernederend was om te zien hoe de anderen haar negeerden. Ze lachte, te hard en te nep, op de verkeerde momenten. Als ze wat zei werd ze – niet eens met opzet, want het leek wel alsof de anderen haar nerveuze stem niet echt hoorden – onderbroken en overstemd. Op die momenten staarde ze even voor zich uit, plukte wat aan haar rok of haar nagels en ging daarna meteen weer verder met lachen en verwoede pogingen tot deelname aan de conversatie.

Voor de zoveelste keer bezwoer ik mezelf dat ik nooit, maar dan ook nooit, zo zou worden. Dan maar een raar kind, een chagrijn. Dan maar een eenling, een trol. Alles beter dan een meeloper, een kontenlikker.

Jennifer en Trisha, die doordat ik op de enige lege stoel naast

Jennifer was gaan zitten een stuk uit elkaar zaten, wisselden blikken en rolden met hun ogen. Ik wist zeker dat ze over mij hadden geroddeld voordat ze hierheen waren gekomen. Ik zag hen alleen nog maar op verjaardagen, maar zij zaten op dezelfde school en gingen in het weekend samen naar de stad. Soms logeerden ze zelfs bij elkaar.

Het was goed dat ze op een andere school zaten dan ik. Als zij ook naar Mercatus zouden gaan wist ik zeker dat ze aan hun moeders zouden vertellen hoe erg ik werd gepest en dan zou mijn moeder het binnen de kortste keren ook te horen krijgen. Dat mocht nooit gebeuren, die vernedering zou te groot zijn. Nu dacht mijn moeder nog dat ik er zelf voor koos om stil en teruggetrokken te zijn, dat ik nu eenmaal geen zin had om met vriendinnen af te spreken. Ze wist niet dat ik geen keus had.

'Waarom gaan jullie niet gezellig op jouw kamer zitten, Lizzie?' opperde mijn moeder plotseling, veel te luid.

Meteen waren alle blikken in de kamer op mij gericht.

Mijn wangen begonnen te gloeien.

Shit! Waarom kon ze me nou nooit eens een keer met rust laten en zich met haar eigen zaken bemoeien? Ik wílde niet met die twee kapsoneskutten naar mijn kamer gaan. Ze zouden alleen maar net als de vorige keer samen op mijn bed gaan zitten en giechelen om niets, mij het gevoel geven dat ik werd uitgelachen, dat ze me buitensloten.

Nee, ik vertikte het. We bleven hier, bij de volwassenen. Ik was toch zeker geen klein kind meer, dat braaf met haar nichtjes moest gaan spelen zodat de grote mensen even hun handen vrij hadden?

Ik haalde mijn schouders op. 'Ik zit hier ook goed.'

Dwingend hield ik mijn moeders blik vast. Snap me eens, voor een keer. Alsjeblieft, probeer het.

Maar mijn moeder zuchtte en keek Jennifer aan. 'Als je gezellig naar Lizzies kamer wilt, dan moet je het zeggen, hoor. Dan kunnen jullie tenminste lekker kletsen als meiden onder elkaar.' Ze gaf haar een overdreven knipoog en vanaf de andere bank hoorde ik Trisha giechelen.

Ik kromp ineen. Mijn god, waarom probeerde ze mij nou altijd voor schut te zetten? Meiden onder elkaar? En dan die debiele knipoog! Wist ze niet dat ze zich belachelijk maakte als ze zo deed? Dat Jennifer en Trisha het later over haar zouden hebben en haar met een gekke stem zouden nadoen?

Weer wisselden Jennifer en Trisha een blik. 'Als Elizabeth dat ook wil…' zei Jennifer toen.

Eigenlijk moest ik haar heel kalm aankijken en zeggen: 'Nee, dat wil Elizabeth niet.' Maar de hitte op mijn wangen verspreidde zich naar mijn nek en ik stond op. 'Oké dan.'

Vlug boog mijn moeder zich over de tafel, een beweging die de opzichtige armbanden die ze normaal nooit droeg deed rinkelen om haar pols, en ze pakte een schaaltje met paprikachips. Ze gaf het aan Jennifer. 'Hier, neem maar mee. Dan hebben jullie daar ook wat te snaaien.' Terwijl ze dit zei knipoogde ze voor de tweede keer.

Snaaien. Behalve schaamte voelde ik ook medelijden. Ze had er echt geen flauw idee van hoe belachelijk ze zichzelf maakte.

Jennifer stond op en pakte het schaaltje van haar aan. 'Dank je wel, tante Anne,' zei ze met een uitgestreken glimlach.

Jennifer en Trisha, beiden met een glas cola in hun hand, liepen giechelend achter me aan de gang door. Op school haatte ik het als er iemand achter me liep en nu ook. Ik wist zeker dat diegene zich in stilte verwonderde over de kolossale omvang van mijn kont. Ook Jennifer en Trisha, beiden zo vreselijk mager dat mijn moeder wel eens tegen mij had gezegd dat ze zich afvroeg of ze wel goed aten, keken er nu waarschijnlijk naar. Daarom lachten ze natuurlijk. Eigenlijk zou ik nu abrupt stil moeten staan, zodat ze tegen me op zouden botsen en cola over hun sletterige truitjes zouden morsen. Eens kijken wie er dan zou lachen.

Naast elkaar zaten ze op mijn bed, ik in mijn bureaustoel. Trisha dronk haar glas leeg en zette het op de grond. Langzaam rechtte ze haar rug, hief haar gezicht op en liet een luide boer.

Jennifer schaterde. Trisha lachte mee.

Ordinaire wijven. Als ik zo naar ze keek was het haast onmogelijk voor te stellen dat we vroeger zo'n lol hadden gehad met zijn drieën. Dat we elkaars geheimen kenden en elkaars kleren gingen passen als we bij elkaar op visite waren. Hoe ik altijd uitkeek naar de familieverjaardagen, omdat het steeds weer een feest was om mijn nichtjes te zien. Wat had ik het spannend gevonden toen Jennifer over haar eerste vriendje vertelde toen we tien waren en zij met haar klas op werkweek was geweest. Ze hadden gezoend, tijdens de discoavond, met de tongen nog wel! Wat hadden ze een ontzag gehad voor mij toen ik als eerste van ons drieën borsten kreeg. Steeds weer moest ik mijn T-shirt omhoog doen om ze te laten zien. Trisha had er zelfs even aan willen voelen, gefascineerd als ze was door iets wat haar nog te wachten stond en waar ze vol ongeduld naar uitkeek. Het leek haast wel alsof we alle drie iemand anders waren geworden. Wat was er gebeurd?

Jennifer ritste haar rugtasje open en viste er een pakje Stuyvesant uit. Met een geroutineerd gebaar haalde ze er een sigaret uit en stopte het pakje terug in haar tas. Ze plaatste de sigaret tussen haar getuite lippen en stak hem met een felroze aansteker aan. Ze inhaleerde vol overgave, het puntje van de sigaret lichtte op. Toen verdween de aansteker weer in het tasje en blies Jennifer langzaam een wolk rook uit.

'Mijn moeder wil niet dat er bij ons thuis wordt gerookt,' hoorde ik mezelf zeggen.

Zowel Jennifer als Trisha keken me hooghartig aan.

'Nou en? Dan zet je toch even een raam open?' zei Jennifer. Ze pakte het pakje sigaretten opnieuw uit haar tas en hield het Trisha voor, die er glimlachend een sigaret uit trok. Aan mij werd niets gevraagd, maar ik zou toch hebben geweigerd. Niets was zo smerig als roken.

Ondanks het open raam stonk al snel de hele kamer. Ik wist zeker dat mijn moeder mij ervoor op mijn kop zou geven als ze het zou ruiken. Zouden tante Floor en tante Laurien inmiddels weten dat Jennifer en Trisha rookten? Waarschijnlijk nog steeds niet.

Vanaf mijn plek bij het raam keek ik toe hoe Trisha giechelend een foto op haar telefoon aan Jennifer liet zien. 'Deze heb ik gisteravond gemaakt.'

'Dennis is en blijft een lekker ding,' zei Jennifer goedkeurend.

Trisha knikte. Grijnzend haalde ze een pakje condooms uit haar tasje en hield het in de lucht.

Jennifer gilde. 'Nee! Dat meen je niet! Heb je die gewoon in je tas zitten? Stel dat je moeder ze vindt?'

Trisha haalde haar schouders op. 'Dan weet ze in ieder geval dat ik het veilig doe,' zei ze stoer.

Ja, dag. Als tante Laurien wist dat Trisha al aan seks deed, dan zou ze haar de komende vier jaar in haar kamer opsluiten. Of haar schaamlippen aan elkaar vastnieten. Ze had er geen idee van dat haar brave blonde dochter de slet uithing.

Ineens keken ze allebei naar mij.

'Heb jij nou eigenlijk al een vriendje, Elizabeth?' vroeg Jennifer.

Ik haalde mijn schouders op. 'Niet echt.'

'Niet echt,' herhaalde Trisha. 'Wat betekent dat? Dat je een nepvriendje hebt?'

Jennifer giechelde.

'Eigenlijk vind ik momenteel even niemand leuk,' zei ik.

'Maar je hebt wel al een vriendje gehad intussen? Of niet?' vroeg Trisha.

Ze wist heus wel dat dit niet zo was. De trut was alleen maar aan het doorvragen om mij belachelijk te maken.

'Misschien.'

Jennifer giechelde wederom. 'Nee dus. Jij bent het type eeuwige maagd, dat zie je zo. Is het klooster niet wat voor jou?'

Ik keek haar aan en zei niets. De spottende grijns op haar gezicht, de dellerige manier waarop ze die sigaret vasthield, het leek bijna absurd dat ik haar vroeger aardig had gevonden.

Zouden ze weten dat ik werd gepest op school? Waarschijnlijk wel, ze deden het immers zelf ook. Toen we alle drie nog kinderen waren, had ik er nooit over nagedacht hoe het zou lopen als we opgroeiden, daar hadden we ons geen van drieën mee beziggehouden. Wie er van ons knap zou worden en populair, en wie er dik zou worden en uiteindelijk een eenling zou zijn. Ik had verwacht dat we hetzelfde zouden blijven. Ouder, dat wel, maar verder gewoon hetzelfde. Niemand had me verteld dat het naïef was om zo te denken.

Jennifer en Trisha bleven samen lachen en fluisteren over foto's, sms'jes, zuigzoenen en het wel of niet doorslikken van sperma. Het duurde een eeuwigheid voordat tante Floor eindelijk op de gang riep dat ze naar huis gingen.

'Ik spreek je vanavond op msn,' zei Jennifer tegen Trisha. Zonder wat tegen mij te zeggen liep ze mijn kamer uit.

Zwijgend bleven Trisha en ik samen achter. Het was de eerste keer in jaren dat we met zijn tweeën waren. Waar konden we het over hebben?

'Weet je,' begon ik, 'er is –'

'Trisha!' riep tante Laurien. 'Kom je? Wij gaan ook!'

Trisha glimlachte even naar me, kort. Ondanks alles voelde ik een sprankje ouderwetse vreugde. Zwak als ik was glimlachte ik terug. Toen verliet ook Trisha mijn kamer.

Ik pakte de limonadeglazen van de grond om in de badkamer de as eruit te spoelen, dekte Sattnins kooi af met een handdoek en spoot een halve deodorantbus van mijn moeder leeg in mijn kamer. Het raam liet ik openstaan.

De volgende ochtend hing de geur van sigarettenlucht nog steeds in mijn kamer.

Gelukkig was mijn moeder niet binnen geweest. 's Avonds, toen de visite weg was, had ze nog een hele tijd in haar eentje in de woonkamer gezeten. Zonder lamp aan, met alleen het schijnsel van het ganglicht dat de kamer in scheen. Ik had het gezien toen ik naar de wc ging. Het was al voorbij half twee geweest. Hoe lang ze er daarna nog was blijven zitten, wist ik niet.

Ik stond op, liep de woonkamer in en opende de gordijnen. De vuile glazen en lege schalen waren opgeruimd, alle sporen van visite waren verdwenen. Volgens de klok boven de schoorsteen was het half negen, het was niets voor mijn moeder om nog steeds in bed te liggen. Waarom was ze zo lang op de bank blijven zitten vannacht? Had ze misschien gehoopt dat mijn vader haar zou bellen, dat hij er ondanks alles aan zou denken? Natuurlijk had hij niet gebeld. Dat had hij vorig jaar ook niet gedaan en het jaar daarvoor ook niet.

Op míjn verjaardag belde hij wel, 's ochtends vroeg al. Ik werd dan geacht blij te zijn met een simpel telefoontje. Vroeger werd ik op mijn verjaardag, aan het eind van een dag van taart en vriendinnetjes en cadeaus, op zijn nek getild en mocht ik hoog in de lucht alle ballonnen die aan de slingers hingen lekprikken. Ieder jaar opnieuw was dat het hoogtepunt van de dag geweest. Wat stelde zo'n telefoongesprek dan voor? Waar ruis doorheen klonk en gekraak, en het soms leek alsof de lijn helemaal dood was waardoor het net zo afstandelijk en onpersoonlijk was als de overdreven blije Amerikaanse e-card die hij er altijd nog achteraan stuurde. Of het cadeau dat hij mijn moeder voor me liet kopen. Het betekende niets, was compleet waardeloos. Een verjaardag vieren, iemand feliciteren, hield in dat je liet merken blij te zijn dat die persoon bestond. En als je de vader was van de jarige dan deed je zoiets niet per telefoon of e-card. Dan nam je haar op je schouders zodat ze de ballonnen kon lekprikken, waarbij iedere knal de feestelijke afsluiting was van een dag om nooit te vergeten. De enige knallen die ik tegenwoordig nog hoorde, waren die van de deuren die hier in huis werden dichtgesmeten als ik weer eens ruzie had met mijn moeder.

Ik ging zitten op de bank, op dezelfde plek waar mijn moeder vannacht had gezeten. Haar eenzaamheid was nog zo sterk aanwezig dat het bijna verstikkend was, op mijn longen drukte. Natuurlijk vond ik het heus wel erg voor haar allemaal. Vooral op dit soort dagen. Natuurlijk snapte ik heus wel dat haar obsessie met haar werk en met mij voor haar misschien een manier was om met haar verdriet om te gaan. Maar dat wilde niet zeggen dat ik daarom niet inzag dat ze totaal niet haar best had gedaan om mijn vader bij ons te houden. Het had allemaal heel anders kunnen lopen.

Ik stond op, liep door de donkere gang langs de slaapkamer van mijn moeder naar mijn kamer. Sattnin was nog in diepe rust, lag opgerold op een hoek van mijn kussen te slapen.

Ook hier schoof ik de gordijnen open en keek naar buiten. Vroeger, in Dordrecht, had mijn slaapkamerraam uitzicht geboden op onze tuin. Als ik daar uit mijn raam keek zag ik de bloemen en planten waar mijn moeder altijd zo graag mee bezig was geweest en de vijver van mijn vader. Maar hier, in de flat, bestond het uitzicht uit het kleine grasveldje dat achter het gebouw lag en de autoweg daarachter.

Het was een mooie dag, de zon scheen en de lucht was helderblauw. Mensen werden wakker, stonden op, hadden weekend. Huisvaders brachten een emmer met sop naar buiten om de auto te wassen, kinderen gingen op bezoek bij hun oma en meiden van mijn leeftijd gingen de stad in om te slenteren over de Lijnbaan. Als Rudy er nog was dan zou ik vandaag met hem het park in zijn gegaan.

Een blond meisje liep voorbij, een bruine boterham in haar hand. Op weg naar haar weekendbaantje, waarschijnlijk. Op school waren er ook veel mensen van mijn leeftijd die op vrijdagavond en zaterdag werkten, meestal in een winkel, voor extra geld om te stappen, kleding te kopen of te sparen voor een scooter of een vakantie.

Het meisje nam een hap van haar boterham en gooide het restant op het gras. Meteen stortte een hysterische kolonie krijsende meeuwen zich erbovenop, hun vleugels wild klappend. Het haar van de blondine viel los op haar rug, was bijna even lang als dat van Riley. Het was het laatste wat ik van haar zag voordat ze uit zicht verdween.

Even bleef ik staan, toen wist ik het. Dat was het, dat was wat ik moest gaan doen vandaag! Een tinteling schoot door mijn buik.

Vandaag was de dag waarop de Riley-pruik in mijn bezit zou komen.

Eindelijk, al was het maar gedeeltelijk, zou ik kunnen voelen hoe het was om haar te zijn.

Mijn moeder was stil toen ze uit bed kwam. Ze slofte naar de keuken, zette thee en ging er in de woonkamer mee op de bank zitten. Met wat verwarde, van gisteravond overgebleven krullen in haar haar en wallen onder haar ogen staarde ze in haar glas.

Ik ging naast haar zitten. 'Ik ga straks even naar Zuidplein.'

Mijn moeder keek op. 'Jij? Met wie dan?'

'Met Manon, een meisje uit mijn klas. Ze belde vanmorgen, ze heeft nieuwe schoenen nodig en vroeg of ik meeging.'

Het vermoeide gezicht van mijn moeder klaarde op. 'Joh wat leuk, Lizzie. Komt ze je hier ophalen?'

Ik schudde mijn hoofd. 'Nee, we hebben om twee uur afgesproken bij de ingang van Zuidplein.' Ik klonk zo overtuigend dat ik het bijna zelf geloofde.

Mijn moeder straalde. 'Dat vind ik nou nog eens leuk, dat je eindelijk met vriendinnen afspreekt.'

Tevreden liep ze naar de tafel, naar de stapel werk waar ze mee aan de slag moest. Het stoorde haar niet dat ze ook in de weekenden moest werken, ze schepte er zelfs een soort genoegen in. Ze bond haar ongewassen haar in een vlecht en zette haar bril op. Dikke dossiers in groene mappen met elastiek eromheen lagen voor haar. Mijn gescheiden moeder was getrouwd met haar werk.

Mijn missie zorgde ervoor dat ik rechtop liep toen ik vanaf het metroperron de trappen afdaalde naar de ingang van het winkelcentrum, waar vriendinnen gearmd liepen, moeders met kleine kinderen er gestrest uitzagen en verveelde vaders hun blik lieten afdwalen naar de in strakke spijkerbroeken gehulde billen van de meisjes voor ze. Door de glazen draaideur stapte ik het platform op waar ik gisterochtend nog had gelopen om het cadeau voor mijn moeder te kopen en waar de benauwende geur van mensenmassa, parfum, sigarettenrook en vette snacks kenmerkend was.

Groepjes jongens liepen stoer rond en waren gekleed in leren jassen, knappe meisjes liepen in setjes van twee en drie en lachten, en ook lelijke meisjes liepen samen met een vriendin. Er waren stelletjes, complete gezinnen, bejaarde echtparen. Zelfs honden liepen vrolijk aangelijnd tussen de menigte door. Zoals gewoonlijk was ik de enige die alleen liep.

Ik passeerde de groepjes, liep tussen de kinderwagens door, hoopte dat ik niemand van Mercatus zou tegenkomen en stond stil voor de Wonder Woman, waar ik recht op af gelopen was.

Was dit wel echt een slim idee? Stel dat ik werd betrapt? Zouden ze voor zoiets de politie bellen? Mijn god, dan zou mijn moeder worden gebeld om me te komen halen op het bureau. Hoe kon ik ooit aan haar verklaren wat er was gebeurd? En dat Manon er helemaal niet was?

Toch moest ik het risico nemen, het ging niet anders. Ik hoefde er alleen maar voor te zorgen dat ik niet werd gepakt.

Ik had van huis een plastic tasje van Blokker meegenomen, met vier placemats die ik er zonder dat mijn moeder het zag in had gedaan. Hierdoor leek het net alsof ik heel normaal aan het winkelen was. Ik hoopte dat de tas groot genoeg was om de pruik vlug in te laten verdwijnen en vervolgens naar buiten te lopen.

Zo nonchalant mogelijk slenterde ik door de winkel. Harde dancebeats dreunden uit de boxen. De andere meisjes die hier liepen vormden groepjes of waren met hun moeder. Het roodharige meisje met de neuspiercing dat achter de kassa stond was met veel armgebaren verwikkeld in een gesprek met haar collega. Ze had een blikje Red Bull in haar handen en tikte met haar vingers op de toonbank mee met de luide muziek. Er was verder slechts één andere verkoopster, verderop in de hoek, en zij stond met haar rug naar me toe spijkerbroeken recht te leggen.

Ik liep een rondje, mijn gezicht zo neutraal mogelijk. Af en toe pakte ik iets uit de rekken, keek ernaar, hing het terug en liep weer verder.

De verkoopster in de hoek keek naar me.

Snel draaide ik me weg. Mijn wangen gloeiden. Shit.

Had ze me door? Nee, natuurlijk niet. Ik deed niets vreemds, liep hier gewoon wat kleren te bekijken net als alle anderen die er waren.

Maar toch, als zij me in de gaten bleef houden was mijn kans verkeken.

Ik pakte een spijkerjack uit het rek en hield het voor me. Vanuit mijn ooghoek zag ik hoe de verkoopster werd aangesproken door een donkerharig meisje en haar moeder. Met zijn drieën liepen ze naar de andere kant van de winkel. Het meisje aan de kassa was intussen ook bezig met een klant, haar collega was nergens meer te bekennen.

Nu.

De etalage was gelijkvloers met de rest van de winkel en in een paar passen liep ik naar de blonde pop toe. De winkelende mensen die aan de andere kant van het glas voorbijliepen en nieuwsgierig naar binnen keken negeerde ik. Voordat ik me kon bedenken stak ik mijn hand uit tot ik het lange haar beet had. Vlug gaf ik er een ruk aan en hield met mijn andere hand de plastic tas eronder.

Maar de pruik viel er niet in.

In plaats daarvan wankelde de Riley-pop, keek me met grote ogen aan en donderde toen met een enorme klap op de grond.

Ik sprong opzij.

Verstijfd staarde ik naar beneden. De pop, waar de blijkbaar vastgelijmde pruik onbewogen op zat, lag aan mijn voeten. De dreun waarmee ze was neergekomen echode in mijn oren. En ondanks de harde muziek was het plotseling doodstil in de winkel.

Wegwezen!

Maar ik kon me niet verroeren.

Iedereen keek naar me.

Met hete en vochtig handpalmen bukte ik, greep de zware, levensgrote Barbie bij haar schouders in een poging het ding omhoog te krijgen en weer rechtop te zetten.

'Laat maar, dat doe ik wel,' klonk een stem achter me. De verkoopster die me eerder al had opgemerkt ging voor me staan en nam de pop van me over.

Ik deed een paar stappen achteruit terwijl zij de pop weer op haar plaats zette en het blonde haar, warrig door de val, glad-streek. Toen draaide ze zich om en keek me bevreemd aan. 'Hoe –'

'Sorry,' mompelde ik. Ik snelde de winkel uit.

Het was inmiddels al de zesde metro die vertrok zonder dat ik instapte. Ik zat op een bankje van het perron en zuchtte. Ik kon onmogelijk nu al naar huis gaan. Mijn moeder zou meteen willen weten waarom ik zo snel terug was, het was nog niet eens drie uur. En ik had geen Riley-pruik. Mijn geweldige, briljante plan was gewoon mislukt.

Ik gaf een trap tegen een leeg colablikje dat voor mijn voeten lag. Niet te geloven dat die pruiken vastgelijmd zaten. Waarom? Hoe kon ik er dan aan een komen? Er eentje kopen was eigenlijk nog de enige optie, maar ik had wel eens gehoord dat die dingen vreselijk duur waren, zeker wel een paar honderd euro. Waar verkochten ze zoiets überhaupt? In een kappers-winkel of zo? Wacht even, ik had er pas geleden een gezien. Toch? Waar was dat ook alweer geweest?

Terwijl er weer een metro stopte en zijn deuren opende spoelde ik mijn geheugen terug tot ik de herinnering vond. Het was in de tropische winkel geweest, tegenover de Albert Heijn in de Krabbendijkestraat. Daar hadden plastic hoofden in de etalage gestaan met pruiken erop. Blond, zwart, rood, alle kleuren werden tentoongespreid. Ik had ernaar staan kijken toen ik

118

een paar maanden geleden met mijn moeder de Albert Heijn was uitgekomen en we moesten wachten met in de auto stappen tot de auto naast ons zijn deuren had gesloten.

Die pruiken daar waren lang niet zo mooi geweest als die van Wonder Woman. Het had er uitgezien als goedkoop en synthetisch spul, dat zelfs in mijn herinnering glom van nepheid. Al was het voordeel van zulke slechte kwaliteit wel dat het waarschijnlijk betaalbaar zou zijn, meer dan een paar tientjes kon zo'n ding niet kosten. En het belangrijkste was dat de pruik lang en blond was. Of het echt leek maakte niet eens zo veel uit, want behalve ikzelf was er toch niemand die mij ermee zou zien. Het ging om het gevóél en nu ik had besloten dat ik mij vanavond eindelijk als Riley zou voelen, moest dat hoe dan ook gebeuren. Op naar de tropische winkel.

Ik stond op van het bankje en nam de roltrap naar beneden, naar het busstation.

Een half uur later had ik hem. In het Blokker-tasje prijkte een blonde pruik, míjn blonde pruik. De Surinaamse man die me had geholpen, had me nieuwsgierig aangekeken toen ik de winkel was binnengestapt. Op het stoepje voor de ingang stond een groepje mannen druk te discussiëren en in de winkel zelf liep een kolossale negerin met een roze band om haar hoofd luid te telefoneren. Dat ik uit de toon viel in de tropische winkel was duidelijk geweest, maar ik had de pruik en daar ging het om.

Waar ik alleen niet bij had stilgestaan, was hoe ik het ding ongezien mijn kamer in moest krijgen. Mijn moeder zou zodra ik thuis kwam ongetwijfeld meteen in de gang klaarstaan om te vragen hoe het geweest was en of ik nog iets leuks had gekocht. Ze zou een nieuwsgierige blik willen werpen in het witte tasje waarin ik de pruik had meegekregen, gevolgd door de vraag waarom ik Manon niet even gezellig had meegenomen voor een glaasje cola en wat chips. En natuurlijk zou ze ook het Blokker-tasje met de placemats zien.

Ik liep mijn straat in, keek omhoog of ze niet toevallig voor het raam stond en stak de sleutel in het slot van de benedendeur. Bij de lift stond ik stil. De placemats zou ze vanavond missen als ik ze nu niet mee naar boven nam, maar de pruik moest ik ergens verstoppen. In de kelder! Als mijn moeder dan vanavond sliep of ging douchen, zou ik heel stil naar beneden gaan en het tasje ophalen.

Vlug liep ik de trap af naar de kelder, waar de deur van de leegstaande kelderruimte naast de onze nog steeds open stond. Nadat ik het tasje met de pruik in onze kelder had gelegd, stopte ik de placemats onder mijn jas en liep naar boven.

Mijn moeder kwam meteen de gang in lopen toen ik binnenkwam. 'Lizzie! Vertel, hoe was het?'

Ik liep naar de keuken. 'Gezellig.'

'Kom, doe je jas uit, ik wil alles horen!'

Ik rolde met mijn ogen. 'Je doet net alsof ik een spannende date heb gehad of zo, ik ben alleen maar even naar Zuidplein geweest met een meisje uit mijn klas. Zo bijzonder is dat niet.'

'Nou, voor jou anders wel! Zo gek is het dan toch niet dat ik benieuwd ben naar hoe je het hebt gehad?'

Ze stak haar hand uit om mijn jas van me aan te nemen, maar ik had hem nog steeds aan. De placemats drukten tegen mijn borsten. Ik draaide de kraan open en vulde een glas met water. 'Je stelt je er veel te veel van voor.'

Even keek mijn moeder me zwijgend aan, toen schudde ze haar hoofd en liep de keuken uit. Wat ze mompelde toen ze weer aan tafel ging zitten, kon ik niet verstaan.

Snel liet ik de placemats onder mijn jas vandaan glijden en legde ze terug op hun plek.

Het was al bijna half een toen mijn moeder eindelijk naar bed ging. Voor de zekerheid wachtte ik tot kwart over een, glipte de deur uit en zoefde met de lift naar beneden om de pruik te halen. Sattnin reisde met grote ogen met me mee, zijn nageltjes opgewonden in mijn schouder vanwege dit plotselinge nachtelijke avontuur.

Weer boven lukte het me na minstens een kwartier oefenen eindelijk om de pruik goed op mijn hoofd te krijgen. Steeds wanneer de voorkant op zijn plek zat, kroop de achterkant omhoog en wanneer ik de achterzijde naar beneden trok, schoot het bovenste gedeelte terug. Door mijn eigen haar in een dikke platte knot op mijn hoofd te leggen was het gelukt de pruik er goed overheen te schuiven. Het resultaat was een goudkleurige krullenmassa die langs mijn gezicht golfde, over mijn schouders en op mijn rug. Net als bij Riley. Sattnin zat boven op zijn kooi en keek belangstellend toe, zijn kopje schuin.

Ik zette mijn bril af en kneep in mijn wangen voor een blos. Met mijn gezicht dicht bij de spiegel probeerde ik te lachen zoals Riley deed, maar het leek nergens op. Wat er bij haar mooi en meisjesachtig uitzag, leek bij mij op een heks met kiespijn.

Mijn blik gleed af naar beneden, naar de wijde donkerblauwe trui die mijn vet bedekte maar tegelijkertijd mijn omvang benadrukte. Wie hield ik voor de gek? Ik was Riley niet en ik leek niet op haar ook. Geen twintig pruiken konden daar iets aan veranderen. Met een ruk trok ik de pruik van mijn hoofd en onmiddellijk stortte mijn eigen, donkere haar uit de knot. Moedeloos viel het naar beneden. Ik smeet de pruik op de grond, gaf er een trap tegen. Sattnin sprong opgewonden van zijn kooi en rende snuffelend een rondje om de lange blonde haren aan mijn voeten. Hij nieste. Terwijl ik hem op mijn schouder zette pakte ik met mijn vrije hand een pluk van mijn haar beet en trok, steeds harder.

Pas toen mijn wangen nat waren en er boven op de krullende haardos op de grond een pluizige streng van mijn eigen haar lag, voelde ik de opengerukte haarvaatjes achterop mijn hoofd branden. Ik liet me op bed vallen, verborg mijn gezicht in het kussen. Het was dom geweest om te denken dat zoiets simpels als een pruik voldoende was om op Riley te lijken. Ik had beter moeten weten. Mijn lichaam, dáár ging het om. Van nu af aan zou ik alleen nog maar het hoogst noodzakelijke eten en verder niets.

We hadden geen weegschaal in huis, maar volgens de centimeter die ik tussen mijn moeders naaispullen had gevonden en die ik nu in het zijvakje van mijn rugtas bewaarde was ik pas anderhalve centimeter van mijn buik kwijt. Anderhalve centimeter! Dat ging echt veel te langzaam, het was een teken dat ik nog steeds te veel vet binnenkreeg. Pas als ik daar iets aan deed, zou zo'n pruik nut hebben.

Op woensdag hadden alle klassen tegelijk grote pauze waardoor het onmogelijk was om een vrij plekje te vinden in de mediatheek. Ook in de toiletruimtes was het druk en meestal zat er niets anders op dan naar buiten te gaan.

Het was warm, de zon scheen fel en de winkels op de Spinozaweg hadden hun deuren uitnodigend openstaan. Hier en daar herkende ik wat mensen van Mercatus, sommigen met hun jas om hun middel geknoopt, anderen met een zonnebril op. De lente bloeide. Nog nooit had ik zo naar de zomervakantie uitgekeken als dit jaar. Hij was er bijna, kwam iedere dag een stukje dichterbij en vanavond zou ik aan mijn moeder vertellen dat ik na de zomervakantie naar een andere school ging. Alle voorgaande keren dat ik erover was begonnen, had ze me geërgerd onderbroken, maar nu zou ik ervoor zorgen dat ze me liet uitpraten. Er waren genoeg scholen in Rotterdam, er was geen enkele reden om nog een jaar op Mercatus door te brengen.

Een groepje meisjes uit mijn klas passeerde me, allemaal een sigaret in de hand. Denise liep er ook tussen, maar ze deed alsof ze mij niet zag.

Ergens voor me klonk een waarderend gefluit: de stratenmakers die een paar meter verderop bezig waren met het openbreken van een stuk straat waren opgehouden met werken en keken bewonderend naar een meisje dat voorbijliep. Riley. Had ze al die tijd al voor me gelopen? Ze was alleen, zonder Alec en Pascal. Haar krullen glansden in de zon, haar manier van lopen was licht en soepel als altijd. Ze ging waarschijnlijk een broodje halen, ik zag haar en Alec vaak na de grote pauze met een papieren zakje van bakker Klootwijk lopen.

'Hé, prinses!' riep één van de bouwvakkers. 'Wil je met me trouwen?'

Riley liep door, keek niet om en verdween bij de bakker naar binnen.

Ook ik passeerde het stuk opgebroken straat. Maar voor mij geen gefluit, huwelijksaanzoek of verdraaide nekken. De bouwvakkers keken niet eens op.

Ik stapte naar binnen bij Milo, waar ik bij de grote vriesbak met ijsjes bleef staan. Terwijl mensen langs me heen liepen, de ijsbak openschoven en vooroverbogen om er iets uit te pakken en de deur aan een stuk door klingelde als er weer iemand naar binnen of buiten liep, bleef ik staan. Roerloos staarde ik naar de Magnums. Het glimmende, gladde papier waarin ze verpakt zaten. Hoe vaak had ik mezelf niet getroost door er een te kopen en me even, al was het maar voor een paar seconden, wat beter te voelen? Maar die tijd was voorbij. Ernaar kijken maar vervolgens sterk genoeg zijn om het te laten liggen voelde veel beter dan mijn lichaam ermee te vervuilen. Ik wílde het niet eens meer.

Ik rechtte mijn rug, kocht een pakje suikervrije kauwgom en verliet de winkel. Het was de eerste keer in mijn hele leven dat ik een Magnum had weten te weerstaan. Een mijlpaal. Vanaf nu zou alles geleidelijk beter gaan.

Ook terug naar school liep ik weer een paar meter achter Riley. Alle jongens en ook volwassen mannen keken naar haar, zelfs meisjes en vrouwen staarden haar na als Riley hen passeerde. De man bij het bloemenstalletje waar Riley langsliep, sprong op haar af en overhandigde haar met een buiging een rode roos. Riley lachte, nam de bloem van hem aan en liep verder.

Toen we het schoolplein op liepen kwamen Alec en Pascal uit de fietsenstalling, hun handen onder het smeer. Pascal had een donkergrijze gereedschapskist in zijn handen. Riley liep op hen af. Zodra Alec haar zag grijnsde hij, snelde naar haar toe en nam haar in zijn armen. Zijn zwarte handen hield hij voorzichtig in de lucht in plaats van op haar. Ze kusten, waarbij Riley op haar tenen ging staan en hem dicht tegen zich aantrok. Toen ze hem de roos gaf, lachte hij.

Pascal keek om en zag mij staren. Snel liep ik door, de school in.

Thuis ging ik meteen naar mijn kamer. Ik liet Sattnin uit zijn kooi en deed mijn kastdeur open. De pruik lag verborgen onder een stapel wintertruien. Toen ik hem tevoorschijn haalde glom het blonde nephaar in het lentelicht dat mijn kamer in scheen, het leek wel geel. De synthetische lokken zagen er heel anders uit dan de zachte natuurlijke krullen van Riley, maar ze waren in ieder geval lang en blond.

Voor de tweede keer zette ik de pruik op. Ditmaal wist ik hoe het moest en ging het in één keer goed. Meteen zag ik er heel anders uit. De nieuwe haarkleur maakte mijn gezicht roziger, meisjesachtiger. Ik glimlachte naar mezelf. Ook dat zag er beter uit, het oefenen was niet voor niets geweest. De afgelopen week had ik iedere avond onze klassenfoto erbij gepakt en mijn blik ingezoomd op Riley, alleen op Riley. Urenlang had ik haar lach bestudeerd en het steeds opnieuw geprobeerd na te doen in de spiegel. Ik had hem bijna onder de knie. Met de pruik op mijn hoofd en Riley's glimlach op mijn gezicht was ik Elizabeth niet meer.

Zouden jongens mij nu sexy vinden? Ik trok mijn wijde trui

over één schouder naar beneden, zoals Riley vandaag haar topje had gedragen. Haar schouder was bloot geweest, had er verleidelijk en sensueel uitgezien. Als Alec mij nu zag, zou hij mij dan ook aantrekkelijk vinden? Dat kon niet anders, ik leek nu immers op Riley. Mijn lichaam was dan nog wel steeds een stuk steviger dan het hare, maar we waren in ieder geval hetzelfde type zo. En als ik zo over de Spinozaweg liep, zou er dan ook naar mij worden gefloten? Zouden ze mij zo een stuk vinden? Eigenlijk moest ik het meemaken, zorgen dat het gebeurde, zodat ik wist hoe het voelde om aantrekkelijk te worden gevonden. Maar niet door naar buiten te gaan. Ik had een beter idee! Het was woensdag en dat betekende dat mijn moeder pizzageld voor me had achtergelaten. Wie zou er een betere proefpersoon zijn om te testen of ik sexy was dan een pizzakoerier? Even hield ik mijn adem in terwijl dit briljante plan tot me doordrong. Dit was het, dit moest ik doen! Ik zou een andere bezorgdienst bellen dan normaal, zodat het iemand was die hier voor het eerst kwam en niet wist hoe ik er normaal gesproken uitzag. Ik zou meteen zijn reactie kunnen zien. De pizza zelf zou ik daarna natuurlijk meteen weggooien, die troep kwam mijn lichaam niet meer in.

Ik liep weg van de spiegel, mijn hoofd duizelig van het vooruitzicht. Toen ik mijn computer aanzette grijnsde ik naar Sattnin. Mijn hart bonkte terwijl ik plaatsnam op mijn bureaustoel en mijn vingers tintelden toen ze het toetsenbord raakten. Even zou ik geen Elizabeth zijn maar Riley. Het was maar voor een moment, een paar seconden, maar het was een begin. Op internet vond ik het nummer van een pizzabezorgdienst en toen ik belde moest ik langzaam praten om te voorkomen dat de persoon aan de andere kant van de lijn de opgewonden trilling in mijn stem zou horen. Daarna haalde ik diep adem. Over een half uur zou hij hier zijn.

Ik kleedde me uit tot aan mijn ondergoed en liep de slaapkamer van mijn moeder in. Daar pakte ik een zwarte blouse uit haar kast en trok hem aan. De bovenste knoopjes liet ik openstaan zodat ik een decolleté had en ik keek in de spiegel. Mijn ogen glinsterden, het blonde haar stak opvallend af tegen het zwart van de blouse, die net lang genoeg was om mijn billen te bedekken. Het Riley-haar en de bijbehorende glimlach zouden de aandacht vast wel van mijn overgewicht afleiden.

Ik zat op het puntje van de bank, mijn blote voet tikkend op de grond. Twintig minuten waren verstreken sinds ik had gebeld, de koerier kon ieder moment arriveren. De blouse van mijn moeder hing zo ver open dat het wit van mijn beha te zien was. Misschien moest ik alleen de blouse dragen. Het was eigenlijk geen gezicht, een witte beha onder een zwarte blouse, maar ik had geen andere kleuren. Uitdoen was een goed idee, dan zou de jongen denken dat ik naakt was geweest toen de bel ging en alleen vlug even iets had aangetrokken om de deur open te doen. Zoiets vonden ze natuurlijk enorm opwindend. Alsof ik net uit de douche kwam of zo.

Vlug knoopte ik de blouse los, trok mijn beha uit en legde het grote, lompe ding onder een kussen van de bank. Wanneer ik straks slank was, zou ik mooie pastelkleurige beha's kopen. Met kant en strikjes. De beha's van Riley waren wel haast allemaal wit, ik zag het op de dagen dat we gym hadden. Maar die van haar waren móói wit, van zijde, met halve cups en smalle, sierlijke bandjes. Heel anders dan de grote katoenen beha's die ik zelf droeg.

Zachtjes streek ik over de lange blonde lokken die over mijn schouders vielen en knoopte de onderste helft van de blouse weer dicht. Ik sloot mijn ogen, voelde dat ik glimlachte. Die pizzakoerier zou niet weten wat hem overkwam. Nooit zou het in hem opkomen dat ik iemand was die op school werd gepest. Hij zou mij zien als een lekkere blonde *babe*, eentje die vast heel vaak vriendjes had. Eindelijk zou iemand mij een keer leuk vinden. En misschien zou ik hem zelfs even binnen laten komen, als hij er bijvoorbeeld uitzag als Alec. Dan zou ik doen alsof het pizzageld in de slaapkamer van mijn moeder lag en dat hij wel even mee mocht lopen. Dan zou ik met hem op bed gaan zitten en dan –

Het geluid van de bel schalde door de flat.

Ik opende mijn ogen. Langzaam stond ik op.

Mijn hart bonsde in mijn keel en ik slikte. Misschien moest ik toch nog even een extra knoopje dichtdoen. Nee, open laten. Ik was sexy. En wie weet, misschien zou ik wel toestaan dat hij de laatste knoopjes ook opende. We zouden zoenen. Mijn eerste echte zoen. Dan kon ik tenminste vast oefenen, voor als ik – zodra ik dun was – een echt vriendje kreeg, iemand als Alec.

De bel klonk voor de tweede keer.

Ik liep naar de deur. Mijn borsten wiebelden tijdens het lopen. Even haalde ik diep adem. Toen toverde ik de Riley-glimlach op mijn gezicht en deed open.

Hij was kleiner dan ik had verwacht. Dikker ook. Er stond een kleine, dikke nep-Italiaan voor me. Met een snor. En veel ouder dan de jongen van de andere pizzadienst.

De man hield de pizzadoos omhoog. 'Eén pizza vegetariana.' Hij sprak met een zwaar, Turks accent.

Waarom was hij zo fucking lelijk?

Misschien was het aan de andere kant juist wel een voordeel dat hij zo onaantrekkelijk was. Des te makkelijker zou het zijn om hem naar me te doen verlangen. Iemand als hij was natuurlijk niets gewend.

Hij keek me vragend aan.

'Ja, dank je,' zei ik en nam de pizza van hem over. Had ik maar gewoon mijn normale kleren aangehouden. Ik zag er natuurlijk volslagen belachelijk uit in de bijna geheel openhangende blouse en mijn blote benen. Hoe had ik kunnen denken dat dit sexy was?

Er kwam koude lucht van de galerij en een bobbelige laag kippenvel kroop over mijn lichaam.

'Dat is dan acht euro vijftig,' zei hij.

Ik overhandigde hem het tientje dat ik in mijn handen had.

De man treuzelde met het zoeken naar wisselgeld in zijn heuptasje en juist toen ik wilde zeggen dat het niet nodig was hield hij me de muntjes voor. Met de pizzadoos in mijn ene hand nam ik ze met mijn andere hand van hem over. Zijn vingertoppen raakten mijn hand en even vonden onze ogen elkaar.

Ik hield zijn blik vast. Ik moest het toch proberen.

Langzaam opende ik mijn hand, liet het muntgeld door mijn vingers glijden, naar beneden vallen. Met een zacht plofje landde het op de bruine deurmat.

'Oeps,' giechelde ik. Ik hurkte en bukte daarbij zo ver voorover dat mijn blouse wijd openviel.

Hij keek naar me, ik wist het zeker. Hij raakte er opgewonden van. Het uitzicht dat ik hem bood wekte verlangen naar meer. Hij kon zijn geluk niet geloven. Ondanks het trillen van mijn benen en het gebonk van mijn hart dat tegen mijn ribben kaatste, voelde ik dat ik glimlachte. Dit was dus hoe Riley's leven was. Als ik deze man nu aankeek zou ik eindelijk de blik zien die iedereen altijd in hun ogen had wanneer ze naar háár keken. En het zou voor mij zijn deze keer. De koerier zou blozen omdat ik hem had betrapt op zijn gestaar, maar ik zou blijven glimlachen en hem laten weten dat het helemaal niet erg was dat hij in mijn blouse had gekeken.

Langzaam kwam ik omhoog, het geld in mijn hand, de glimlach nog steeds op mijn gezicht, maar toen ik opkeek troffen mijn ogen niet de zijne. Hij stond zijn buideltas dicht te ritsen.

Meteen was mijn lichaam weer koud. Ik schraapte mijn keel, drukte de warme doos tegen me aan.

'Fijne avond,' zei de koerier en liep weg zonder om te kijken.

Met een klap deed ik de deur dicht.

Ik gooide de pizzadoos op de grond in de gang, waar het deksel opensprong. Ik trapte hem weer dicht, smeet de pruik erbovenop. Met twee handen greep ik naar mijn eigen haar, dat statisch aanvoelde doordat het bevrijd was van het kunstblond. Ruw maakte ik de knot los. Ik trok en trok, tot ik ook dit haar van mijn hoofd zou kunnen rukken, als een tweede pruik door het huis kon slingeren. Maar mijn haren zaten vast, lieten slechts een paar kleine strengetjes gaan. Toch bleef ik trekken, steeds harder tot ik het uitgilde, mijn stem hoog en gebroken. Toen begon ik te huilen. Ik liep de woonkamer in, dook voorover op de bank en drukte mijn gezicht in de kussens. Mijn natte wangen plakten op het koude leer en ik stompte met mijn vuist op de leuning. Ik haatte mezelf! En ik haatte die lompe pizzahomo! Die zelfs wanneer ik blond en halfnaakt voor hem stond nog de andere kant op keek alsof ik Riley helemaal niet was.

Ik stond op, wreef in mijn ogen, liep terug naar de gang en pakte de pizzadoos van de grond. Ik trok hem open. Met mijn handen scheurde ik de pizza in stukken en vrat hem zo snel als ik kon helemaal op. Toen rende ik naar de wc en stopte een vinger diep in mijn keel. Het lukte meteen. Mijn schreeuw klonk hol en weerkaatste tegen de tegelmuur. In drie stuiptrekkingen kwam de pizza naar buiten.

Het duurde een uur voordat ik kon stoppen met huilen.

De volgende avond zat ik zwijgend naast mijn moeder op de bank. Het geluid van mijn moeders kaken die tekeer gingen en het vette eten vermaalden, klonk bijna boven de tv uit. Tussen twee happen door keek ze naar mij.

'Vind je het niet lekker?'

Ik keek op van het door mijn moeder vol geschepte bord. 'Je had me niet zo veel moeten geven, ik heb buikpijn.'

'Maar je hebt nog helemaal niets op! Je moet wel iets eten, hoor.'

Ik zette mijn bord op de salontafel. 'Misschien later.'

Mijn moeder keek afkeurend, schudde zwijgend haar hoofd. Terwijl ze de borden naar de keuken bracht bleef ik zitten. Ze was gisteravond te laat thuisgekomen om erover te kunnen beginnen, dus dat moest ik nu doen. Ik wachtte tot ze weer zat en zei toen: 'Ik heb besloten dat ik volgend jaar niet meer naar Mercatus ga.'

Mijn moeder zuchtte en roerde met haar lepel door de kom vla op haar schoot. 'Begin je nou alweer?'

'Ik meen het. Ik ben al op internet aan het kijken naar andere scholen en ik heb er twee gevonden die me wel wat lijken.'

'Lizzie, je gaat niet naar een andere school.'

Ik greep de afstandsbediening van tafel, drukte de tv uit. 'En wat heb jij daar eigenlijk over te zeggen?!'

'Je hoeft niet zo te gillen, Lizzie,' zei mijn moeder rustig. 'Ik vind het alleen nergens voor nodig om van school te veranderen.'

'Het gaat niet om jóú! Snap dat dan eens een keer! Het gaat om míj, om míjn leven, en ik ga na de vakantie niet meer terug naar die kutschool. En jij kunt me niet dwingen.'

Ik kruiste mijn armen over elkaar.

'Er is niets mis met Mercatus. Wat is er zo vreselijk aan die school dan?'

Even keek ik haar aan, speurde haar gezicht af op zoek naar iets dat me het gevoel zou geven dat ik haar kon vertrouwen. Dat ik er zeker van kon zijn dat ze niet meteen bij Mercatus langs zou gaan om van de leraren te eisen dat mijn pestkoppen me met rust lieten. De zekerheid dat ze zich er niet mee zou bemoeien. Maar dat zou ze wel doen. En het zou alles alleen nog maar erger maken.

'Ik vind het er gewoon niet fijn.' Mijn onderlip begon te trillen en ik beet erop. Snel draaide ik mijn gezicht de andere kant op.

Mijn moeder stopte voor een moment met het naar binnen lepelen van haar vla. Haar stem klonk plotseling zacht. 'Als het echt zo belangrijk voor je is, dan kunnen we misschien binnenkort eens een kijkje gaan nemen op die andere scholen waar jij het over hebt.'

Ik knikte, keek haar nog steeds niet aan. Mijn ogen prikten.

'Ik beloof natuurlijk nog helemaal niets,' ging ze verder. 'Maar kijken kan geen kwaad.'

Ik slikte. Slikte nog een keer. Ik draaide mijn hoofd terug, keek haar voorzichtig aan.

Ze legde haar hand op mijn arm, maar ik schudde hem van me af. Even waren we allebei stil, toen glimlachte mijn moeder me toe. Ze boog zich voorover om de afstandsbediening te pakken en de tv weer aan te zetten. Door haar beweging gleed de vla van haar schoot en belandde op het kussen naast haar. De lepel viel uit de kom en maakte een witte vlek op het zwartleren kussen.

'Shit!' zei mijn moeder. 'Dat is niet zo handig.'

Ze pakte de kom en lepel op en liep de kamer uit. Toen ze terugkwam had ze een vochtig doekje in haar handen en boog ze voorover om het kussen af te nemen.

Ik stond op om naar mijn kamer te gaan.

'Hé, waarom ligt dit hier?' klonk mijn moeder, terwijl ik al in de gang was.

Ik liep terug, stak mijn hoofd om de hoek van de woonkamer en keek haar vragend aan. Mijn moeder stond met mijn grote witte beha in haar handen. 'Deze vond ik net onder het kussen van de bank. Hoe komt dat hier?'

Kut.

Bloed steeg naar mijn wangen, maakte mijn hoofd warm.

'Die heb ik daar gisteravond uitgedaan omdat hij niet lekker zat,' zei ik vlug. 'Daarna ben ik vergeten om hem in de was te gooien.'

Met een zwier gooide mijn moeder de beha naar me toe. Hij belandde op mijn schouder. Snel liep ik ermee naar de badkamer en legde hem in de wasmand. Ze moest eens weten.

Het scheelde enorm dat ik tegenwoordig met de bus naar huis ging in plaats van met de fiets. Sabina en haar vriendjes konden nu in ieder geval niet meer uit de aanwezigheid van mijn fiets afleiden dat ik me ergens schuilhield, al bleef ik voor de zekerheid toch nog altijd een uur langer dan nodig op school, veilig en bijna onzichtbaar in de hoek van de mediatheek. Wanneer het in de mediatheek te druk was, liep ik naar de toiletten achter de gymzaal, een schuilplek die ik kort geleden had ontdekt. Deze wc's werden bijna niet gebruikt, blijkbaar wisten maar weinigen van het bestaan ervan. Sabina was me daar in ieder geval nog nooit komen zoeken. Het weer speelde waarschijnlijk ook een rol: nu het einde van het schooljaar echt in zicht kwam steeg de temperatuur en de naschoolse vrijheid baadde in het zonlicht. Het was zonde van hun tijd geworden om mij te zoeken of op te wachten. Alleen in de pauzes en tussen de lessen door had ik nog last van ze.

Sabina had een slechte dag. Tijdens Engels had mevrouw Ingelse haar gevraagd om haar mobiel op te bergen, maar vijf minuten later had Sabina er weer mee in haar handen gezeten, terwijl ze onder de tafel sms'te. Omdat ik ook bij Engels voor in de klas zat, had ik het zelf niet gezien, maar we hadden allemaal de boze uitval van mevrouw Ingelse gehoord en Sabina had haar rode Samsung moeten inleveren. Ook al was het niet de eerste keer dat haar dit overkwam, ze was er de hele dag tegen iedereen die het wel en niet wilde horen over blijven zeuren en ze had beneden bij Sundar een poging gedaan het ding terug te krijgen. Sundar, die een plastic bak had staan waar alle afge-pakte mobieltjes van die dag in lagen, had Sabina de gelegen-heid gegeven haar binnengekomen sms'jes te lezen, maar ze had haar telefoon pas aan het eind van de dag teruggekregen. Want hoe aardig Sundar ook was, hij nam zijn werk serieus.

Voor mij zou het niets uitmaken als ik een dag zonder tele-foon zat. De enige sms'jes die ik ontving waren die van mijn moeder als ze me liet weten 's avonds weer later thuis te zijn. Er was niemand die me belde en ik gebruikte mijn mobiel verder eigenlijk alleen maar als wekker en om foto's van Sattnin mee te maken.

Iedereen uit de klas had elkaars mobiele nummer en e-mail-adres, die werden aan het begin van elk jaar in een overzicht gezet en uitgedeeld. Een groot deel van de klas had elkaar toe-gevoegd op msn en Hyves, en 's avonds chatten en mailden ze met elkaar, maar ik werd daar buiten gehouden.

Het was stil bij de bushalte, er zat slechts één persoon op het bankje in het hokje. Het was een blond meisje. Haar hoofd hing naar beneden. Ze leek een beetje op Riley, zag ik toen ik dichterbij kwam. Ook dit meisje droeg een spijkerjasje en had lange blonde krullen.

Het wás Riley.

Wat vreemd. Zij reisde toch altijd samen met Alec? Maar ze zat alleen, staarde naar de grond. Toen ik aan kwam lopen, keek ze even op. Haar ogen waren vochtig.

'Hoi,' zei ze zacht, nauwelijks hoorbaar.

'Hoi,' zei ik, niet in staat de verbazing uit mijn stem te halen. Riley was wel de laatste persoon die ik hier zou verwachten.

Zo nonchalant mogelijk, alsof we elkaar iedere dag na schooltijd tegenkwamen, liep ik naar het bordje met bustijden en keek op mijn horloge.

'Hij is net weg,' klonk Riley's stem schor vanuit het hokje. 'De volgende komt pas over vijftien minuten.'

Ik draaide terug. Riley pakte haar tas die naast haar op het bankje lag en zette hem op de grond. Ze keek me aan.

Mijn hart bonsde toen ik plaatsnam. Ze rook zoet en fris, als babyzeep.

'Gaat het wel goed?' vroeg ik, nadat we een tijdje zwijgend naast elkaar zaten. Zo nu en dan wierp een passerende automobilist een waarderende blik op haar en twee keer werd er getoeterd. En dat terwijl ze hier alleen maar zat, zonder op of om te kijken, en haar gezicht voor een groot gedeelte niet eens zichtbaar was.

Riley snufte.

Nog nooit had ik haar van zo dichtbij gezien en zelfs nu ze aan het huilen was kon ik er niet over uit hoe mooi ze was. Hier buiten in het daglicht was ik zelf ongetwijfeld lelijker dan ooit, maar op Riley's gladde gezonde gezicht lag een roze gloed en haar hartvormige lippen leken zacht als rozenblaadjes. Haar lange wimpers glansden, mascara gebruikte ze niet. Wat een verschil met de ingevallen en zwaar aangezette ogen van Sabina. Riley zag me kijken en probeerde te glimlachen, maar haar kin trilde.

Ik schraapte met mijn tanden over mijn lippen in een poging de velletjes die erop zaten los te krijgen.

'Kan ik misschien iets voor je doen?' Ondanks het feit dat we nooit met elkaar spraken leek dit nu een vrij normale vraag.

Zwijgend keek ze me aan.

'Mag ik met jou mee naar huis?' vroeg ze toen.

De vraag kwam zo onverwachts dat ik niet zeker wist of ik

het wel goed had gehoord. Maar haar blik was vragend, smekend bijna.

Mijn god. Het idee van Riley Konings bij mij thuis, in míjn wereld, was zo onwerkelijk dat de gedachte alleen al genoeg was om me draaierig te maken van opwinding.

'Mijn ouders zijn met vakantie en eigenlijk wil ik nu niet alleen zijn,' zei ze zacht.

Dit gebeurde niet. Dat iemand als Riley alleen kon zijn was te absurd om te bevatten. Zij was iemand met tientallen vriendinnen, dienstmeisjes, een kring van nederige dienaren om haar heen die voortdurend bereid waren om iedere wens die ze maar mocht hebben meteen en vol overgave te vervullen. En dan was er altijd nog Alec. Vreemd eigenlijk dat hij niet bij haar was. Of zou hij misschien juist de oorzaak zijn van haar verdriet? Dat dit niet het geschikte moment was om haar daarnaar te vragen, was duidelijk. Ik moest geduld hebben, als ze inderdaad met mij mee naar huis ging zou ze het me misschien vanzelf vertellen.

'Dat is goed,' hoorde ik mezelf zeggen. Mijn stem klonk vreemd, met een hoge toon erin. En niet alleen mijn stem was onvast, ook mijn benen trilden. Ik tilde mijn tas van de grond en drukte hem op schoot. Maar hoe stevig ik mijn tas ook vasthield en hoe hard ik mijn voeten ook tegen de grond duwde, ik kreeg mijn benen niet stil.

Toen we in de bus stapten keek ik over mijn schouder. Een golf van opwinding schoot door mijn buik toen ik zag dat ze inderdaad achter me liep. Iedereen die mij nu met haar samen zag, zou jaloers zijn. Ze zouden me benijden dat ik in het gezelschap van zo'n mooi meisje verkeerde, ze zouden denken dat Riley en ik vriendinnen waren en dat ik vast heel bijzonder was aangezien iemand als zij ervoor koos om met mij om te gaan.

Maar de bus was, op een bejaard echtpaar dat voorin zat na,

helemaal leeg en de chauffeur zag van Riley weinig meer dan de massa blonde krullen die over haar naar voren gebogen gezicht hingen. Ik liep naar de achterbank, waar ik zoals altijd mijn tas in de hoek slingerde en op de bank plofte. Riley kwam geruisloos naast me zitten.

Ze was zwijgzaam toen we naar mijn straat wandelden. Ook in de bus had ze weinig gezegd. We hadden stil naast elkaar gezeten terwijl we over de Slinge reden en ik mijn handpalmen steeds klammer voelde worden en Riley af en toe zacht snufte. Eén keer hadden we elkaar aangekeken en toen had ze geglimlacht. Of ik haar een glimlach terug had geschonken wist ik niet, mijn kaken hadden op slot gezeten en verder dan een verstijfde blik haar richting op was ik waarschijnlijk niet gekomen.

We liepen mijn straat in. Ze zou het wel verschrikkelijk saai vinden allemaal. Het grote betonblok waarin ik woonde, de burgerlijke rijtjeshuizen die aan de overkant stonden. De hele buurt zag er waarschijnlijk heel anders uit dan 's-Gravendeel. Ik was er nooit geweest, maar ik wist zeker dat Riley, en Alec trouwens ook, niet in een flat woonde. Riley woonde ongetwijfeld in een prachtig vrijstaand huis met een grote tuin aan zowel de voor- als achterzijde en de gehele zolderverdieping was vast omgebouwd tot ruime zonnige slaapetage, helemaal voor haar alleen. En een riante vijver in de tuin, waarin witte zwanen zwommen en waterlelies bloeiden. Waar het nooit regende en waar 's nachts de maan door Riley's raam scheen en haar in een zilveren omhelzing in slaap wiegde.

'Mijn moeder is er niet,' zei ik terwijl ik de sleutel in het slot van de benedendeur stak. 'Zij werkt op woensdag altijd door tot 's avonds laat.'

'En je vader?'

Een korte steek schoot door mijn maag. Wat wist ze weinig

van me. Alec had het ook niet geweten, misschien was er wel niemand in de klas die het wist.

'Mijn ouders zijn gescheiden,' zei ik, zonder haar aan te kijken. Voor haar uit stapte ik de lift in. 'Mijn vader woont tegenwoordig in Amerika.'

Riley zei niets. Ze volgde me toen we de lift uit stapten, haar voetstappen over mijn galerij. De witte schilferige betongrond, de spinnenwebben rond het raam van de leegstaande woning naast ons, met iedere stap die Riley zette, trad ze verder mijn wereld in. Hoe onwerkelijk het ook leek.

'De ouders van Alec zijn ook gescheiden,' merkte ze op toen we bij mijn deur waren.

Mijn adem stokte.

Alec en ik pasten nog beter bij elkaar dan ik had gedacht.

Als in een bizarre droom keek ik toe hoe ze haar spijkerjasje aan de kapstok hing, op haar tenen moest staan om erbij te kunnen. Ze was hier, bij mij thuis. Fantasie en werkelijkheid hadden besloten in elkaar over te vloeien, één te worden, zomaar ineens zonder mij daar eerst van op de hoogte te brengen. En ik kon niet anders dan het te laten gebeuren, deel te nemen aan het wonderlijke spel dat dit afgelopen uur mijn leven had overgenomen. Dit was een nieuw begin, ik kon het voelen. Het kon niet anders.

Het was maar goed dat mijn moeder er niet was. Ze zou haar verrukking over het feit dat ik eindelijk eens iemand mee naar huis nam niet hebben kunnen verbergen. Zodra we binnenkwamen zou ze zich hebben voorgesteld aan Riley, zou ze geprobeerd hebben jong en modern te doen zoals ze zich ook tegenover Jenny en Trisha gedroeg, en als Riley en ik op mijn kamer zaten zou ze voortdurend komen binnenvallen met doorzichtige vragen zoals of Riley misschien nog een kopje thee wilde. Of misschien wat limonade. Een schaaltje chips dan? En ze zou dingen zeggen als: 'Zie je nou wel dat die school best meevalt, Lizzie, moet je eens kijken wat een leuke vriendin je hebt!'

Gelukkig zou ze voorlopig nog op haar werk zijn.

Nog nooit was er iemand van school bij mij thuis geweest. In al die jaren niet. Niet in een weekend, niet op een vrije middag, gewoon helemaal nooit. En van alle mensen was uitgerekend Riley de eerste. Geen idee had ze ervan, hoe ik voor de spiegel stond met mijn blonde pruik en me inleefde dat ik haar was. Dat ik op die momenten probeerde te lachen zoals zij, met mijn ogen knipperde zoals ik haar had zien doen, dat ik haar hoge meisjesachtige gegiechel nabootste wanneer ik alleen was en niemand me kon horen. Nooit zou ze weten hoe vaak ik in bed, met mijn ogen dicht maar klaarwakker, fantaseerde over háár vriendje.

Riley's kleine gebleekte spijkerjack stak af tegen de grote donkere jassen die mijn moeder en ik droegen. Wij waren zwaar en log, als nijlpaarden, en Riley was licht en lenig als een gazelle, een veulen, een hert. Een verdrietig hert, dat wel. Haar hoofd hing nog steeds gebogen en ze keek amper om zich heen, leek niet de minste interesse te hebben in mijn huis. In ieder geval zou ze zo niet geschokt raken door de saaie inrichting. Bij haar zag het er vast allemaal licht, smaakvol en modern uit, zonder de massieve en donkere meubelstukken waar mijn moeder de laatste jaren zo'n voorkeur voor had. Maar het maakte, net als toen ze naar mijn vader had gevraagd, duidelijk dat de fascinatie die zij bij mij opriep niet wederzijds was. Ze was hier niet voor mij en deed ook niet alsof dat wel zo was. Ze was hier alleen maar omdat ze niet alleen wilde zijn. Als ze Sabina bij de bushalte was tegengekomen, zou ze met háár zijn meegegaan. Het betekende niets dat ze in mijn gang stond, dat haar kleine witte gympen onder mijn kapstok stonden en dat deeltjes van haar adem nu ook buiten schooltijd in mijn zuurstofcirculatie terechtkwamen, in mijn longen, in mijn lichaam. Het was een samenloop van omstandigheden, meer niet. Het was niet voorbestemd en het was al helemaal niet het begin van een of andere vriendschap.

Samen liepen we naar mijn kamer, waar we op bed gingen zitten. Riley op de rand, haar enkels over elkaar geslagen. Haar slanke benen staken egaal bruin af tegen het wit van haar enkelsokjes en haar handen lagen gevouwen in haar schoot, klein en elegant op het lichtblauwe rokje dat ze droeg. Bijna trok ik mijn hoofdkussen bij me op schoot en tegen me aan, wat ik normaal gesproken automatisch deed als ik op bed zat. Maar net op tijd besefte ik dat Riley dan meteen de vele haren zou zien liggen die ik vannacht had uitgetrokken. Ik had vergeten ze door de wc te spoelen en ze lagen nog onder mijn kussen, onzichtbaar, maar toch akelig aanwezig.

Zwijgend zaten we op mijn beige dekbed. Zou ik de televisie aanzetten? Een cd draaien? Misschien wilde ze iets eten. Of zou het soms een goed idee zijn als ik –

'Bedankt, Elizabeth,' zei Riley plotseling. Ze keek me ernstig aan. 'Dat ik hier terecht kan, bedoel ik. Ik zou niet weten waar ik anders heen had gemoeten, waarschijnlijk zou ik nu nog steeds in het bushokje zitten.'

Elizabeth, had ze gezegd. Het was de eerste keer dat ik haar mijn naam hoorde uitspreken. Zou ze het wel eens over mij hebben met Alec? En wat zouden ze dan zeggen? Als ze bespraken wie ze wel en niet leuk vonden uit de klas, zou ik dan misschien bij het groepje horen waar ze positief over waren? Zou –

'Serieus, ik vind het echt heel aardig van je.'

Ik haalde mijn schouders op. 'Geen punt,' mompelde ik.

Riley glimlachte.

Zou ze het weten? Hoeveel het juist voor mij betekende dat ze hier was? Misschien wel, maar haar glimlach was oprecht.

'Wil je wat drinken?' vroeg ik.

Ze schudde haar hoofd. 'Ik –'

Totaal onverwachts kwamen de tranen. Ze bracht haar handen naar haar gezicht en drukte ze tegen haar ogen terwijl haar schouders schokten.

Ieder ander zou een arm om haar heengeslagen hebben. Ieder normaal mens zou dat instinctief doen op een moment als dit. Maar niet Elizabeth. Die kon het niet. Nee, die kon alleen maar ongemakkelijk naast haar zitten en hopen dat ze weer rustig zou worden, dat ze zou ophouden met snikken. Ik kon haar niet troosten, want stel je voor dat ze me zou wegduwen?

Toch lukte het me toen ze bleef huilen om voorzichtig een hand op haar schouder te leggen. Een tengere schouder die heel anders aanvoelde dan de mijne. 'Zal ik even een glaasje water halen voor je?' hoorde ik mezelf zeggen.

Ze schudde haar hoofd, waarbij een zachte krul tegen mijn wang streek.

Behoedzaam verplaatste ik mijn hand naar haar rug en klopte er een paar keer zachtjes op, onhandig maar hopelijk toch troostend.

Riley haalde haar handen van haar ogen af en keek me aan. Haar wangen waren nat, druppels hingen aan haar wimpers.

'Ik kan echt nog steeds niet geloven dat hij zo gemeen kan zijn,' zei ze, bijna onverstaanbaar door het verdriet in haar stem.

'Wie?' vroeg ik voorzichtig.

'We hebben nog nooit eerder ruzie gehad. Dit… dit had ik nooit van hem verwacht.'

Ik zweeg. Hoe kon zij Alec gemeen noemen? Hij was de liefste jongen die er bestond! Hoe kon het mogelijk zijn dat zij dat niet zag? Probeerde ze mij nu soms aan haar kant te krijgen? Dat zou haar niet lukken. Misschien was het wél allemaal voorbestemd, deze hele situatie, zodat ik zou inzien dat Riley en Alec helemaal niet bij elkaar pasten. Dat er een deur openging voor míj. Eindelijk.

Ik haalde diep adem. 'Misschien lucht het op als je me vertelt wat er is gebeurd,' zei ik en ik hoorde de spanning in mijn stem.

Maar Riley schudde haar hoofd.

Een tijdlang zeiden we beiden niets.

Vanuit mijn ooghoek bekeek ik haar. Wat verwachtte ze nu van me? Was het voor haar echt voldoende om eenvoudigweg hier te zitten, alleen maar om niet alleen te zijn? Had ze dan totaal geen behoefte aan iets meer, aan een gesprek? Vertrouwde ze mij soms niet?

Riley bleef snotteren. Ik stond op, liep mijn kamer uit en naar de wc, waar ik een rol toiletpapier pakte. In mijn kamer scheurde ik een stukje af en gaf het aan haar. Dankbaar pakte Riley het zachte papier van me aan, vouwde het dubbel en drukte het tegen haar neus.

Een paar maanden geleden had Alec voor mij hetzelfde gedaan. Het was voor hem vanzelfsprekend geweest om mij te helpen. Hij was een lieve jongen, dat was toen duidelijker dan ooit geweest en het was daarom onmogelijk dat hij echt verantwoordelijk was voor Riley's tranen. Dat bestond gewoon niet. Als het niet goed kwam tussen hen, dan zou ik hem laten merken dat ik er voor hem was. Dat ik voor hem klaarstond. Ik zou zijn kant kiezen, meteen. Onvoorwaardelijk. Het was Alec van wie ik hield, niet Riley.

Deze gedachte herhaalde zich, nestelde zich. Creëerde een besef. Eigenlijk zat ik hier met de verkeerde persoon. Mijn hart lag bij Alec, en als hij en Riley inderdaad ruzie hadden dan zou ik hém moeten troosten en niet haar.

Ik schoof een klein stukje bij haar vandaan.

De diepe liefde die ik het hele jaar al voor Alec voelde betekende natuurlijk dat hij en ik bij elkaar hoorden! Alles gebeurde met een reden, toch?

Ik hield mijn adem in terwijl dit feit tot me doordrong. De ruzie die hij nu met Riley had was een bevestiging, een teken, zodat ik het eindelijk zou inzien, zou begrijpen. Mijn god! Waarom zag ik dit nu pas?

Terwijl het geluid van Riley, die haar neus snoot, naar de achtergrond verdween, veranderen mijn gedachten in een opwindende euforie. Zó lang al droomde ik van een samenzijn met Alec en nu werden mijn grootste fantasieën misschien werkelijkheid. Wie had dit vanmorgen kunnen bedenken toen ik wakker werd, toen ik wenste dat ik voor eeuwig onder het dekbed kon blijven liggen? Alles zou anders worden. Als het inderdaad niet meer goed kwam tussen Alec en Riley, dan zou er eindelijk een kans zijn voor ons. Voor hem en mij. Een heuse echte kans, een die ik met beide handen zou aangrijpen.

Ik schoof nog wat verder bij Riley vandaan. Mijn benen, zoals altijd gehuld in een wijde spijkerbroek, leken naast die van haar dikker dan ooit. En dat ondanks de kilo's die ik de afgelopen tijd had weten kwijt te raken. Het beeld temperde voor een moment mijn opwinding. Het was natuurlijk wel belangrijk om realistisch te blijven. Als ik inderdaad Alecs nieuwe vriendin werd, dan moest ik dringend aan mijn uiterlijk gaan werken. En dan niet alleen maar door zo min mogelijk eten binnen te krijgen en de trap te nemen in plaats van de lift. Nee, ik moest mezelf grondig onder handen nemen. Alec was gewend aan een vriendin die eruitzag als iemand van wie zelfs Barbie nog een minderwaardigheidscomplex zou krijgen, en al zou ik dáár nooit aan kunnen tippen, ik zou toch echt een stuk beter voor de dag moeten komen. Dat móést. En ik wist zeker dat ik het kon. Ergens in mij klonk een stem die me verzekerde dat het niet helemaal hopeloos was, dat er met wat inzet best wat van te maken zou zijn. Want ik wist nu waar ik het voor deed. De weg naar Alec lag open, ik moest alleen nog zorgen dat ik door de toegangspoort paste.

Mijn god, wat een geweldige zomer zou dit kunnen worden. Ik zou Alec aan mijn opgetogen moeder voorstellen en meenemen naar de verjaardag van Trisha in augustus. De gezichten van mijn nichtjes als ik daar met Alec binnenstapte zouden hun stomme gedrag van de afgelopen jaren tenietdoen. Wat zouden ze jaloers zijn. Ze zouden meteen heel anders tegen me aankijken en spijt hebben van alles. Waarschijnlijk zouden ze eerst nog proberen om Alec voor zich te winnen, maar ze zouden er al snel achterkomen dat ze geen schijn van kans maakten, want hij hield immers van mij. En daarna –

'En weet je, het is allemaal nog voor niets geweest ook,' zei Riley ineens, met het doorweekte papiertje nog steeds tegen haar gezicht gedrukt. Haar stem klonk dik en ze schraapte haar keel. Toen verfrommelde ze het snotdoekje tot een prop en bleef er stil mee in haar handen zitten.

Het medelijden dat ik eerst nog had gevoeld was er niet meer. Er was niet eens een restant van over. Wat er ook was gebeurd tussen haar en Alec, het was haar eigen schuld geweest. Ik wist het zeker. En ik stond aan Alecs kant.

'Hoe bedoel je?' vroeg ik.

'Ik bedoel dat die hele ruzie niet nodig was geweest. We hebben ons druk gemaakt om iets dat er niet eens is. Zo stom.'

Ze keek me aan alsof ik zou moeten begrijpen waar dit over ging.

Toen ze niets meer zei, vroeg ik: 'Maar wat is dan het probleem?'

Riley duwde een krul achter haar oren en zuchtte. 'Ik denk helaas niet dat ik kan vergeten wat er is gebeurd. Omdat ik nu eenmaal nooit had gedacht dat hij zo zou kunnen zijn, snap je.'

'Hóé dan?' Mijn vraag kwam er harder uit dan bedoeld.

Ze keek me aan. 'Nou, je weet dat Alec en ik verkering hebben…' begon ze.

Duh! 'Ja.'

'Al sinds groep acht,' ging ze verder. 'We hebben sinds ons vierde bij elkaar op de basisschool gezeten en zijn eigenlijk samen opgegroeid. Ik zag hem altijd als een broer en andere mensen dachten ook vaak dat we broer en zus waren omdat we zo op elkaar leken.' Ze probeerde te lachen.

Ik knikte. 'Jullie lijken inderdaad op elkaar.'

'Nou, en in groep acht kwamen we er tijdens de werkweek achter dat we elkaar eigenlijk heel leuk vonden en toen heeft hij gevraagd of ik zijn vriendin wilde zijn. En sindsdien zijn we dus samen.' Haar ogen kregen een zachte, dromerige uitdrukking, die een knoop in mijn buik legde. Mijn nagels drukten in mijn handpalmen.

'Ik dacht altijd dat hij het liefste vriendje was dat je je maar kunt voorstellen. Hij staat altijd voor me klaar, we hebben veel plezier samen, hij is gewoon geweldig! Alleen…' Er verscheen een groef tussen haar wenkbrauwen en de verliefde blik verdween. Ze scheurde een nieuw stuk toiletpapier van de rol op de grond. Met haar ogen dicht drukte ze het papiertje tegen haar gezicht en haalde toen diep adem. 'Vandaag ben ik erachter gekomen dat hij ook een andere kant heeft. Een harde kant, een egoïstische kant. En daar ben ik van geschrokken.'

'Maar wat is er dan gebeurd?'

Even keek ze me twijfelend aan, toen sloeg ze haar ogen neer. 'Ik heb hem vanmorgen verteld dat ik drie dagen over tijd was.'

Het drong niet eens meteen tot me door wat ze bedoelde. Maar toen, in diezelfde seconde, begreep ik het. Het besef raasde mijn buik binnen en een golf van misselijkheid schoot omhoog.

Ik slikte. Hoe had ik me zo kunnen vergissen? Ik was er altijd van uitgegaan dat ze nog niet zo ver gingen. Zelfs in mijn fantasie, waarin ík met Alec was, gebeurde dat niet. Seks was iets voor sletjes, voor dellerige types als Sabina en Trisha. En Denise. Toch? Niet voor Riley. Want Riley had klasse, stijl, die deed dat soort dingen nog helemaal niet! En Alec… mijn god, Alec! Ik kon er niets aan doen, maar plotseling zag ik hem naakt voor me en dat was een heel andere Alec dan de Alec van wie ik hield. Het was een Alec zonder onderbroek, een Alec die boven op Riley lag en haar zwanger maakte nota bene. Ik beet op mijn lip.

'Mijn menstruatie is normaal gesproken heel regelmatig,' vertrouwde Riley me toe, alsof ik op die informatie zat te wachten. 'Dus toen het deze maand niet kwam wist ik dat er iets niet klopte.'

Ik moest iets zeggen, ik kon niet als een idioot blijven zwijgen en slikken zonder verder geluid uit te brengen. Voorzichtig schraapte ik mijn keel. 'Maar doen jullie… ik bedoel… gebruiken jullie…'

'We gebruiken geen condooms, als je dat bedoelt, maar ik ben al sinds tweeënhalf jaar aan de pil.'

Mijn god, het hield niet op. Tweeënhalf jaar. Dus zij had al seks met Alec gehad toen ze pas veertien of zelfs dertien was. Weer zag ik Alec naakt voor me, als veertienjarige dit keer, klaar om Riley te ontmaagden. Ik kneep mijn ogen stijf dicht om het beeld te verdringen. Zo wilde ik helemaal niet aan hem denken. Ooit zou ik misschien zelf seks hebben, als ik daar klaar voor was. Als ik ouder was en minstens tien kilo was afgevallen. In de toekomst. Maar niet nu.

Natuurlijk wist ik heus wel dat er mensen waren die al jong aan seks deden. In groep acht was er bijvoorbeeld Jeroen geweest, die op het schoolplein luid had staan opscheppen over zijn vriendin die haar schaamhaar schoor. En Maarten had Cisca in de tweede klas een keer vijftien euro aangeboden als ze hem zou pijpen op de wc en dat had ze gedaan, maar ik had altijd het gevoel gehad dat Alec en Riley anders waren. Dat hij, als jongen, misschien wel wilde, maar dat zij had besloten te wachten tot ze ouder waren, zeventien of achttien of zo, en dat hij dat respecteerde. Maar veertien!

'Daar bedoel ik niet mee dat ik "het" toen al deed, hoor. Mijn dokter had de pil voorgeschreven omdat ik last had van puistjes en daar wilde ik vanaf.'

Yeah, right. Ik keek naar haar gladde, gave huid. 'Dat werkt goed dan.'

Ze glimlachte.

'Maar hoe kan het dan dat je over tijd bent?'

Riley haalde haar schouders op. 'Weet ik ook niet. Het schijnt af en toe voor te komen dat je zwanger raakt door de pil heen.'

'Als je hem een keer vergeet in te nemen, of zo.'

'Ook als je hem niet vergeet, hoor. Niets is honderd procent betrouwbaar, zelfs de pil niet.'

Ze wist er behoorlijk wat vanaf. Mijn god, ze had gewoon een seksleven. Zij en Alec déden het.

'En nu denk je dus dat je zwanger bent?'

'Dat is het nou juist,' zuchtte ze. 'Nee dus. Ik ben vanmiddag ongesteld geworden.'

Even keek ik haar niet-begrijpend aan. 'Maar wat is dan het probleem?'

'Alec was toen al weg, boos. En hij heeft zijn telefoon uit staan, iets wat hij normaal gesproken nooit doet. Hij weet het dus niet.'

'Maar waar is hij dan boos om? Jij kunt hier toch ook niets aan doen?'

Riley haalde diep adem. 'De reden dat hij kwaad is, is dat ik tegen hem heb gezegd dat ik het zou laten weghalen als ik echt zwanger was.'

Voor de derde keer in tien minuten viel ik compleet stil. Dit was een bizarre droom, dat kon niet anders.

Weghalen.

Een baby'tje.

Weghalen. Alsof het een ongewenste e-mail in je inbox was die je met een druk op de deletetoets kon verwijderen. Spam. Hoe haalde ze het in haar hoofd?

Ze vond zichzelf te jong om al moeder te zijn, hoorde ik haar zogenaamd verstandig zeggen. Ze wilde eerst haar school kunnen afmaken en daarna gaan studeren. Maar Alec was boos geworden en had gezegd dat als ze de baby niet wilde hebben, dat hij het dan wel alleen zou opvoeden, met zijn moeder samen. Het was een vreselijke ruzie geworden en Alec was de school uit gestormd. Toen Riley vervolgens huilend naar de wc was gegaan, was ze ongesteld geworden. Alle onenigheid was voor niets geweest.

Weer zaten we stil naast elkaar en staarden voor ons uit, ieder met onze eigen gedachten.

Alec, die met zijn zestien jaar het kind dan wel in zijn eentje zou opvoeden. Het paste bij hem. Het sierde hem. Iemand als Jeremy bijvoorbeeld zou niets met een baby te maken willen hebben. Als hij Sabina onverhoopt zou bevruchten, dan zou hij haar meteen achterop zijn Citta bij de dichtstbijzijnde abortuskliniek dumpen met wat geld voor de terugreis. Maar Alec was anders. Mijn hart gloeide bij de gedachte aan hem.

'En nu is hij dus boos, in feite om niets,' zei Riley nogmaals, meer tegen zichzelf dan tegen mij. Haar onderlip begon weer te trillen en ze beet erop.

'Misschien moet je hem nog een keer proberen te bellen,' stelde ik voor.

Ze schudde haar hoofd. 'Nee. Als hij me wil spreken dan belt hij mij maar. Híj heeft wat goed te maken, niet ik. Ik ben niet degene die heeft geschreeuwd en kwaad is weggelopen. Hij zoekt het maar uit.' Ze klonk gekwetst.

Ik zweeg.

Hoe zou ik hebben gereageerd in haar situatie? Heel anders

natuurlijk. Als Alec en ik dan toch al aan seks deden, dan zouden we ook volwassen genoeg zijn om met de gevolgen om te gaan. Ik zou het zien als een zegening en dolgelukkig zijn met een baby van hem. De zwangerschap zou worden gevierd, ik zou het gelukkigste meisje van de hele wereld zijn. Wat zou het uitmaken dat we nog op school zaten? In onze liefde zou dat geen rol spelen. Alec zou een fantastische vader zijn, dat wist ik zeker. Hij zou zijn zoon, want het zou natuurlijk een zoon zijn, een knappe blonde jongen die op hem leek, opvoeden met een kalm en natuurlijk overwicht zoals hij dat ook over de klas had. En ik zou trots zijn, supertrots.

Riley wilde dat allemaal niet, bedankte pruilend voor de eer. Besefte ze wel hoe dankbaar ze eigenlijk moest zijn dat Alec haar vriend was? Ze vond het vanzelfsprekend dat hij van haar was. Alsof het logisch was, alsof iets anders niet denkbaar kon zijn. Zij was immers Riley en dus was Alec van haar. Alsof ze er van nature recht op had.

Ze hadden dus ruzie, het ideale koppel was boos op elkaar. Maar naast mij, hier op bed, zat niet langer de arme Riley die ik in het bushokje had aangetroffen. Ze was eigenlijk maar ondankbaar. Verwend. Egoïstisch. Het was toch zeker niet meer dan normaal dat Alec blij was geweest met het idee vader te worden? Hij was niet iemand die afstand deed van zijn kind, begreep ze dat dan niet? Kende ze hem zo slecht? Zij vond háár leven veel belangrijker, verkoos wat vage studieplannen boven een liefdesbaby van haar vlees en bloed. Boven Alec.

'Hij begrijpt gewoon niet dat wij een kind nu onmogelijk kunnen bieden wat het nodig heeft,' zei ze, overtuigd van haar gelijk. 'We zijn zelf nog kinderen, het kán niet.'

Zíj was nog een kind, ja, ook al probeerde ze nog zo volwassen te klinken met haar Dr. Phil-uitspraken. Maar Alec was ondanks zijn leeftijd volwassen, hij was een man. Hij was sterk, verstandig.

'Hoe hadden we het moeten opvoeden dan?' ging ze verder, alsof ze haar gelijk niet alleen aan Alec en mij, maar ook aan zichzelf moest bewijzen. 'Ik woon nog bij mijn ouders en hij woont alleen met zijn moeder, die er nooit is. Wie zou er dan voor het kind moeten zorgen?'

Dat was waar ook, net als ik had die arme Alec moeten meemaken hoe zijn ouders uit elkaar waren gegaan. Tot aan vandaag had ik dat niet eens geweten. Wanneer zou het zijn gebeurd? En net als bij mij was ook zíjn moeder nooit thuis. Mijn god, we hadden zo veel met elkaar gemeen, veel meer dan hij ooit met Riley gemeen zou hebben. De enige overeenkomsten die hij met haar had waren dat ze beiden populair waren, uit een rijke familie kwamen en gezegend waren met een gouden uiterlijk. Verder pasten ze niet bij elkaar, dat bleek nu maar. Ik zou een veel betere vriendin voor hem zijn.

Ik keek opzij. Stille triomf vloeide langzaam uit mijn lichaam, vulde de kamer. Eindelijk stond ik niet meer onderaan de ladder, maar zat er iemand naast me die zo veel treden naar beneden was gedonderd dat ik automatisch was gestegen.

Ik wist heus wel dat ze het waarschijnlijk vanavond nog zou goedmaken met Alec. Ze zouden elkaar vergeven en morgen op school doen alsof dit nooit was gebeurd. Niemand zou er vanaf weten behalve Riley, Alec en ik, en alles zou weer bij het oude zijn. Terug bij af.

Maar... dat kon toch niet? Niet nu het juist allemaal zo compleet anders was geworden! Ik mocht dat niet laten gebeuren.

'Wil je nu misschien wat drinken?' vroeg ik.

Riley keek op. 'Ja, graag,' knikte ze. 'Doe maar jus d'orange, als je dat hebt.'

De rode lichtgevende cijfers op de magnetron gaven aan dat het pas vijf over zeven was. Toch was de zon al bijna geheel verdwenen. Ik knipte het keukenlicht aan. Het voorspelde onweer was vast al onderweg, normaal gesproken was het nog lang niet donker om deze tijd.

In het kleine keukenraam was de weerspiegeling van mijn gezicht transparant. Erdoorheen waren de grijze wolken van buiten te zien. Ze bleven aan elkaar klitten en maakten de lucht grauw. Als Riley nu naar buiten keek zou ze de donkere hemel ook zien. Ze zou waarschijnlijk naar huis willen voordat het slechte weer losbarstte. Ik moest vlug handelen.

Ik deed de koelkast open en haalde het pak jus d'orange uit de deur. De kant-en-klaarmaaltijden die mijn moeder voor me had ingeslagen lagen netjes opgestapeld op de onderste plank naast de kaas. Het pizzageld voor vandaag hing onaangeroerd op de deur geklemd.

Ik schudde het pak en schonk twee glazen in.

Ik staarde ernaar.

Als ik niets deed zou Riley haar sap opdrinken en er dan vandoor gaan. Ik zou achterblijven, alles zou weer hetzelfde zijn als voorheen. Ik zou terugvallen in een realiteit die ik nooit meer kon accepteren en deze hele ervaring zou niets meer dan een *tease* geweest zijn, een kans die ik had moeten grijpen maar die ik had laten ontsnappen. Niets zou zijn veranderd.

Nee. Het was nog niet te laat. De kans was er nog steeds en ik moest er wat mee doen. Dit was niet voor niets allemaal zo gelopen. Als ik nu geen actie ondernam, dan zou ik morgen weer achter hen in de klas zitten terwijl ze dingen in elkaars oor fluisterden, Alec zijn hand op haar rug zou leggen, liefkozend haar krullen strelen, slechts centimeters bij mij vandaan en niet wetende dat zijn échte ware liefde achter hem zat.

Nee! Riley was hier en ze bleef hier. Het was míjn beurt om gelukkig te zijn. Riley's leven was één grote meevaller geweest, ze mocht best eens een stapje opzij doen om een ander erbij te laten. Ik had er verdomme recht op.

Vlug, voordat ik van gedachten zou kunnen veranderen, liep

ik naar de slaapkamer van mijn moeder. Bij mijn kamer wierp ik snel een blik naar binnen. Riley zat nog steeds op het bed en staarde, precies zoals ik had verwacht, zorgelijk naar buiten. Ze wilde weg. Ze had er spijt van dat ze met mij was meegegaan. Want wat deed ze hier, bij die dikke, stille Elizabeth thuis? Ze moest weg, terug naar 's-Gravendeel, naar Alec, zodat ze snel weer verder kon met haar perfecte leventje. Misschien zou ze Elizabeth morgen een glimlach gunnen, op school, maar daar zou het bij blijven en het zou niet lang duren voordat ze deze dag was vergeten. Elizabeth was immers niet belangrijk. Toegegeven, het was aardig geweest van die papzak om zich even over haar te ontfermen, maar eigenlijk was het niet meer dan wat ze gewend was. Iedereen stond immers altijd voor haar klaar? Elizabeth was niet anders.

Nou, Elizabeth zou haar eens laten zien dat het echt niet allemaal zo vanzelfsprekend was.

In de ovalen spiegel die bij mijn moeder aan de muur hing ving ik een glimp op van mijn gezicht. Was ik dat? Ik zag er heel anders uit, de geslagen blik was uit mijn ogen verdwenen en er lag een grimmige trek om mijn mond.

Geruisloos, zodat Riley me niet zou horen, pakte ik het oranje doosje met zakjes slaappoeder uit de lade van mijn moeders nachtkastje.

'Alsjeblieft, je jus d'orange,' glimlachte ik.

Riley draaide haar hoofd terug van het raam en pakte het glas aan. Ze nam meteen een slok. 'Dank je wel, ik heb echt dorst.'

Ik ging weer naast haar zitten.

'Ik moet zo maar eens gaan,' zei Riley met een blik op het smalle gouden horloge aan haar pols. 'Eer ik thuis ben is het na achten en ik moet mijn Frans voor morgen nog maken.'

Waarom zei ze niet gewoon eerlijk dat ze naar huis wilde om

Alec op te zoeken en het op gepassioneerde wijze goed te maken met hem? Dacht ze soms dat ik achterlijk was?

Ze keek me aan. 'Maar ik zie jou morgen op school weer, toch?'

'Dat klopt.'

'Misschien vind je het leuk om een keer met ons mee te gaan in de grote pauze?' stelde ze voor. 'Ik ga meestal met Alec en Pascal naar de Spinozaweg, even een broodje halen en zo. Als je wilt kun je morgen mee, lijkt me gezellig.'

De uitnodiging gonsde in mijn hoofd. Natuurlijk wilde ik dat. Wie niet? Zelfs al zou het maar eenmalig zijn, dan nog zou het een pauze zijn om nooit te vergeten. Het zou een ereplaats krijgen in mijn geheugen, veilig gearchiveerd onder de repeatknop.

Maar ze zei dit zomaar, dat moest ik onthouden. Het betekende niets, ze meende het niet, ze zei het alleen maar om nu nog even aardig te zijn. Want ze kon heus wel inschatten hoe vreemd Alec en Pascal zouden opkijken als ik inderdaad ineens met ze mee zou gaan morgen. Riley wist net zo goed als ik dat het niet zou gebeuren. Bovendien ging ze er blijkbaar al van uit dat het morgen weer allemaal bijgelegd zou zijn tussen haar en Alec, terwijl ze daarnet nog zo boos op hem was geweest. Het ging precies zoals ik had verwacht.

'Ja, dat lijkt me leuk,' antwoordde ik.

'Want wat doe jij normaal gesproken in de pauze? Ik zie je eigenlijk nooit.'

Wist ze dan niet dat ik me altijd schuilhield? Wist ze überhaupt wel dat ik werd gepest?

'Ik blijf meestal binnen,' zei ik kort.

Riley knikte en dronk haar jus d'orange op. Het lege glas zette ze op de grond. 'Nou, dan ga je dus voortaan met ons mee. Gezellig!'

Als dat werkelijk gebeurde zou het pesten acuut ophouden. Ik zou in een klap promoveren van trol tot vriendin van Riley en Alec. Mijn nieuwe status zou respect afdwingen bij iedereen. School zou misschien zelfs… *leuk* kunnen worden.

Maar het glas op de grond was leeg.

Riley stond op. 'Nou, dan ga ik maar.'

Ze mocht niet gaan, niet voordat het spul zijn werk deed! Als ze nu ging zou ze ergens onderweg niet goed worden, er kon van alles gebeuren!

Uitstellen, tijdrekken!

Ook ik stond op, mijn handpalmen vochtig. 'Als je even wacht dan loop ik met je mee naar de bushalte. Anders loop je misschien te zoeken waar het is.'

Ze glimlachte. 'Dat is aardig van je, dank je wel.'

'Ik ga even naar de wc en dan kunnen we gaan,' zei ik en ik liep de kamer uit.

Nadat ik een paar minuten extra op het toilet had getreuzeld, liep ik mijn kamer weer in. Riley was neergehurkt bij Sattnin, die nieuwsgierig naar haar op keek. Ze kirde tegen hem en Sattnins kraaloogjes glommen van plezier door deze plotselinge onbekende aandacht.

Ik hurkte naast haar neer.

'Hoe heet hij?' vroeg ze.

'Sattnin. Als je wilt, mag je hem er wel even uithalen.'

Toen ze twijfelde deed ik zelf het deurtje van de kooi open. Meteen ging Sattnin op zijn achterpootjes staan en zachtjes aaide ik hem over zijn buik.

Ik tilde hem uit zijn hok. 'Hier, houd hem maar even vast.'

Riley pakte hem van me aan en giechelde toen hij nieuwsgierig aan haar handen snuffelde. 'Wat is hij zacht! Dat zou je helemaal niet verwachten van een rat.'

Sattnin liet zich gewillig aaien en maakte piepgeluidjes van genoegen. Behalve door mij was hij sinds ik hem had nog nooit door iemand vastgehouden en aangehaald, en het was duidelijk dat hij dit vriendelijke meisje met haar kleine handen en zachte stem reuze interessant vond.

Ik keek toe hoe Riley hem over haar arm liet lopen en ik probeerde te glimlachen, maar het lukte niet. Als ik dat poeder niet in haar sap had gedaan, als ik niet zo fucking stom was geweest, zou dit een moment zijn waarvan ik had kunnen genieten. Waarvan ik de herinnering later had kunnen koesteren. Maar het enige waaraan ik nu kon denken was wat ik had gedaan en hoe het kwam dat Riley er nog steeds niets van merkte.

Misschien was het nog niet te laat.

Terwijl Riley, totaal onwetend van wat haar stond te wachten, glimlachend en met gesloten ogen het mollige lijfje van Sattnin tegen haar wang drukte, flitsten de koortsachtige gedachten steeds sneller door mijn hoofd. Ik zou naar de keuken kunnen gaan om zogenaamd nog een glas jus d'orange voor mezelf in te schenken en dan geschrokken terugkomen en zeggen dat ik nu pas had gezien dat het pak al meer dan een jaar over de uiterste houdbaarheidsdatum heen was. Dat hij daarom zo dik was geweest en misschien een beetje gek smaakte. En dat we voor de zekerheid maar het beste even allebei een vinger in onze keel konden steken om het uit te braken, voordat het schade zou aanrichten. Zou ze dat doen? Maar zou dat überhaupt nog op tijd zijn? Hoe lang deden die zakjes er eigenlijk over voordat ze begonnen te werken? Ik had er vijf in haar sap gedaan. Mijn god, wat had me bezield?

Voorzichtig zette Riley Sattnin terug in zijn kooi. 'Ik moet echt gaan.'

Ik knikte en deed de deur van de kooi dicht. Sattnin bleef naar ons kijken, stopte zijn roze snuitje tussen de tralies door.

Riley stond op en trok haar rok glad. Plotseling slaakte ze een zacht gilletje. Ze wankelde en greep me bij mijn schouder.

Het begon.

'Gaat het?' vroeg ik.

Ze haalde haar hand van mijn schouder en bracht hem naar haar voorhoofd. 'Ik ben ineens zo duizelig.'

Ik stond ook op. 'Kom maar even op bed zitten, dan trekt het wel weg.'

Vloekend liep ik heen en weer door mijn kamer. Wat moest ik doen, *what the fuck* moest ik doen?

Riley lag al meer dan een kwartier in diepe slaap op mijn bed. Bewusteloos. Nee, dat klonk meteen zo gevaarlijk. *Out* dan. God allemachtig wat maakte het uit hoe het heette, het feit was dat Riley Konings hier lag, volledig van de wereld en dat ík dit had veroorzaakt. Dus wat nu?

Ik kon haar moeilijk de hele nacht op mijn bed laten liggen. Over een uur of iets zou mijn moeder thuiskomen en stel dat Riley midden in de nacht ineens wakker werd? Ze zou meteen een dokter willen bellen, ze zou er zo snel mogelijk achter willen komen wat het was geweest waardoor ze zo plotseling onwel was geworden. Vervolgens zou het niet lang duren voor ze in haar bloed de sporen van het slaapmiddel zouden vinden en –

Nee, dat moest ik voorkomen, dat kon ik niet laten gebeuren! Niet tot ik daar een oplossing voor had bedacht.

Misschien was de kelder een tijdelijke oplossing.

Ik stond stil bij het bed, keek neer op de slapende Riley. Haar hoofd op mijn kussen.

De kelder was dan misschien geen briljant plan, het was wel even de enige optie. En ik moest vlug zijn, voordat ze bijkwam.

Met iedere seconde die verstreek, elke beweging die ik maakte en iedere gedachte die ik had, voelde het meer en meer alsof ik een andere Elizabeth werd. Van wie was die kalme beheerste stem in mijn hoofd die me stap voor stap vertelde wat ik moest doen? Die me duidelijk maakte dat er geen tijd meer was om te twijfelen, dat ik hier nu eenmaal aan was begonnen en dat ik het daarom moest afmaken? Gedreven door een onzichtbare kracht, een vastberadenheid die mijn mouwen had opgestroopt en me rechtop deed lopen, deed ik wat nodig was. Ik pakte een schaar uit de keuken en een rol donkergroen duct tape. Dat stopte ik in een plastic tas en bracht het samen met Riley's gympen en spijkerjasje naar de kelder.

Daar keek ik om me heen. De pijp die vanuit het plafond naar beneden liep stond los van de muur. Ik legde mijn hand ertegen, hij was niet warm. Toen ik eraan trok kwam er geen beweging in. Perfect.

Snel liep ik terug naar boven.

Mijn bureaustoel, het oude zwarte ding op wieltjes dat net als mijn computer een afdankertje was van mijn moeders kantoor, kwam nu perfect van pas. Ik boog over de slapende Riley heen, greep haar onder haar armen en hees haar omhoog. Met mijn tanden op elkaar tilde ik haar van het bed tot ze als een lappenpop tegen me aan hing en liet haar toen met een zucht in de stoel vallen. Een straaltje zweet gleed onder mijn oksel vandaan naar beneden. De stoel reed een stukje naar achteren, maar ik liet het gaan. Met de rug van mijn hand veegde ik de transpiratie van mijn voorhoofd. Ze was zwaarder dan ik had verwacht. Ik ging op bed zitten, even.

Riley hing met voorovergebogen hoofd in de stoel, haar krullen als gesloten gordijnen voor haar gezicht, haar armen slap langs haar lichaam en haar benen bungelend voor zich. Langzaam gleed haar slapende lijf naar beneden. Ik sprong overeind. Net op tijd ving ik haar op onder haar oksels en plaatste haar rechtop in de stoel, haar rug goed tegen de leuning dit keer. Ik duwde tegen haar buik om haar op haar plaats te houden.

'Blijf zitten,' commandeerde ik.

Uit mijn kledingkast pakte ik mijn donkerblauwe badjas en trok de ceintuur eruit. Stevig bond ik hem onder Riley's borsten om haar lichaam en de rugleuning van de stoel heen en legde er een dubbele knoop in zodat zij en de stoel aan elkaar vast zaten. Het werkte, ze bleef keurig rechtop zitten. Voor de zekerheid gaf ik een duwtje tegen de leuning van de stoel. Riley verschoof niet. Alleen haar krullen en hoofd deinden zachtjes mee.

Even veegde ik haar haren opzij om het neerhangende gezicht te kunnen zien. Haar ogen waren gesloten, haar mond hing open. Voor de zekerheid legde ik twee vingers in haar hals. Een rustige regelmatige hartslag, niets aan de hand.

Ik haalde diep adem. Ik was hieraan begonnen en ik moest het afmaken ook. Er zat niets anders op.

Met een tweede stuk tape bond ik ook haar handen en voeten vast aan de stoel. Mijn bewegingen waren als die van een ander, iemand die met precisie werd aangestuurd. Alsof ik in een roes verkeerde, alsof dit allemaal niet echt gebeurde, terwijl wat ik nu meemaakte tegelijkertijd de meest intense realiteit was die ik ooit had ervaren.

Riley was aan de stoel bevestigd en ik reed haar mijn kamer uit, de gang door. Het geluid van de wielen over de grond in de gang nam me mee naar mijn tiende verjaardag toen ik rollerskates had gekregen van mijn ouders en er voor één keer trots een rondje mee door het huis mocht skaten. Mijn vader had het gefilmd. Rudy was enthousiast achter me aan gerend, alle kamers door, en ik had gelachen en mijn armen in de lucht gestoken. Wat was dat allemaal lang geleden.

Ik schudde mijn hoofd om de herinnering van me af te gooi-en en opende de deur. Voorzichtig reed ik Riley de galerij over de lift in. Gelukkig kwam ik niemand tegen.

Het was koud in de kelder. Vanaf de galerij had ik gezien dat het regende en het onweer was inmiddels ook begonnen, in de ver-te was het donderen al te horen. Riley kon ieder moment wak-ker worden, ik moest opschieten.

Ik duwde haar naar de pijp, waar ik haar met stoel en al aan vastbond. De tape gebruikte ik om de onderste stang van de stoel eraan vast te maken en ik gebruikte zes lagen tot er geen beweging meer in te krijgen was. Riley's handen en voeten liet ik hoe ze waren, strak aan de stoel bevestigd. Nog steeds hing haar hoofd slap naar beneden en in het kille licht van de door spinrag omhulde tl-buis aan het plafond leek ze bijna ziekelijk bleek. Voor de zekerheid legde ik nogmaals mijn vingers in haar nek, maar haar hartslag was nog steeds aanwezig. Ik plak-te haar mond af met tape, knipte het licht uit, draaide de kel-derdeur achter me op slot en stapte in de lift terug naar boven.

Met een suizend hoofd waste ik de limonadeglazen af en zette ze terug in de kast. Riley's schooltas propte ik onder in mijn kledingkast en voor de zekerheid drapeerde ik er mijn winter-jas overheen. Ik dronk thee, nam een warme douche, deed de dingen die ik eigenlijk iedere avond deed, maar die nu ineens heel anders aanvoelden. Er was iets enorm veranderd. *Ik* was veranderd. En ik kon nu al voelen dat dit nog maar het begin was.

Ik lag net in bed toen mijn moeder thuiskwam, mijn tv stond op TMF. Ze stak haar hoofd om de deur. 'Ben er weer, hoor. Heb je lekker gegeten?'

Ik knikte.

'Niet te laat maken, hè? Heb je je huiswerk al af? Je had toch iets voor Frans wat je moest doen?'

'Alles is af,' zei ik. En dat was ook zo. Dat was het voordeel van me na schooltijd te moeten verschuilen.

'Ik ga zo ook meteen naar bed,' zei mijn moeder. 'Ik heb hoofdpijn. Welterusten.'

'Welterusten.'

Nadat ze de deur achter zich had dichtgetrokken en ik haar door de gang hoorde sloffen, pakte ik onder mijn kussen de agenda van Riley vandaan. Ik had hem uit haar tas gehaald en was bijna op de helft. Er was veel met roze pen in geschreven en hier en daar had Riley foto's geplakt van Alec en van hen samen. Ze had er hartjes bij getekend. Ook foto's van Riley en een golden retriever die 'Honey' heette, kwam ik tegen. Alec had berichtjes in haar agenda achtergelaten, in een strak jongenshandschrift.

Jij bent de mooiste en liefste vriendin die er maar bestaat.
I love you 4-ever.
xxx A.

Ik streek met mijn vingers over de tekst, mijn hand op iets tastbaars wat híj had aangeraakt. Zachtjes drukte ik de agenda tegen mijn borst.

Toen ik verder bladerde, zag ik dat zelfs Iwan iets in haar agenda geschreven had.

Riley,
You give all the boys a smiley.
Chill,
Iwan

Een paar pagina's verderop prijkte weer iets van Alec en ik schudde mijn hoofd toen ik ernaar staarde. 'Je hebt mij nu, Alec,' zei ik zachtjes. 'Je hebt haar niet meer nodig.'

Ook in Riley's telefoon, die ik had uitgezet voor het geval iemand haar miste en zou gaan bellen, hadden allemaal liefdesberichtjes van Alec gestaan. Sommige –

'Lizzie?' klonk mijn moeder vanuit de gang.

Vlug klapte ik de agenda dicht en legde hem weer onder het kussen terug. 'Ja?'

'Ben jij toevallig in mijn nachtkastje geweest? Ik mis ineens een aantal zakjes van mijn slaappoeder.'

De deur ging open, mijn moeder verscheen in de deuropening. Ze had haar donkergroene flanellen pyjama aan en een stipje tandpasta glinsterde in haar mondhoek.

Ik zette het geluid van mijn tv zachter en keek haar verbaasd aan. 'Jouw slaappoeder? Nee, natuurlijk niet, wat moet ik daarmee?'

Mijn moeder haalde haar schouders op. 'Vond het al vreemd. Nou goed, dan vergis ik me waarschijnlijk. Welterusten, Lizzie.'

'Welterusten.'

De geluiden van mijn moeder die haar gordijnen sloot en het licht uitdeed, waren bekend en vertrouwd. Ze had er geen idee van dat in mijn leven alles was veranderd.

Ik zette de tv uit. Er had nog iets anders in Riley's tas gezeten: een roze glazen parfumflesje. Ook dat had ik onder mijn kussen gelegd en ik haalde het tevoorschijn.

Miss Dior Chérie. Zo te zien was het al vaak gebruikt, want er zat nog maar iets meer dan de helft in. Ik spoot wat van het luchtje op mijn polsen en achter mijn oren, en stopte het toen terug. Ook ik deed het licht uit.

In het donker bracht ik mijn pols naar mijn neus, snoof Riley's geur op. Dit was wat Alec lekker vond en nu rook ík zo.

Onze werelden begonnen zich met elkaar te vermengen.

Ik viel in slaap zonder ook maar één enkele haar te hebben uitgetrokken.

Het was nog donker toen ik mijn ogen opende, 03.06 uur volgens mijn telefoon. Dat betekende dat er nog minstens vier slaapuren voor me lagen. Ik geeuwde, sloot mijn ogen weer en draaide me op mijn andere zij. Toen ik mijn hand uitstak om de deken nog wat hoger over mijn oren te trekken, steeg een zachte bloemige geur op en zweefde om me heen. Wacht even, dit luchtje kende ik ergens van. Was dat niet –

Fuck.

Meteen was ik klaarwakker. Ik ging rechtop zitten. Wreef in mijn ogen. Keek nogmaals op mijn telefoon.

Het moest een droom geweest zijn. Toch?

Maar ik wist dat het echt was. De realiteit. Het was midden in de nacht en Riley Konings bevond zich een paar meter beneden mij in de kelder. Vastgebonden.

Fuck!

Zou ze wakker zijn? Zou ze weten waar ze was? Haar laatste herinnering was natuurlijk dat ze bij mij in mijn kamer was. Daarna hield haar geheugen op. Hoe ze in de kelder was terechtgekomen kon ze onmogelijk weten, misschien wist ze niet eens dat het míjn kelder was.

Als het me zou lukken om haar voor een tweede keer te verdoven dan zou ik haar ergens naar een verlaten plek in het park kunnen brengen en haar daar achterlaten. Wanneer ze wakker werd zou ze geen idee hebben wat er was gebeurd. Als mij iets werd gevraagd zou ik verklaren dat ik haar 's avonds naar de bushalte had gebracht en dat ik daarna terug naar huis was gelopen. Wat er vanaf dat moment had plaatsgevonden, zou voor iedereen een raadsel blijven. Misschien had het wachten op de bus te lang geduurd en was ze in de auto ge- stapt bij iemand die haar een lift aanbood. Het was immers slecht weer geweest en ze had het met haar blote benen koud gehad op de bank van het bushokje. En misschien was het toen wel helemaal fout gegaan. Zij kon het zich niet herinne- ren en ook ik wist van niets.

Als ik zorgde dat ze voor zonsopgang in het park lag, dan zou ze snel genoeg worden gevonden. Sommige joggers liepen er al om half zeven, had mijn moeder wel eens gezegd. En van- daag zou een van die mensen zich over het blonde bewusteloze meisje ontfermen dat hij zomaar in het park had aangetrof- fen.

Ik deed mijn lamp aan. Mijn hoofd was volledig helder. Ik stapte uit bed, kleedde me aan. Maar tijdens het aantrekken van mijn sokken stopte ik. Was het wel echt een goed idee? En Alec dan? Hij en Riley hadden nog steeds ruzie en hopelijk zag hij nu in dat zij niet de ware voor hem was. Was het dan niet zonde dat ik haar klakkeloos terug in zijn schoot zou werpen, waarna ze het meteen weer zouden goedmaken? Dat zou niet juist zijn.

Riley moest hier blijven.

Vlug trok ik de rest van mijn kleren aan. Ik moest snel zijn. En stil, zodat mijn moeder niets hoorde.

Op mijn sokken sloop ik de trap af, de lift zou in de stilte van de nacht te veel herrie maken. De stenen treden waren koud en hard onder mijn voeten, ik kreeg er kippenvel van en ik huiverde. Het was muisstil in het trappenhuis. Ik hield een flesje water en een rietje in mijn hand, voor het geval Riley wakker was. Ze zou wel dorst hebben.

Bij de kelderdeur bleef ik staan, mijn oor ertegenaan. Nooit eerder was ik 's nachts in de kelder geweest.

Er was aan de andere kant van de deur niets te horen. Het onweer was gelukkig weggetrokken en ook de regen was gestopt. Er heerste, behalve het geluid dat uit de vele buizen klonk, een nachtelijke rust. Ik haalde diep adem, stopte de sleutel in het slot en duwde de deur open. Op de tast deed ik het licht aan.

Riley hief met een ruk haar hoofd op. Ze knipperde met haar ogen tegen het plotselinge felle schijnsel. Toen ze mij herkende schoot er een schok over haar gezicht. Haar ogen flitsten de kelder rond en er klonk er een gesmoorde kreet vanonder de tape op haar mond.

'Hallo, Riley,' zei ik zo rustig mogelijk. Zachtjes sloot ik de deur achter me.

Riley's ogen puilden bijna uit haar hoofd. Ze trok wild met haar schouders en armen, maar doordat haar handen vastgebonden waren, kon ze zich niet bewegen. Ook haar enkels zaten nog altijd strak aan de stang van de stoel vast.

Ze leek op een angstig dier dat in de val zat. Maar ik wist dat het niet nodig was om medelijden met haar te hebben. Ik zou haar immers geen pijn doen. Wat hier gebeurde was de natuur, het hoorde bij het leven. Dit zorgde voor evenwicht en dat was goed. Het kon nu eenmaal niet altijd maar fantastisch geweldig gaan met één persoon en dramatisch slecht met een ander. Daar moest een bepaalde balans in zijn en daarom was het soms nodig dat twee van zulke mensen van plaats verwisselden. Het was míjn beurt om gelukkig te zijn en zij moest daarom even een stapje opzij zetten. 'Eerlijk zullen we alles delen,' zei mevrouw Emans altijd. Nou dan. Ik maakte aanspraak op wat mij toekwam en daar was niets mis mee. In deze nieuwe werkelijkheid was ík de baas. En ik zou goed voor haar zorgen. Dat was logisch. Riley was mijn verantwoordelijkheid geworden.

'Gaat het een beetje?' vroeg ik vriendelijk.

Riley schudde wild met haar hoofd. Haar wangen waren nat, zag ik, en boven de tape op haar mond lag een aangekoekte korst van opgedroogd snot.

'Heb je dorst?'

Ze knikte, haar ogen waren rood.

Ik staarde naar de fles in mijn handen. Als ik de tape van haar mond zou halen zou ze meteen gaan gillen. Maar hoe kon ik haar anders laten drinken? Mijn ogen gingen de kelder rond. Naast haar op de grond lag de schaar die ik had gebruikt om de tape te knippen. Ik bukte, raapte het op.

Riley's ogen werden groot.

'Rustig maar,' zei ik. 'Ik ga deze schaar gebruiken om een gaatje in de tape op je mond te maken, dat is alles. Zodat je water kunt drinken.'

Voorzichtig drukte ik de punt van de schaar door de tape heen, zachtjes zodat ik haar lip niet zou beschadigen. Ik hield de schaar horizontaal, zette zo weinig mogelijk kracht tot hij uiteindelijk door de tape schoot. Riley verstijfde. Meteen trok ik terug en propte het rietje erin. De fles hield ik eronder.

Riley dronk, haar ogen waren op mijn handen gericht. Na de derde slok schokte haar lichaam. Haar gezicht liep rood aan, ze hoestte onder de tape.

Ik klopte op haar rug.

'Je drinkt te vlug. Hier, neem nog een slok en dan zet ik de fles weer weg.'

Nadat ik de dop er weer op had gedraaid, zette ik de fles naast haar stoel en knipte een klein stukje tape van de rol. Dit plakte ik over het gaatje op haar mond en drukte het even aan.

Zo zou ik het de volgende keer dat ik haar drinken kwam brengen makkelijk weer kunnen verwijderen.

Riley werkte tegen door woest met haar hoofd te schudden, haar ogen waren donker en er kwamen grommende geluiden uit haar keel. Even liet ik haar mond los, pakte met beide handen haar gezicht beet en dwong het stil. Ik stond voor haar, torende boven haar uit. Ze keek niet op. 'Je moet stil zitten, Riley,' zei ik. 'Ik wil je geen pijn doen, maar je moet niet vervelend gaan doen. Dat is nergens voor nodig. Je zit hier voor je eigen bestwil!'

Riley bleef grommen, haar ogen groot. Ze trok met haar schouders en zette met een rood aangelopen gezicht zo veel kracht dat de zitting van de stoel veerde en zacht piepte. Ik liet haar gezicht los en drukte de tape op haar mond nog een keer aan. 'Rustig, Riley! Je kunt toch niet loskomen en op deze manier maak je mij alleen maar boos en daar schieten we geen van beiden wat mee op.'

Zuchtend draaide ik me van haar weg. Waar was ik aan begonnen?

Mijn maag knorde. Net als gisteren had ik de hele avond nog niets gegeten. Het gaf niet. Ik was er inmiddels achter dat het hongergevoel op den duur vanzelf verdween, als een bepaald punt waar ik overheen moest. Daarna zou de leegte in me aanvoelen als een overwinning.

Riley zou natuurlijk wel moeten eten. Hoe ging ik dat doen? Misschien zou ik haar drinkontbijt kunnen voeren, mijn moeder haalde dat wel eens en dronk het 's ochtends als ze geen tijd had om te eten. Het was van Campina. Nadeel was alleen dat het niet voldoende voedingsstoffen leverde als enige voeding. Ik moest iets anders verzinnen.

Ik draaide me om, terug naar Riley. Ze was gestopt met het schudden van haar hoofd en schouders en ze zat zachtjes te huilen. Even legde ik mijn hand op haar hoofd, streek met mijn vingers door haar krullen, staarde naar haar. Ze maakte het zichzelf zo moeilijk door zich tegen haar situatie te verzetten. Als ze het gewoon zou accepteren, zou er niets aan de hand zijn. Maar misschien was het nog te vroeg voor haar om dat te beseffen. Ze was nog maar net wakker, het drong nog niet goed tot haar door. Morgen zou het vast beter gaan. Ze zou eten en stoppen met huilen.

Maar hoe kwam ik aan drinkvoeding? Ooit had ik Denise, die met haar grote mond altijd boven alles en iedereen uit schalde, eens horen vertellen over haar zusje die opgenomen was in een anorexiakliniek en die daar verplicht iets kreeg dat 'Nutridrink' of zoiets heette. Het was volgens haar een soort complete voeding in drinkvorm voor mensen die niet op een normale manier konden eten. Dat spul zou perfect zijn voor Riley. Misschien verkochten ze het bij de apotheek, ik zou er vanmiddag na school meteen naar op zoek gaan.

Ik ging weer voor haar staan, bleef daar staan totdat ze naar me opkeek. Zo vriendelijk mogelijk glimlachte ik haar toe. 'Voordat ik naar school ga kom ik nog even bij je kijken,' beloofde ik.

Toen liep ik weg en draaide de deur van de kelderbox achter me op slot.

Voordat ik terugliep naar de trap, wierp ik een blik in de kelderruimte naast me. Als ik er een sleutel van had, zou deze ruimte ideaal zijn voor Riley. Niemand zou haar hier vinden.

Terwijl ik de trappen op liep, liet ik de gedachte op me inwerken. Ik zou een slotenmaker kunnen bellen en met een volwassen stem zeggen dat ik de nieuwe bewoonster was van nummer 123. Dat ik van mijn makelaar de sleutels van de kelder had gekregen, maar dat ik er graag een nieuw slot op wilde hebben. Voor de veiligheid. Wanneer de slotenmaker dan kwam zou ik doen alsof het mijn moeder was die had gebeld, maar dat ze aan het werk was. Dat ze mij had gevraagd er even bij te blijven om de man te betalen en de nieuwe sleutel in ontvangst te nemen.

Het was een geweldig idee!

Vandaag zou het nog niet gaan, want ik was pas om vier uur uit en met het uur schuilhouden erbij werd dat veel te laat. Maar morgen was het vrijdag en was ik zoals altijd de eerste drie uur vrij. Dan kon ik vandaag in de pauze alvast bellen naar de slotenmaker om het te regelen en een afspraak maken. Op internet was er ongetwijfeld wel een te vinden die hier in de buurt zat.

In huis was alles nog donker en stil. Mijn moeder sliep en had er geen idee van dat ik was weggeweest. Zo geruisloos mogelijk liep ik naar mijn kamer, sloot mijn deur en trok mijn slaapshirt weer aan. Eenmaal in bed piepte Sattnin, die opgerold op mijn hoofdkussen had liggen wachten tot ik terugkwam. Hij vleide zich tegen mijn wang, samen vielen we weer in slaap.

Het was al half acht toen ik pas weer in de kelder kwam. Uitgerekend vandaag had mijn moeder een langzame start gehad, was ze later opgestaan dan gewoonlijk. Toen ze eindelijk wegging, was ik voor het raam gaan staan tot ik haar auto de straat uit zag rijden en snelde meteen daarna naar beneden, met water en een drinkontbijt in mijn handen.

Bij het openen van de kelderdeur drong een zure lucht mijn neus binnen en automatisch deed ik een stap terug. Toen flitste de tl aan en zag ik Riley zitten, haar blonde haar sprong als eerste in het oog. Met dikke rooddoorlopen ogen keek ze me aan. Op de grond onder haar stoel lag een plas.

'Shit,' zei ik. Ik draaide de deur op slot en liep naar haar toe.

De urine op de grond had een rode gloed. Dat was waar ook: ze was ongesteld. Dubbel shit.

'Riley, ik ga heel even terug naar boven om wat spullen voor je te pakken, oké? Zo kun je niet blijven zitten. Ik ben zo terug.'

Ik zette het water en het drinkontbijt op de grond en verliet de kelder. In de lift bekeek ik mijn gezicht in de spiegel aan de wand, de blik in mijn ogen die in een dag tijd compleet was veranderd. Ik glimlachte naar mezelf. Ik was niet langer iemand die doelloos op de wereld rond strompelde, ik was met iets belangrijks bezig.

Behalve de Nutridrink zou ik vanmiddag ook handdoeken moeten kopen om onder haar neer te leggen, bedacht ik toen ik over de galerij naar de voordeur toeliep. Onze eigen handdoeken kon ik daar niet voor gebruiken, mijn moeder zou meteen doorhebben dat ze weg waren. Van een of twee verdwenen handdoeken zou ik nog kunnen zeggen dat ik ze per ongeluk in de kleedkamer van gym had laten liggen na het douchen, maar van meer zou ze dat niet geloven. En ik zou ook babydoekjes kopen om Riley mee op te frissen.

Ik liep de flat in, rechtstreeks naar de slaapkamer van mijn moeder, waar ik twee handdoeken uit de bijna absurd systematisch op kleur geordende textielkast trok. Ook pakte ik een washandje mee en in de keuken scheurde ik een vuilniszak van de rol. Met de spullen liep ik terug naar beneden.

'Riley, ik ga je even een beetje opfrissen,' zei ik toen ik de kelderdeur achter me sloot. 'Ik snap dat je het niet leuk zult vinden, maar hopelijk begrijp je dat het nodig is. Het is belangrijk dat je goed meewerkt en niet weer gaat proberen om te bewegen, want anders draai ik me nu meteen om en dan loop ik deze kelder uit en kom ik nooit meer terug. De keuze is aan jou.'

Riley reageerde niet. Ze keek me niet eens aan.

Ik liep naar haar toe. 'Riley, hoor je me?'

Nog steeds keek ze naar de grond en toonde geen enkel teken dat tot haar doordrong wat ik zei. Ik legde mijn hand onder haar kin en dwong haar omhoog te kijken. Haar kaak trilde. Ze sloeg haar ogen op en keek me aan, het wit van haar ogen was bloeddoorlopen.

'Het is zo voorbij,' zei ik. 'Denk maar even aan iets leuks.'

Riley's ogen vulden zich met tranen. Ze boog haar gezicht voorover.

Shit! Waarom voelde ik me schuldig? Dat was niet nodig, ik

deed niets verkeerd! Dit was allemaal voorbestemd. Riley reageerde er alleen fout op, dat was alles.

Ik hurkte naast haar neer, veegde met een handdoek het plasje onder de stoel op, rolde de handdoek tot een prop en stopte hem in de vuilniszak. Toen knoopte ik de badjasceintuur los waarmee ze aan de leuning van de stoel vastzat. 'Probeer jezelf eens een beetje op te tillen.'

Het lukte Riley om een paar centimeter van de stoel te komen.

'Goed zo, even zo blijven staan.'

Ik hurkte neer. Op de achterkant van haar lichtblauwe tennisrokje prijkte een rode vlek, licht en roestig waar het bloed was opgedroogd, donkerrood in het midden waar het nog nat was. Riley's benen waren door haar vastgebonden voeten nog altijd gebogen in de zithouding, haar armen achter haar rug. Ze stond in een kronkel, haar hoofd hangend. Met de schaar knipte ik haar rokje in zijn geheel door en trok het van haar af. Het landde in de vuilniszak. Ook Riley's kleine wit satijnen onderbroekje, dat grotendeels rood was geworden, knipte ik door en ik trok het onder haar vandaan.

Vanonder de tape op haar mond stootte Riley hoge paniekerige klanken uit en haar ademhaling was snel en gejaagd. Haar benen trilden.

Ik legde de schaar op de grond. 'Er is niets aan de hand,' zei ik. 'Ik ben bijna klaar.'

Riley plofte terug op het natte leer van de stoel, bevend over haar hele lichaam.

'Nee Riley, nog even opstaan, anders kan ik je niet opfrissen.'

Ze schudde wild met haar hoofd, de krullen vlogen om haar gezicht.

Ik zuchtte. 'Wil je op zo'n vieze natte stoel blijven zitten?'

Riley knikte. Even boorden haar ogen zich in de mijne, toen kneep ze ze stijf dicht.

Ik verhief mijn stem. 'Omhoog komen. Nu.'

Ze bleef zitten, haar ogen dicht.

'Riley, omhoog! Als je het niet doet dan loop ik nu weg en dan krijg je ook het water en het drinkontbijt niet die ik speciaal voor jou heb meegenomen.'

Nog steeds bewoog ze zich niet.

'Fuck, Riley! Wil je doodgaan van dorst en honger? Ik leg alleen even een droge handdoek onder je, dat is alles. Ik kijk nergens naar en ik zal je ook geen pijn doen.'

Riley opende haar ogen.

Ik wachtte.

Langzaam kwam ze overeind, haar gezicht rood. Met het water uit de fles maakte ik vlug het washandje nat en bracht het tussen haar benen. Riley verstijfde. Meteen liet ze zich weer zakken, mijn hand was nog onder haar.

'Riley…'

Voorzichtig ging ze weer staan, haar wangen nog roder. Zo goed als het ging waste ik haar, wreef het opgedroogde bloed van de binnenkant van haar dijen tot ze schoon was. Toen, voordat ze kon protesteren, trok ik met een ruk aan het doorweekte donkerrood verkleurde touwtje dat uit haar lichaam bungelde. Haar volle tampon schoot druipend uit haar en vlug zwiepte ik het in de vuilniszak. Riley's gedempte stem kwam heftig in opstand, maar ik negeerde haar. Ik legde de schone handdoek op de stoel en meteen liet Riley zich erop ploffen. Haar hele lichaam schokte wild. Snot stroomde uit haar neus.

Met een schone punt van het washandje veegde ik het weg en ging voor haar staan. 'Nou. Zo erg was dat niet, toch? Vanaf nu krijg je iedere ochtend en avond een schone handdoek, dus als je moet plassen of iets anders dan kun je het gewoon laten lopen.'

Een schok schoot door Riley's ogen, ze schudde haar hoofd.

'Het is niet fris, dat weet ik. Maar het is altijd nog beter dan dat het op de stoel komt, want een handdoek absorbeert in ieder geval iets en is ook makkelijk te vervangen.' Ik pauzeerde even en zuchtte. 'En eigenlijk weet ik nu eventjes geen andere oplossing.'

Riley fronste haar wenkbrauwen weer. Met één hand sleepte ik de vuilniszak naar de achterste hoek van de kelder, waar ik de punten dichtvouwde. Toen ik terugliep pakte ik het drink-ontbijt van de grond. 'Hier, dit zal je goed doen.'

Ik trok het losse stukje tape van haar mond en stak het rietje tussen haar lippen. Braaf dronk ze alles op. Hierna plakte ik haar mond weer af. 'Goed zo. Tot vanmiddag, Riley.'

Met mijn gezicht zo neutraal mogelijk liep ik de school in. Het zag er allemaal nog hetzelfde uit als gisteren, toch was alles anders. Ik was anders. Zou iemand het merken, was het aan me te zien?

Denise stond bij het rooster, samen met Roos en Yvette uit 4c. Cliften en Iwan stonden er ook. Iwan knikte me toe toen ik langsliep.

'Mijn zusje heeft een meet-and-greet gewonnen met Jan Smit,' hoorde ik Denise zeggen. 'Maar ze laat mij in haar plaats gaan, cool hè?'

'Nou,' merkte Cliften op, 'dat zal in jouw geval eerder een *suck & fuck* worden.'

Denises vriendinnen giechelden, hun zwaar opgemaakte gezichten omgeven door een nevel van haarlak en parfum. Ik liep de klapdeur door, de trap op naar de tweede verdieping.

Het eerste uur hadden we Nederlands. De stem van Nuys die de namenlijst oplas om zoals elk eerste uur de aanwezigheid te controleren, vulde het lokaal, maar het drong niet tot me door. Vanaf het moment dat ik de klas in was gelopen waren mijn ogen als een magneet naar de lege plek schuin voor me getrokken en dat was nu het enige wat bestond. Gisteren had Riley daar nog gezeten. De lege tafel ving mijn oog, steeds weer. Mijn god, wat had ik gedaan? Hier, in de wereld van Mercatus, scheen er ineens een heel ander licht op wat er gisteren was gebeurd. Wat in mijn eigen omgeving juist en natuurlijk had gevoeld, leek hier ineens fout. Verkeerd. Een enorme vergissing.

Ik sloot mijn ogen, opende ze weer en ik dwong mijn blik naar Nuys. Ik had niets verkeerds gedaan, dat moest ik onthouden. Het was logisch dat Riley hier niet was, haar afwezigheid was niet erg. Helemaal niet, zelfs. Het was een zegen. De sleutel tot Alec. Er was niets aan de hand.

Voordat de les begon had ik in het toilet op de tweede verdieping Riley's simkaart doormidden geknipt en in een dikke prop papier gewikkeld. Ik had toegekeken hoe de wc het wegspoelde en gevoeld hoe mijn hart sneller was gaan kloppen. Er was geen weg terug, bij iedere stap die ik zette liep ik verder en dieper deze nieuwe realiteit in. Een nieuwe wereld waarin ik een geheim had. Nee, het was inderdaad niet meer terug te draaien, maar dat hoefde ook niet. Ik had alles onder controle.

Nooit eerder had ik Alec zonder Riley in de klas zien zitten. Het was alsof hij maar voor de helft aanwezig was. Hij was nu, samen met mij en Walter, de enige die alleen zat. Daar moest ik gebruik van maken en ik wist ook hoe: met een verontschuldigend gezicht zou ik in het tweede uur tegen meneer De Boer zeggen dat ik mijn boek voor maatschappijleer blijkbaar thuis had laten liggen. Hij zou vervolgens voorstellen dat ik dan maar moest aanschuiven bij iemand zodat ik met die persoon kon meekijken. En omdat Alec ook alleen zat en het dichtst bij mij, zou het logisch zijn dat ik aan de lege tafel naast hem zou gaan zitten.

Ik had me goed voorbereid op mijn contact met hem. Vanmorgen, nadat ik Riley had verzorgd, had ik haar luchtje weer opgedaan en net als vannacht in bed rook ik fris en zoet als

178

lentebloemen. In de *Yes*, die ook in Riley's tas had gezeten en waar ik voordat ik was gaan slapen doorheen had gebladerd, had bij de beautytips gestaan dat je lippen mooi rood en glad werden als je ze na het tandenpoetsen even masseerde met de tandenborstel. Het had nog gewerkt ook, de velletjes waren inderdaad verdwenen. Hierna had ik mijn lippen verzorgd met Riley's lipgloss, eentje van de Bodyshop met aardbeiensmaak, en daardoor had ik een mond om te zoenen. Ik wist zeker dat het Alec zou opvallen zodra ik naast hem neerstreek en naar hem glimlachte. Mijn haar had ik zorgvuldig over de kale plekken op mijn hoofd heen geborsteld en met een paar kleine, bijna onzichtbare, schuifspeldjes vastgezet. Ik droeg het los, een heel verschil met de saaie vlecht die ik tot aan gisteren nog had gedragen. En binnenkort, wanneer het meetlint dat ik twee keer per dag om mijn middel trok aangaf dat ik daar klaar voor was, zou ik online allemaal nieuwe kleren kopen. Al kreeg ik geen kleedgeld, er stond genoeg geld op mijn eigen rekening, mijn moeder stortte er iedere maand vijftig euro zakgeld op, waar ik zelden wat van kocht.

Nuys was nog altijd bezig met het oplezen van de aanwezigheidslijst en was bij de J aangekomen.
   'Eva Jansen…'
   'Hier!'
   'Bojan Janovic…'
   'Hier, meneer.'
   'Riley Konings…'
   …
   'Riley Konings…' herhaalde Nuys.
   Toen er nog steeds geen antwoord kwam, keek hij op van zijn lijst en liet zijn blik vragend op mij rusten.
   Verstijfd keek ik hem aan.
   'Is Riley er niet?' vroeg hij, zijn wenkbrauwen opgetrokken.

Mijn hart sloeg een slag over. Ik opende mijn mond om wat te zeggen, sloot hem weer, voelde hoe mijn wangen begonnen te gloeien. Hoe wist Nuys dat Riley bij mij was? Ze konden me onmogelijk nu al op het spoor zijn, dat bestond niet. Wat moest ik zeggen? Hij –

'Ik weet niet waar ze is, meneer,' antwoordde Alec. 'Ik kan haar niet bereiken.'

Mijn schouders ontspanden zich. Natuurlijk! Nuys had het tegen Alec, niet tegen mij. Niemand had het ooit tegen mij, dat had ik kunnen weten. Relax.

'Dat is vreemd,' zei Nuys. 'Ik zal er een notitie van maken en Sundar vragen of er een ziekmelding is binnengekomen.'

'Ik ga vanmiddag na school wel even bij haar kijken,' liet Alec weten.

'Misschien is ze gewoon te laat en komt ze straks,' zei Nuys. 'Het kan natuurlijk zijn dat ze zich heeft verslapen.'

Ik wist dat Alec dit niet geloofde. Riley was nooit te laat, zij en Alec reisden altijd samen. Waarschijnlijk haalde hij haar iedere ochtend op bij haar huis en als hij dat vanmorgen ook had gedaan, dan wist hij dus al dat ze daar niet was. Misschien had hij vanmorgen toen hij haar niet thuis aantrof gedacht dat ze nog steeds boos op hem was en daarom eerder naar school was vertrokken. Zonder hem. Nu ze ook hier niet was vermoedde hij ongetwijfeld dat er iets mis was.

Of niet.

Misschien dacht hij wel dat ze thuis op haar kamer zat te mokken over hun ruzie. Dat ze vanmorgen expres niet had opengedaan omdat ze hem niet wilde zien. Haar ouders waren met vakantie, dus daar had hij het ook niet aan kunnen vragen. Stom trouwens, dat Riley's ouders zomaar op reis gingen zonder haar. Het was bijna grote vakantie, als ze heel even hadden gewacht dan had Riley met hen mee gekund. Of zou ze er misschien zelf voor gekozen hebben om thuis te blijven, zodat zij en Alec onbeperkt konden genieten van hun seksleven?

De rest van de les werd ze niet meer ter sprake gebracht, maar haar afwezigheid hing zo sterk in de lucht dat het me benauwde. Voelde Alec het ook? Nuys? De rest van de klas? Of lag de strop van haar absentie alleen om mijn nek, om zich steeds strakker vast te trekken totdat ik stikkend naast mijn stoel zou vallen en met een blauw aangelopen gezicht zou bekennen dat ik wist waar ze was?

Ik haalde diep adem. Vlocht mijn vingers in elkaar. Ademde uit. Langzaam kalmeerde mijn hartslag, nam het zware gevoel in mijn hoofd af. Ik had alles in de hand.

Helaas verliep het tweede uur minder succesvol dan ik had gehoopt. Ik mocht inderdaad naast Alec zitten om met hem mee te kijken, maar hij leek mijn nabijheid nauwelijks op te merken. In plaats daarvan wreef hij in zijn ogen, staarde voor zich uit en vergat een paar keer om de pagina om te slaan wanneer De Boer en de rest van de klas dat wel deden.

Misschien had hij tijd nodig. Ik kon niet verwachten dat hij Riley al vergeten zou zijn. Ik moest geduld hebben. Het besef dat hij en ik bij elkaar hoorden zou vanzelf komen, we moesten het niet overhaasten. We hadden straks heel ons leven nog voor ons, één dag meer of minder maakte niet uit.

Dus deed ik alsof ik het niet zag wanneer hij steeds weer zijn telefoon uit de zak van zijn spijkerbroek haalde en onder de tafel openklapte om te zien of er een bericht of gemiste oproep was binnengekomen. Meneer De Boer, die het natuurlijk niet ontging, had blijkbaar ook besloten het te negeren. Een uitzondering te maken. Voor Alec.

De rest van de dag zat ik weer achter Alec en ik zag hoe zijn gedachten iedere les afweziger raakten en hoe hij tijdens wiskunde zelfs het hele uur lang een verkeerd boek voor zich had liggen. Onrustig schoof hij heen en weer in zijn stoel, streek voortdurend met zijn handen door zijn haar. En ik liet hem. Voor nu.

In de grote pauze sloot ik me op in de wc achter de gymzaal en haalde mijn telefoon tevoorschijn. Vanmorgen had ik het nummer van de slotenmaker opgezocht en opgeslagen in mijn telefoonboek.

De telefoon werd beantwoord door een vrouw. Zonder problemen deed mijn volwassen stem haar daadwerkelijk geloven dat ze met de bewoonster van Kortgenestraat nummer 123 te maken had en de afspraak was snel gemaakt. Het tijdstip was perfect, om 8.30 uur zou de slotenmaker er zijn. Ik zou ervoor zorgen dat ik ruim op tijd beneden stond om hem te treffen, zodat ik hem kon uitleggen dat mijn moeder aan het werk was, maar dat ze mij had gevraagd er in haar plaats even bij te blijven.

Ik bedankte de vrouw en hing op. Geregeld.

De prijs was absurd. Tweehonderd fucking euro, alleen maar voor een slot! Toch was het nodig, ik kon Riley niet in onze kelderruimte laten zitten. Vroeg of laat zou mijn moeder haar daar zien. Gelukkig stond er een redelijk bedrag op mijn girorekening, omdat ook mijn vader vanuit Amerika af en toe geld stortte, en zou ik de slotenmaker kunnen betalen. Maar het bleef een belachelijk hoog bedrag. Ik kon het maar het beste zien als een investering in mijn nieuwe zelf. Het gaf mij de zekerheid dat Riley niet ineens terug op het toneel kon verschijnen om haar glansrol weer op te eisen, waardoor alles zou stoppen nog voor het zelfs maar echt was begonnen. Ze moest veilig weggeborgen blijven, in ieder geval totdat ik wist wat ik met haar moest doen. En een betere plek dan de kelder bestond daar niet voor.

Na de slotenmaker zou er nog genoeg geld overblijven om naar de kapper te gaan en nieuwe kleren te kopen. En het afvallen ging goed. Ik leefde op fruit en water en at alleen op de avonden dat mijn moeder thuis was verplicht een warme maaltijd mee, die ik steeds meteen na afloop uitbraakte op de wc.

Op internet was ik nog meer tips tegengekomen om gewicht kwijt te raken. Sinds een week bezocht ik iedere avond het forum van een Pro-Ana-website, waar ik me had aangemeld als 'Riley'. Ik had nog een lange weg te gaan voordat ik zo slank was als de meisjes daar, voor wie anorexia een levensstijl was en die hun hele bestaan hadden laten overnemen door het voortdurende streven zo dun mogelijk te zijn, maar ze steunden me en dat was fijn.

Was ik ze maar eerder tegengekomen. Hun hartelijkheid stond in zo'n extreem contrast met de vijandigheid waaraan ik gewend was, dat ik soms niet eens wist hoe ik erop moest reageren als ze virtueel een arm om me heen sloegen of een digitale kus op mijn wang gaven om me te laten weten dat ze in me geloofden. Met elkaar vormden ze mijn eerste vriendinnen sinds bijna vier jaar. Ons gemeenschappelijke doel creëerde een band, hoewel ik tegelijkertijd voelde dat deze meiden zo fanatiek waren dat het bijna een competitie werd wie er het lichtste was. Gelukkig zagen ze mij nog niet als een bedreiging, het zou ondanks mijn ambitie maanden of misschien wel jaren duren voordat ik op hun niveau zat en dat wisten ze omdat ik ze mijn gewicht had verteld. Samen wisselden we foto's uit van onze ideaalbeelden, vrouwen en meisjes met het lichaam dat we bewonderden en dat ik ooit zou hebben. Catwalkmodellen waren het populairst, hun zichtbare botten waren het teken van ware schoonheid. Het motiveerde ons. Iedere avond vertelden we elkaar wat we die dag hadden gegeten, zo min mogelijk, en wanneer er eindelijk weer een centimeter omtrek van mijn taille af was deelden ze mijn vreugde. Het was *thinspiration* vóór alles, en voor het eerst in mijn leven had ik het gevoel gehad dat ik ergens bij hoorde. Dat ik er niet alleen voor stond.

Ik moest tegenwoordig riemen in mijn broeken dragen, in spijkerbroeken die eerst soms niet eens dichtgingen. Het waren behalve de wegsmeltende centimeters op het meetlint de eerste bewijsstukken dat ik goed bezig was. In eten had ik niet eens trek meer. Als ik de koelkast opendeed en daar de donuts van mijn moeder zag liggen, kleverig naast elkaar in hun gele kartonnen doosje en glimmend van de suiker en calorieën, ging ik bijna over mijn nek van walging. Hoe ik mezelf voorheen steeds maar had kunnen volproppen met zulke ranzigheid was niet meer voor te stellen. Van nu af aan zou alles alleen nog maar beter gaan, ik wist het.

Aan mijn haren trok ik niet meer. De drang was weg. Waarom zou ik handelingen verrichten die me dan wel controle gaven, maar waar ik tegelijkertijd alleen maar lelijker van werd? Mijn haar werd er dun van en mijn schedel zag er niet uit. Nee, ik had nu iets gevonden dat veel beter voelde en waar ik nog wat mee opschoot ook. En aan het einde van deze zomer zou ik het soort meisje zijn dat nooit door haar vader verlaten zou zijn en van wie Alec zou houden. Een volmaakte Riley.

Op weg naar huis stapte ik een halte eerder uit de bus en kocht bij de Albert Heijn een pak babydoekjes. Bij Hans Textiel, die ernaast zat, rekende ik een stapel roze handdoeken af. Met de plastic tassen in mijn hand liep ik naar de apotheek. Hopelijk zou ik niet speciaal naar de Nutridrink hoeven te vragen, maar stond het gewoon in de schappen waar je zelf bij kon.

Ik trok een nummertje uit de automaat, 63, en liep naar de rekken die tegen de muur stonden. Crèmes tegen spierpijn, deodorant in tubes, het leek er even op alsof de Nutridrink er niet was. Toen zag ik het. In het allerlaatste schap, rechts, stonden plastic flesjes. NUTRIDRINK stond er met grote letters op. Mooi, dit kon niet missen.

Achter mij klonk een ping en ik draaide me om, keek op het scherm welk nummer er aan de beurt was. 63.

Ik laadde mijn armen vol met drie kartonnen verpakkingen, vier flesjes per verpakking, en liep ermee naar de kassa. Ze waren allemaal met aardbeismaak, zag ik toen ik het op de toonbank neerzette.

De mevrouw achter de balie knikte me vriendelijk toe. 'Heeft iemand je hiervoor gemachtigd?' vroeg ze, toen ze de flesjes zag.

Even keek ik haar vragend aan. 'Hoe bedoelt u?'

'Haal je dit op recept? Is het voor iemand?'

'O, nee hoor. Ik koop het zomaar.'

De apotheekmedewerkster trok haar wenkbrauwen op. 'Zomaar?'

'Voor als ik een keer ziek ben geweest en niet heb gegeten. Dan gebruik ik dit om de dag daarna weer goed aan te sterken.'

De vrouw schudde haar hoofd. 'Eigenlijk is het daar niet voor bedoeld, hoor. Nutridrink is een sondevoeding, complete voeding in drinkvorm. Het wordt hoofdzakelijk gebruikt door mensen die om medische redenen niet normaal kunnen eten.'

Ik draaide een van de verpakkingen naar me toe, las wat erop stond. Als het diende als een volledige voeding, moesten er zes flesjes per dag van worden gedronken. In Riley's geval zou ik dat natuurlijk door twee delen, omdat ze daar in de kelder amper energie verbruikte en niet veel nodig had. Iedere ochtend, middag en avond zou ze er een van me krijgen.

Ik keek de vrouw aan. 'Ik wil het toch graag kopen.'

'Als je maar beseft dat het geen limonade is,' zei de vrouw nog. 'Het is niet verstandig dit zomaar voor de lol te drinken.'

Ik knikte.

'En je hebt ook naar de prijs gekeken?'

Als bevestiging trok ik mijn portemonnee tevoorschijn.

Ik zou de flesjes in de kelderbox bewaren, besloot ik toen ik het flatgebouw in liep. Samen met de andere spullen die ik nodig had voor Riley's verzorging. Dat was wel zo makkelijk.

Het enige waar ik goed op moest letten was dat, als ze straks eenmaal in die andere kelder zat, niemand me daar naar binnen zag gaan wanneer ik haar bezocht. Gelukkig kwamen de buren niet veel in de kelder. Behalve dan mevrouw Hoornweg, die haar fiets gebruikte om haar dagelijkse boodschappen mee te doen. Maar verder was het beneden altijd vrij rustig, dat scheelde.

Met de tassen met Riley's boodschappen in mijn handen opende ik de kelderdeur. Mijn god, het stonk hier nog erger dan vanmorgen. De zure lucht die uit de vuilniszak in de hoek kwam had zich door de ruimte verspreid en werd nog eens versterkt door de handdoek die onder Riley lag.

'Hoi, Riley,' zei ik, terwijl ik de deur achter me sloot. Ik liep naar haar toe, de scherpe lucht werd sterker met iedere stap die ik haar richting op zette. Toch kon ik, om te voorkomen dat er te veel handdoeken zouden worden gebruikt en mijn voorraad in *no time* op zou zijn, haar alleen 's ochtends en 's avonds verschonen, want ik kon die handdoeken natuurlijk niet wassen. Dat zou mijn moeder merken.

Door de urinelucht heen was de muffe en benauwde geur van menstruatiebloed te ruiken en ik moest de neiging bedwingen mijn neus dicht te knijpen. 'Ik zal vanavond een luchtverfrisser voor je meenemen,' zei ik. 'Dan zet ik die naast je stoel, misschien dat je er dan minder last van hebt.'

Riley reageerde niet. Ze had me toen ik binnenkwam kort aangekeken, maar daarna had ze haar gezicht afgewend. Zou ze het zelf eigenlijk wel ruiken, die stank? Als je er lang genoeg in zat werd je er misschien immuun voor. Ik hoopte het voor haar.

Op dezelfde manier als 's ochtends liet ik haar drinken, Nutridrink dit keer, samen met het water dat nog in de fles zat. Riley dronk gulzig en met grote slokken, maar ze keek mij niet aan.

Toen ze klaar was plakte ik haar mond weer af. 'Je werd vandaag gemist op school, Riley.'

Riley hief haar gezicht op, deed verwoede pogingen zich te verschuiven op haar stoel.

Ik knikte. 'Ze vroegen zich af waar je was. Alec zei dat hij vanmiddag bij je langs zou gaan.'

Riley schudde wild met haar hoofd heen en weer, tranen op haar wangen. Haar blote benen trilden.

Shit. Ze maakte zich veel te druk. Met mijn wijsvinger veegde ik zachtjes haar tranen weg. 'Rustig maar, het komt allemaal goed. Je bent hier veilig en er is niets aan de hand. Alec zal zich de komende paar dagen misschien afvragen waar je bent, maar daarna zal hij zich erbij neerleggen dat je na zijn stomme gedrag tijdens jullie ruzie van gisteren niets meer met hem te maken wilt hebben. Dat is zijn verdiende loon, toch? Jullie passen niet bij elkaar, Riley, en hoe eerder ook hij dat inziet, hoe beter.'

Riley gromde onder haar tape, haar ogen zaten diep in hun kassen onder een frons.

'En jouw leven heeft nu even een andere wending genomen dan je had verwacht, dat is helemaal niet erg. Je moet het jezelf niet zo moeilijk maken.' Ik streek met mijn hand over haar hoofd. 'Ik hoop dat je beseft dat ik je geen kwaad wil doen, Riley. Je zult vanzelf inzien dat het beter is zo.'

Riley schudde haar hoofd, haar gegrom werd luider.

Even keek ik haar aan. Toen zuchtte ik en liep zonder verder nog wat te zeggen de kelder uit.

Op weg naar boven staarde ik naar mezelf in de liftspiegel en beet op mijn lip. Ik moest niet gaan twijfelen, het was goed wat ik deed. Riley had net als Alec even tijd nodig en dat moest ik begrijpen. Op den duur zou ze gaan uitkijken naar mijn bezoekjes, zouden we misschien zelfs met elkaar kunnen praten. Ik zou de tape van haar mond halen, want ze zou me vertrouwen en ik haar. Maar ze was nog niet zover. Ik moest geduld hebben. Binnenkort zou ze snappen dat het leven dat ze had geleid eigenlijk aan mij toebehoorde en het met een glimlach aan me overdragen.

Het kostte de slotenmaker – een nogal behaarde man met een pet, die gekleed ging in een donkerblauw T-shirt met zweetplekken onder de armen – ongeveer tien minuten om het slot te vervangen. Een tijd waarin ik geconcentreerd luisterde naar alle geluiden uit de richting van het portiek en de nog stilstaande lift, klaar om eventuele buren er op wat voor manier dan ook van te weerhouden naar de kelder te komen. Maar gelukkig bleef het stil en was er ook vanuit mijn kelderruimte geen geluid te horen.

Dat Riley mij en de slotenmaker wel kon horen wist ik zeker, we stonden immers pal naast de ruimte waar zij zat, maar haar gedempte gegrom en gepiep was daarbuiten niet hoorbaar. De werkgeluiden van de fluitende slotenmaker en de klanken die uit de rioolbuizen kwamen overstemden het.

Toen de man klaar was schreef hij een bon uit. 'Zo, jongedame. Deze kun je aan je moeder geven als ze thuiskomt, het is in totaal honderdzesennegentig euro.'

Ik hield mijn gezicht strak en gaf hem vier briefjes van vijftig. Met mijn meest volwassen stem zei ik dat hij het wisselgeld mocht houden. Hij bedankte me en ik nam uit zijn grote ruwe handen de sleutel van hem over. Na een tik op zijn pet nam hij zijn gereedschapskist onder de arm, een beweging die een muffe zweetwalm voortbracht, en ging ervandoor. Fluitend op weg naar zijn volgende klus.

Met mijn voeten schoof ik het hoopje stof en vuil dat op de grond was achtergebleven onder de deur door. Hierna opende ik mijn kelderhok en verzorgde Riley, die met betraande wangen langs me heen keek toen ik in de deuropening verscheen.

Vannacht pas zou ik haar verplaatsen, het was te riskant om dat op dit tijdstip te doen.

Alec zag er vermoeid uit. Zijn ogen waren dof en wierpen een donkere schaduw op zijn gezicht, zijn kleding was gekreukt. We hadden godsdienst en ik had hem geobserveerd toen hij de klas in kwam lopen, klaar om naar hem te glimlachen als hij mijn blik opving. Maar hij hield zijn ogen op de grond gericht, liep recht op zijn tafel af en ging onderuitgezakt in zijn stoel zitten.

Ondanks het feit dat de bel al lang was gegaan stond mevrouw Emans nog steeds op de gang te praten met meneer Kuipers, de rector. Vanaf de plek waar ik zat, kon ik hen zien staan, Emans met haar rug naar me toe, de rector met een ernstig gezicht. Ook Alec keek in de richting van de gang, maar de rest van de klas had het niet door en was andere dingen aan het doen.

Het geroezemoes viel onmiddellijk stil toen Emans en Kuipers samen het lokaal binnen kwamen. Als meneer Kuipers in de klas verscheen dan was er iets ernstigs aan de hand. De laatste keer dat hij de klas in was gelopen, meer dan een half jaar geleden, was geweest om ons te vertellen dat mevrouw Gliwa was overleden aan borstkanker.

Mevrouw Emans schraapte haar keel. 'Goedemorgen, klas.'

'Goedemorgen,' mompelden we als één persoon.

'Meneer Kuipers heeft een mededeling voor jullie.' Met haar korte, ronde lichaam stapte ze opzij en meneer Kuipers keek ons ernstig aan, zette zijn bril op.

'Fuck, man, wie is er nu weer dood?' zei Jeremy.

Ergens achterin werd gegrinnikt.

Mevrouw Emans zond Jeremy een afkeurende blik.

Kuipers drukte zijn bril wat steviger op zijn neus. 'Ik zal er geen doekjes om winden, jongelui, maar jullie meteen vertellen wat er aan de hand is. Jullie klasgenootje Riley Konings wordt sinds eergisteren vermist.'

Direct begon iedereen door elkaar te praten. Iedereen, behalve Alec en ik.

'Als jullie even stil willen zijn, dan kan ik vertellen wat er precies aan de hand is,' zei Kuipers zonder zijn stem te verheffen. Emans stond nog steeds naast hem, haar dikke armen gevouwen voor haar reusachtige boezem, haar bril hing aan een paars touwtje erboven.

Het stilteverzoek werkte. 'Shh! Ssst!' klonk het vanuit verschillende hoeken van het lokaal.

'Het zit zo,' ging Kuipers verder. 'Riley is vanaf eergisteren na schooltijd niet meer gezien of gehoord. Door niemand. Haar ouders zijn erg bezorgd en de politie wil op dit moment nog niets uitsluiten.'

Nooit eerder was er door de klas zo aandachtig naar iemand geluisterd.

'Daarom wil ik weten of er iemand is die Riley eergisteren na schooltijd nog heeft gezien of gesproken? Dat hoeft niet per se live geweest te zijn, op msn of per sms telt ook mee.'

Het bleef stil.

'Niemand?' vroeg Kuipers.

Nog steeds zei niemand iets.

'Denk alsjeblieft goed na en zeg het eerlijk als het wel zo is, want het is van groot belang.'

Ook mevrouw Emans speurde de klas rond voor een reactie, maar de vraag van Kuipers bleef onbeantwoord.

'Goed. Dan het volgende. Ik verwacht vooralsnog niet dat

het nodig zal zijn, maar de kans bestaat dat er politie op school zal komen om een aantal zaken te bekijken die misschien nuttig kunnen zijn voor het onderzoek. Mocht je dus een dezer dagen politie zien in het gebouw, dan wil ik jullie vragen om ze vooral niet in de weg te lopen, en als er om je hulp wordt gevraagd uiteraard zo goed mogelijk mee te werken.' Even keek hij naar Emans, die met de handen in elkaar gevouwen naast hem stond. 'Tot die tijd kun je, als je iets weet of als je misschien denkt iets te weten wat zou kunnen helpen om Riley op te sporen, bij mevrouw Emans terecht.'

Hij pauzeerde kort, keek de klas rond en voegde toe: 'En schroom niet om iets te vertellen als je twijfelt. Ieder stukje informatie kan een aanwijzing zijn.'

Mevrouw Emans knikte en meneer Kuipers liep de klas uit, zonder ons gelegenheid te geven vragen aan hem te stellen.

Een enorm kabaal van opgewonden stemmen barstte los.

'Riley wordt vermist!'

'Het moet wel heel erg mis zijn als er na amper twee dagen al een heel politieteam op wordt gezet!'

'Joh, die ouders van haar zijn schatrijk. Die hebben natuurlijk meteen een onderzoek geëist. Denk je nou echt dat de politie er ook zo snel werk van zou maken als één van ons een keer een nachtje niet thuiskomt?'

'Volgens mij is ze gewoon een loverboy tegengekomen. Dat hoor je toch overal, man, en vervolgens loopt zo'n chickie van huis weg. Helemaal in de ban van zo'n pimp. Die Riley is heus niet zo braaf als dat ze eruitziet, hoor, ik zweer het je.'

Alec, die stil aan zijn tafel had gezeten en niet op of om had gekeken, schoof opeens zijn stoel naar achteren, bijna tegen mijn tafel aan, en stond op. Met een gezicht vertrokken van ingehouden woede scande hij de klas tot hij vond wie hij zocht. Met grote passen liep hij op hem af.

'Is dat zo, Sebastiaan?' vroeg hij. Zijn stem was laag van

woede. 'En hoe denk jij dat zo goed te weten?'

Sebastiaan werd rood. Alle blikken waren op hem en Alec gericht. 'Nou ja,' zei hij, zijn schouders ophalend, 'zo bedoelde ik het natuurlijk niet. Ik zei alleen maar, er verdwijnen tegenwoordig wel vaker meisjes, en je weet toch hoe dat gaat… Ze zou de eerste niet zijn, toch?'

'Je zal je moeder bedoelen,' klonk Iwan uit de andere hoek van de klas.

Er werd gelachen.

Alec veegde met één handbeweging Sebastiaans boek, schrift, etui en agenda van tafel. Met een klap belandden de spullen op de grond. Sebastiaan deinsde achteruit.

'Voortaan eerst even nadenken voordat je wat zegt,' zei Alec rustig. 'Oké?'

Hij draaide zich om, liep terug naar zijn plek, pakte zijn tas en liep het lokaal uit. De deur trok hij met een klap achter zich dicht.

Even was het doodstil in de klas.

Mevrouw Emans sprak als eerste. 'Laat hem maar even, jongens.'

Ik verwachtte een opmerking van Sebastiaan, iets stoers om zijn gezicht achteraf toch nog enigszins te redden, maar dat bleef uit.

Met haar blik steeds even afdwalend naar de twee tafels voor mij, waar nu zowel Riley als Alec ontbraken, lichtte mevrouw Emans ons verder in over wat er was gebeurd. Sinds woensdag had niemand Riley meer gezien. Haar ouders, die toen nog met vakantie waren, waren ongerust geworden toen ze haar woensdagavond de hele avond en nacht niet hadden kunnen bereiken, en ze hadden 's ochtends vroeg naar Alec gebeld om te vragen of Riley misschien bij hem had geslapen. Alec was toen al op school en hij vertelde hen dat hij haar sinds de vorige middag niet meer had gezien en dat ze ook niet op school was verschenen. Voor Riley's vader en moeder was dit reden om meteen naar huis te komen, omdat ze wisten dat er iets niet klopte. Riley was er de persoon niet naar om zomaar zonder bericht een hele nacht te verdwijnen en daarna van school weg te blijven. Ze besloten de politie in te lichten en die nam de zaak meteen zeer serieus op. Wat er verder zou gebeuren wist nog niemand.

'… en wat meneer Kuipers net nog vergeten is te vermelden, is dat we aan ieder van jullie willen vragen om vooral alsjeblieft afstand te houden van de pers. Niet mee praten dus,' drukte mevrouw Emans ons op het hart. 'Riley's vader is, zoals sommige van jullie misschien wel weten, een grote naam in de financiële zakenwereld en het zal niet lang duren voor de pers lucht krijgt van deze zaak. Dus als je op het schoolplein bent of in de buurt van de school rondhangt en je wordt aangesproken door een vreemde die vragen begint te stellen, dan kun je het beste beleefd zeggen dat je er niet over wilt praten en dan doorlopen. Het laatste wat we willen is dat het hier een mediacircus wordt.'

Diezelfde middag nog stapte meneer Kuipers voor de tweede keer de les binnen. Alec zat weer op zijn plek en al werd er achter mij nog altijd druk gefluisterd en gespeculeerd over Riley, iedereen zorgde ervoor dat Alec het niet meer kon horen. We hadden Engels, maar voordat mevrouw Ingelse kon beginnen met de les zwaaide de deur van het lokaal open en stak Kuipers zijn hoofd om de hoek.

Hij wenkte mevrouw Ingelse, die meteen op hem af liep. Op de gang fluisterden ze met elkaar, te zacht om ze te kunnen verstaan vanaf waar ik zat. Pas toen Ingelse de klas weer in kwam, zag ik de agent die bij meneer Kuipers stond.

Mijn ademhaling stokte.

Ze hadden haar gevonden. Het was voorbij.

Ik boog mijn hoofd, tuurde naar mijn haren die ik ook vandaag weer los had hangen en die op de witte bladzijdes van mijn opengevouwen schrift vielen en daar donker tegen afstaken. Toen ik omhoog keek, zag ik dat mevrouw Ingelse op Alec af liep en naast hem ging staan. Even legde ze haar magere hand op zijn schouder.

Alec keek naar haar op.

'Wil je even naar de gang komen?' vroeg ze. 'Er is daar iemand die jou graag een paar vragen zou willen stellen.'

Ze sprak zo zachtjes dat ik, terwijl ik pal achter Alec zat, het maar net kon verstaan.

Zonder wat te zeggen stond Alec op en verliet het lokaal. Zijn spullen liet hij liggen.

Toen de bel ging was Alec nog niet terug.

De pauze was begonnen en iedereen liep de klas uit, druk discussiërend over Riley en haar verdwijning. Ik was de laatste die opstond om het lokaal te verlaten en mevrouw Ingelse keek me aan. 'Ik moet het hier op slot doen, Elizabeth. Zou jij misschien Alecs spullen even bij je willen houden tot de volgende les?'

Ik knikte. 'Natuurlijk.'

Ik voelde hoe ik glom van trots. Dat mevrouw Ingelse zoiets aan mij vroeg gaf aan dat zelfs zij instinctief aanvoelde dat Alec en ik bij elkaar hoorden. Het werd steeds duidelijker. Met een kriebelend gevoel in mijn onderbuik stopte ik Alecs spullen in zijn tas en ritste die dicht. Het aanraken van zijn bezittingen, het dragen van zijn tas, het was een opwindend voorspel. Spoedig zou het Alec zelf zijn die ik tegen me aan voelde.

Mevrouw Ingelse glimlachte naar me. Samen verlieten we het lokaal.

De pauze duurde twintig minuten en mijn plek in de media-theek was bezet. Met Alecs tas op mijn rug besloot ik vast naar het volgende lokaal te lopen, ook al mocht dat eigenlijk niet. Ik zou daar in de gang op de grond gaan zitten en op Alec wach-ten. Het toilet was geen optie. Als ik de pauze daar doorbracht en hij zag me er toevallig vandaan komen, zou hij het een sme-rig idee vinden dat ik met zijn tas op de plee had gezeten. Dat was niet de manier waarop hij aan mij moest denken, de ge-dachten waar ik in voorkwam moesten puur en positief zijn.

Ik gooide mijn tas tegen de muur naast de deur van lokaal 2.1 en plofte ernaast neer. Alecs tas legde ik voor me, tussen mijn knieën. Minuten verstreken. Mijn vingers tintelden van ver-langen om even zijn agenda eruit te pakken en erdoorheen te bladeren. Al was het alleen maar om naar zijn handschrift te kijken, om te zien hoe hij zijn taken, zijn afspraken, zijn gedach-ten opschreef en bijhield. Zouden er berichtjes van Riley in staan, zoals die in haar agenda van hem stonden? En zouden er ook foto's in zitten, net als bij haar? Alecs agenda bevatte frag-menten van zijn leven. Even een blik werpen, al was het maar een seconde, zou zijn als turen door de kier van een deur die bijna open was maar nu nog even klemde. Een deur waarach-ter alles lag waar ik naar verlangde. Die moest ik niet forceren. Bovendien, het risico dat Alec net op het verkeerde moment kwam aanlopen was te groot. Het zou alles kunnen verpesten.

Toen de bel eindelijk klonk en Alec als laatste in de gang ver-scheen, liep ik naar hem toe en gaf hem zijn tas. 'Alsjeblieft, Alec! Mevrouw Ingelse had mij gevraagd erop te letten voor je.'

Zonder wat te zeggen nam hij de rugzak van me aan, knikte slechts afwezig. Samen liepen we als laatsten de klas in.

Het verzorgen van Riley werd routine. Het was een kwestie van de kelder in lopen, haar vriendelijk begroeten ook al keek ze me niet aan, de vuile handdoek onder haar vandaan trekken en in de vuilniszak gooien, met babydoekjes het menstruatie-bloed en de urine van haar billen en dijbenen vegen en vervolgens een schone handdoek neerleggen. Hierna kreeg ze haar water en Nutridrink.

Maar vannacht moest er meer gebeuren: Riley moest worden overgebracht naar de andere kelderruimte. En al waren er 's nachts geen buren beneden, het nadeel was dat door de nachtelijke stilte alle geluiden harder klonken. Ik deed mijn best zo weinig mogelijk herrie te maken, maar het vreselijke kabaal van de bureaustoel terwijl ik hem, met Riley erop, naar het andere kelderhok reed, weerkaatste tegen de kale betonnen muren. Samen met Riley's gesmoorde kreten weergalmde het hard. Even stond ik stil en spitste mijn oren. Klonk daar de lift-deur? Maar ik hoorde niets en eenmaal in de nieuwe kelder sloot ik snel de deur en leunde er met mijn rug tegenaan. Mijn hart bonkte.

Kelderhok 123 was een letterlijke kopie van ons hok en ik maakte Riley op dezelfde manier aan de pijp vast. Mijn handelingen waren vlug en precies, ik werd er bijna bedreven in en veegde tussendoor met de rug van mijn hand Riley's betraande gezicht af. 'Je hoeft niet te huilen, Riley. Ik zal hier net zo goed voor je zorgen als in die andere ruimte. Er is niets aan de hand.'

Haar snikken werd heviger.

'Shhh. Ga maar lekker slapen.' Ik streek over haar wang en verliet de kelder.

Boven kroop ik onder de dekens en viel meteen in slaap, de foto van Alec die ik uit Riley's agenda had gehaald tussen mijn gezicht en het kussen geklemd.

's Ochtends moest ik wachten tot mijn moeder boodschappen ging doen voordat ik naar beneden kon. Gelukkig hield ze van vroeg opstaan. Zelfs in het weekend ging ze om half negen al op pad. Omdat ze snel weer terug zou zijn – ze bleef met boodschappen altijd hooguit een uur weg – had ik niet veel tijd, en zodra ze mij gedag had gezegd en de deur achter zich had dichtgetrokken, liep ik naar de gang om mijn schoenen aan te doen.

Bijna liep ik uit gewoonte naar ons kelderhok. Toen herinnerde ik het me en stak ik de nieuwe sleutel in de juiste deur. Zou het de buren opvallen dat deze deur plotseling op slot zat terwijl hij eerst wekenlang open had gestaan? Misschien zouden ze denken dat de makelaar dat had gedaan. Het zou heus niet in ze opkomen om te denken dat –

Shit! Ik sloeg een hand voor mijn neus en mond. Dit was de ergste stank die ik ooit in mijn hele leven had geroken. Duizend keer erger dan de beklemmende urinelucht waar ik aan gewend was geraakt. Ik deed de deur achter me dicht, knipte het licht aan, slikte de acute misselijkheid weg en keek de kelder in.

Riley liet haar hoofd hangen, weigerde me aan te kijken. Ik liep op haar af en schoof haar krullen opzij. Haar gezicht was vuurrood. De lucht was hier op zijn sterkst en omringde de stoel.

'O, Riley,' zei ik zachtjes. 'Daar had ik nog niet aan gedacht, dat dit ook zou gebeuren.'

Ze trilde en snikte.

'We gaan er meteen wat aan doen, oké? Wacht maar even, dit is zo opgeruimd.'

Terwijl ik de handdoek onder haar vandaan trok, kneep Riley haar ogen stijf dicht. Dikke tranen rolden onder haar oogleden vandaan. Haar ontlasting was hard en donker, en ik propte de vieze handdoek met haar uitwerpselen erin tot een bal, hield mijn adem in om de penetrante lucht uit mijn neus te houden en gooide hem in de vuilniszak. De bleke huid op haar billen was rood en vlekkerig van het lange zitten op de smerigheid, de plooi tussen haar billen was besmeurd met bruine stukjes. Met mijn kiezen op elkaar geklemd maakte ik haar schokkende lichaam schoon.

Toen ik daarmee klaar was en ik ook de babydoekjes had weggegooid, keek ik haar aan. 'Ik ga je van de stoel af halen,' zei ik. 'Ik moet hem mee terug naar boven nemen voordat mijn moeder ziet dat hij weg is, vandaag is het namelijk zaterdag.'

Er schoot een flikkering door Riley's ogen. Vlug, heel kort, maar ik zag het. Haar blik flitste de kelder rond.

'Dat betekent dat je op de grond gaat zitten,' legde ik uit. 'Wel gewoon weer op een handdoek natuurlijk, maar niet meer op een stoel.'

Even keek Riley me aan. Ik glimlachte geruststellend. Een snik ontsnapte aan haar keel. Binnen een paar tellen waren haar wangen doorweekt.

In de lift stonk de stoel nog steeds vreselijk. Ik had hem schoongeboend met babydoekjes voordat ik er de kelder mee had verlaten, maar het had weinig geholpen. Het leek wel alsof de poepgeur volledig in de leren zitting was getrokken, zich daar had genesteld en een aroma om zich heen verspreidde dat ervoor zorgde dat de hele lift naar darmafval rook.

Toen de liftdeuren zich openden en ik uit wilde stappen, stond ik oog in oog met mevrouw Hoornweg.

'Goedemorgen, Elizabeth.'

'Hallo.'

'Jij bent er al vroeg op uit!'

Ik knikte, liep met de stoel langs haar heen. Mevrouw Hoornweg keek ernaar, trok haar gerimpelde neus op en liep de lift in. Toen de deuren zich sloten en ik wegliep hoorde ik haar nog net kuchen. Snel reed ik de stoel langs flat 123 naar onze voordeur en ging naar binnen. In de badkamer sopte ik de stoel onder de douche af met zeep en heet water, en zette de douchestraal er minutenlang op.

Het hielp niets, de geur bleef. Gelukkig zou Riley, omdat ze alleen water en Nutridrink binnenkreeg, voorlopig waarschijnlijk geen ontlasting meer krijgen. Hoe erg het ook voor haar was dat dit was gebeurd, het was tegelijkertijd niet iets wat ik had kunnen voorkomen. Gelukkig had ik het goed opgelost. En er zou vanzelf een dag komen waarop ik haar kon laten gaan. Zodra ik wist wat ik met haar moest doen. De oplossing zou zich aandienen met dezelfde helderheid als de stem die mij de instructies voor de afgelopen dagen had ingefluisterd, en daar moest ik nu even op wachten. Tot die tijd moesten we er allebei het beste van maken.

Mijn moeder had zoals ieder weekend een enorme stapel werk mee naar huis genomen. Vanaf het moment dat ze thuiskwam van boodschappen doen zat ze aan de eettafel over haar papierwerk gebogen, een slordige knot op haar hoofd en haar bril op het puntje van haar glimmende neus. Zelf droeg ik mijn bril niet meer. Ik zat toch in alle klassen vooraan, dus ook zonder bril kon ik lezen wat er op het bord stond geschreven. En sinds ik met de bus naar school ging in plaats van met de fiets, maakte het niet zo veel meer uit dat ik onderweg niet alles even scherp zag. Mijn gezicht zag er zonder bril in ieder geval een stuk beter uit, helemaal doordat het vet op mijn wangen eindelijk plaatsmaakte voor vorm.

Binnenkort zou ik mijn moeder om lenzen vragen. Die bril was onderdeel van de oude Elizabeth en ik zou hem weggooien, in een grote vuilniszak samen met al mijn oude kleren. De grote lompe truien en broeken konden weg en kleine nauwsluitende kledingstukken zouden ervoor in de plaats komen.

Ik bracht mijn zaterdag door op het Pro-Ana-forum waar ik kletste met Shirley, die inmiddels nog maar zesenveertig kilo woog, maar volgens eigen zeggen nog lang niet op haar streefgewicht zat (*Perfection is achieved not when there is nothing more to add, but when there is nothing left to take away.*'). Urenlang waren we bezig met het bekijken van schijnbaar oneindige aantallen *thinspiration*-filmpjes op YouTube. Een ander meisje, dat zichzelf LoveMyBones noemde, vertelde trots dat ze het al twee dagen uithield op alleen een volkoren cracker en een kopje kippenbouillon per dag en verder niets.

Ik was net bezig met het typen van een reactie toen mijn kamerdeur ineens openzwaaide. Snel klikte ik het forum weg en keek om.

Mijn moeder stond in de deuropening.

'Fuck, kun je niet kloppen?' vroeg ik geïrriteerd.

Mijn moeder fronste. 'Waarom zou ik?'

'Hallo zeg, heb je nog nooit van privacy gehoord?'

'Hoezo? Heb je soms iets te verbergen voor mij?'

Ik zuchtte. 'Wat heeft dat er nou weer mee te maken! Ik zit er gewoon niet op te wachten dat je hier zomaar te pas en te onpas komt binnenvallen. Dat snap je toch zeker wel? Dit is míjn kamer.'

'Ja, in míjn huis. Allemachtig, Lizzie, ik kwam alleen maar even vragen of je trek hebt in appeltaart. Ik heb er een in de diepvries liggen die ik straks wil ontdooien.'

'Nee, geen trek in. Eet maar lekker zelf op.' Ik draaide me terug naar mijn computer.

Mijn moeder bleef staan.

Ik keek om, trok mijn wenkbrauwen op. 'Kan ik nu weer verder gaan?'

'Wat ben je eigenlijk aan het doen?'

'Iets voor school.' Ik deed geen moeite het ongeduld in mijn stem te verbergen.

Mijn moeder wierp een blik op mijn lege scherm. 'Waarom klikte je het zo snel weg dan?'

'Dat ging per ongeluk. Eet smakelijk!'

Ze ging nog steeds niet weg. Met opgetrokken neus kwam ze mijn kamer binnen lopen. 'Lieve hemel, wat stinkt er hier zo?'

'Sattnins hok,' zei ik. 'Dat had ik gisteren al moeten verschonen. Het is vies.'

Haar ogen werden groot. 'Bah. Dat jij hier zo kunt zitten, zeg, in die smerige lucht. En je slaapt er nog in ook.'

Snel liep ze eindelijk mijn kamer uit. Toen ze de deur achter zich dichttrok haalde ik diep adem. Dat was op het nippertje.

Aan het eind van de middag moest ik een smoes verzinnen om naar beneden te kunnen. Riley verwachtte me, ik kon haar niet laten wachten tot 's avonds laat. Om mijn moeder niet achterdochtig te maken zei ik dat ik even naar de dierenwinkel zou fietsen om nieuw zaagsel voor Sattnin te kopen.

Ze keek niet eens op van haar werk, knikte alleen even.

'Is goed.'

Het gaf niet dat ik loog. Het was noodzakelijk. Als ik haar de waarheid vertelde, zou ze meteen eisen dat ik Riley vrijliet. Ze zou er zoals gewoonlijk helemaal niets van begrijpen.

Zondag had ik geluk, mijn moeder trok 's ochtends vroeg al haar jas aan om naar tante Laurien te vertrekken en ze zou pas rond etenstijd weer terug zijn. We stonden samen in de gang, zij bij de kapstok, ik bij de ingang van de badkamer.

'Ze heeft me gevraagd of ik haar wil helpen de zolder leeg te ruimen en schoon te maken, want ze gaan die hele verdieping ombouwen tot kamer voor Jennifer,' vertelde ze enthousiast.

'Zo, zo,' mompelde ik. Fijn voor Jenny. Dan had ze eindelijk genoeg plek om zich op haar gemak te laten uitwonen door haar puisterige vriendjes.

'Wanneer alles klaar is nodigt Jennifer je vast wel uit om te komen kijken,' voegde mijn moeder toe. 'Tante Laurien zei dat ze dan waarschijnlijk een feestje zou geven. Dat zou leuk zijn, toch?'

'Alsof ze mij voor zoiets zou uitnodigen.'

Mijn moeder zuchtte. 'Wees toch eens een keer niet zo negatief over je nichtjes. Is dat nou echt zo moeilijk?'

Ik reageerde niet. De laatste keer dat ik bij Jennifer thuis was geweest, was afgelopen september op de verjaardag van tante Laurien. Het was er precies hetzelfde gegaan als altijd. Jennifer en Trisha, die nog getint waren van hun vakanties en die blote truitjes droegen om met hun slanke gebruinde lichaam te pronken, bleven verzuchten dat ze maar niet konden wennen aan het Nederlandse klimaat en kreunden dat ze zo enorm terugverlangden naar de hoge temperaturen en de blauwe zee. Ik kon daar nooit over meepraten, mijn moeder en ik waren sinds mijn vader weg was nog niet één keer met vakantie geweest en ik had er op die verjaardagen altijd als een dikke witte prop bij gezeten, boos op mezelf, boos op mijn moeder en bovenal boos op mijn irritante nichtjes met hun vakantieliefdes en bikinifoto's en zomerhighlights in hun haar. Af en toe was ik zonder wat te zeggen opgestaan om naar de wc te gaan, waar ik in de spiegel boven het wasfonteintje naar mezelf had gestaard en met mijn tanden op elkaar geklemd aan een pluk haar had getrokken tot hij met wortels en al losliet en mijn gezicht in de spiegel rood aangelopen was. De donkere streng had opgekruld in de witte porseleinen wc-pot gelegen, als een dode salamander, een symbool van mijn bestaan. Want dat was wat ik in de ogen van mijn nichtjes was geworden, een stinkende salamander in hun wc-pot en niets meer. Op de verjaardagskalender, die aan de binnenkant van de wc-deur hing, bladerde ik naar november om daar naar mijn eigen naam te staren. Elizabeth, het stond er. Ik was echt, mijn naam stond op iemands wc-kalender, dus ik bestond. Hoe kon het dan zijn dat er niemand zelfs maar opkeek zodra ik weer plaatsnam in de woonkamer? Als ik op de stoel ging zitten die net buiten de kring van mijn ooms en tantes viel en ook te ver van Jennifer en Trisha verwijderd was om het gevoel te krijgen dat ik ergens bij zat.

Mijn ooms en tantes waren druk in gesprek. Mijn moeder zat ertussen met haar mond op een kiertje, popelend om ook wat te zeggen, maar zwijgend omdat ze haar de kans niet gaven. Er was niemand die mijn aanwezigheid opmerkte, niemand die het iets interesseerde. Ik was er, maar toch ook niet. Ze zouden me waarschijnlijk niet eens missen als ik een uur

lang op de wc bleef zitten of als ik erdoorheen zakte en wegspoelde, spartelend in het riool verdween en daar zou sterven
met poep op mijn hoofd, gestikt en verdronken in het pis van
de wereld.

Míjn verjaardag vierde ik al drie jaar niet meer en mijn moeder had dat geaccepteerd. Leuk vond ze het niet, maar ze gaf
toe dat het mijn verjaardag was en dat ik daar zelf over mocht
beslissen.

Maar als ik de volgende keer met haar meeging naar de verjaardag van tante Laurien zou alles anders zijn. Trisha en Jennifer zouden niet meer samen giechelen of achter hun hand
smoezen over mij. Nee, hun mond zou openvallen vanaf het
moment dat ik de kamer in kwam. Als ze me weer vroegen of
ik al een vriend had zou ik bevestigend antwoorden en glimlachend een foto van Alec tevoorschijn halen. Vol ongeloof
zouden ze de foto uit mijn handen trekken, hun ogen groot, en
zich afvragen hoe het me was gelukt om zo te veranderen en
ook nog eens de leukste vriend van iedereen te hebben.

Ik zou Alec de eerste tijd nog niet meenemen naar de verjaardagen, zoals ik eerder wel van plan was geweest. Beter was
het om hem in plaats daarvan eerst even helemaal voor mezelf
te houden. Jennifer en Trisha waren het niet waard hem te zien.
Hij zou van mij zijn en van mij alleen. En ik zou ook –

'Lizzie?' vroeg mijn moeder. 'Waar zit je toch met je gedachten, kind.'

Ik keek op. 'Doe tante Laurien maar de groeten van me,' zei
ik. Ik glimlachte. 'Ik zie haar in september wel weer.'

Vanuit het keukenraam zag ik mijn moeder in de auto stappen
en wegrijden. Ik liep de badkamer in, staarde in de spiegel. Het
was tijd om echt serieus aan de slag te gaan. Dat ik aan het afvallen was, was mooi. Dat ik tegenwoordig rechtop liep, met
mijn schouders naar achteren en mijn kin omhoog, ook. Dat ik

met een vaste stem sprak en mensen eindelijk recht in hun ogen durfde te kijken was een verademing, en dat ik mijn haarwortels voor het eerst in jaren met rust liet bevestigde dat dit niet zomaar een fase was waar ik doorheen ging, maar dat ik echt was veranderd. Maar het was niet genoeg. Als ik mijn doel wilde bereiken, dan moest er nog veel meer gebeuren. Ik moest Riley's uiterlijk niet alleen overnemen, ik moest het perfectioneren. En er viel nog heel wat te doen. Haar lach bijvoorbeeld had ik nog niet volledig onder de knie. Ik oefende voortdurend en op het eerste oog leek het best aardig, maar het kon nog veel beter. Haar lipgloss bracht ik aan op mijn lippen en ik droeg ook steeds haar parfum. Ik moest leren lopen als zij, praten als zij. Zo veel afvallen dat ik kleine elegante beha's kon dragen, tenger zou zijn, sierlijk en rank. Dat was waar jongens als Alec op vielen. En het ging me lukken.

Onder de douche bleef mijn blik hangen op het dikke krullende haar tussen mijn benen. Bij Riley zag dat er heel anders uit, zij was bijna helemaal glad daar. Zij had er alleen een smal, recht strookje haar. Ik deed steeds mijn best er niet te nadrukkelijk naar te kijken, maar tijdens het opfrissen zag ik natuurlijk toch telkens hoe het er bij haar uitzag.

Ik moest me ontharen. Als ik in alle opzichten hetzelfde wilde worden als zij, hoorde dat er ook bij. Benen, oksels en bikinilijn, het zou een onderdeel worden van mijn dagelijkse verzorging. Dat was wat knappe meisjes deden.

Nergens in de badkamer was er echter iets van scheerschuim of een -mesje te vinden. Mijn moeder scheerde zich niet, dat wist ik. Eens in de zoveel maanden liet ze haar benen harsen, ze wilde met de mantelpakjes die ze soms droeg geen behaarde benen onder haar panty hebben, maar daar hield het mee op. Ze zag het nut er niet van in, had ze een keer gezegd.

Het gaf niet, ik zou zelf scheermesjes kopen. Een gladde huid creëren. Me dagelijks insmeren met bodylotion. Mijn teennagels lichtroze lakken, zoals die van Riley. Mijn wenkbrauwen epileren. Ik had nog zo veel werk te verrichten.

Riley was al wakker toen ik de kelderdeur opende en het licht aan deed. Ze keek me strak aan, haar ogen waren hol en haar gezicht was bleek, maar ze wendde haar blik af toen ik haar een opgewekte glimlach schonk.

'Goedemorgen, Riley!' zei ik, terwijl ik begon met de vertrouwde handelingen. Ik hurkte voor haar neer en greep de punt van de handdoek die onder haar lag. Gehoorzaam tilde Riley haar billen een paar centimeter van de grond zodat ik de handdoek onder haar vandaan kon trekken. Net als de voorgaande dagen was de roze handdoek besmeurd met rode vlekken en was hij vooral in het midden nat, maar het was minder dan gisteren. Het bloeden was afgenomen. Ik vouwde de punten van de handdoek bij elkaar en liep ermee naar de vuilniszak. Ik trok een babydoekje uit de verpakking en wreef ermee tussen haar benen, waarbij Riley voor het eerst geen protesterende klanken meer uitstootte en haar onderlichaam probeerde weg te trekken, maar het in plaats daarvan gelaten toeliet.

Toen ze gewassen was en neerplofte op de schone handdoek, glimlachte ik naar haar. 'Heb je honger?' vroeg ik. Ik hield het flesje Nutridrink omhoog.

Riley keek naar het drankje in mijn hand maar gaf geen reactie. Ze richtte haar ogen weer op de grond. Ik trok het rietje los en uit het plastic en ging op mijn hurken naast haar zitten. Voorzichtig trok ik het stukje tape van het middenstuk van haar mond af en stopte het rietje tussen haar lippen.

Ze begon meteen te drinken.

'Goed zo, Riley,' zei ik. 'Drink maar op, je hebt het nodig.'

En dat was ook zo. Het leek wel alsof ze magerder was geworden. En dat terwijl ik zo goed voor haar zorgde.

Toen allebei de flesjes leeg waren legde ik ze naast me neer. Ik plakte de tape terug op haar mond en drukte het aan. De onderste laag zat nog steeds goed vast.

Van opzij keek ik Riley aan. Haar ogen waren dik, haar kleine neus was rood en eronder zaten klontjes snot. Zwijgend trok ik een schoon babydoekje tevoorschijn en streek er voorzichtig mee over haar gezicht. Riley verstijfde en sloot haar ogen, maar liet het gebeuren.

Ik bracht het doekje naar beneden, naar haar hals. Met mijn andere hand streek ik de haren uit haar gezicht weg. 'Ik zal je even helemaal opfrissen, Riley,' zei ik. 'Dat heb je eigenlijk wel nodig op je vierde dag. Je zult ervan opknappen!'

Meteen opende ze haar ogen en schudde haar hoofd, maar ik was al begonnen met het losknopen van het witte blousje dat ze aanhad. Riley's lichaam trilde onder mijn aanraking. Haar stem, gevangen achter de tape, probeerde wanhopig verstaanbaar te maken dat ik moest ophouden.

Ze moest zich niet zo aanstellen. Alec zag haar al jarenlang naakt. Hij had deze zelfde kleine borsten die tevoorschijn kwamen nadat ik haar witte beha had losgeknipt al honderden malen gezien en aangeraakt. En ik had er recht op eindelijk ook eens te weten hoe het eruitzag, met eigen ogen te aanschouwen waar ik naar streefde, wat ik zou bereiken als ik straks echt slank was. Dit was pas *thinspiration*, live hier voor mijn ogen. Het duwtje in de rug, de bevestiging dat ik op de goede weg was. Als de trofee die op mijn nachtkastje zou prijken, maar die eerst gewonnen moest worden.

Ik knipte haar schouderbandjes los, trok de beha van haar af. 'Dat voelt toch veel fijner zo?' zei ik. 'Je hebt dat ding niet nodig, joh.'

Riley, die nog slechts gekleed was in haar witte openhangende blouse, begon onbedaarlijk te huilen. Haar gezicht was rood, haar borstjes trilden bij iedere snik.

'Waarom huil je nou?' vroeg ik, iets harder dan mijn bedoeling was. 'Ik doe je toch niets?'

Ze zou het juist fijn moeten vinden dat ik dit deed. Het leek wel alsof ze nog steeds niet besefte dat dit allemaal met een reden gebeurde.

Ik pakte een schoon doekje en boende ermee over haar bovenlichaam en onder haar armen. Hierna stond ik op. Haar blouse liet ik openhangen. Er was hier verder toch niemand die haar zag, en koud was het niet.

'Vanmiddag kom ik weer,' zei ik. 'Tot dan.'

Een wit busje van RTV Rijnmond stond aan de voorkant van de school geparkeerd. Op het schoolplein stond een lange vrouw met in de ene hand een grote microfoon en in de andere hand een sigaret. Naast haar stond een jongen met een wilde bos krullen en een grote camera op zijn schouder. Hij hield de camera met één hand vast. Ze stonden met elkaar te praten en keken niet naar mij toen ik langs hen de school in liep, mijn gezicht voor de zekerheid verborgen achter mijn haar.

Meneer Kuipers, die op dat moment het gebouw juist uit liep, passeerde me. Zijn gezicht stond nog ernstiger dan gewoonlijk, zorgelijk zelfs. Toen ik omkeek zag ik hem naar de twee televisiemensen toe lopen en met hen praten.

Zou dit iets met Riley te maken hebben? Dat moest haast wel.

Een groepje leraren stond bij de receptie, druk met elkaar in gesprek. Een van hen, mevrouw Eykenaar, wees naar buiten in de richting van het schoolplein. Plotseling keek meneer De Boer, die er ook bij stond, mij recht aan. Zijn blik was ernstig, zijn ogen boorden zich in de mijne. Wist hij het? Snel wendde ik mijn gezicht af en liep door.

Onder het schelle geluid van de bel klom ik tussen de chaos van overvolle rugtassen, drukke stemmen en de geur van haarlak en deodorant de trappen op. Het eerste uur begon.

Na het doornemen van de aanwezigheidslijst stond meneer Nuys op en hij kuchte. 'Klas, er is mij door meneer Kuipers gevraagd jullie ergens van op de hoogte te brengen.'

Ik keek naar Alec, op slechts een paar centimeter afstand voor me. Zijn haar zat anders dan normaal, slordiger en zonder gel erin, alsof hij zich niet kon bezighouden met zijn kapsel. Hij zat rechtop in zijn stoel en al kon ik zijn gezicht niet zien, ik kon de gespannen ernstige blik waarmee hij Nuys aankeek voor me zien.

Nuys ging verder. 'Zoals sommigen van jullie misschien al hebben opgemerkt, loopt er beneden pers rond. We zijn daar natuurlijk absoluut niet blij mee, maar we verwachten helaas dat dit nog maar het begin is. Vanwege het vermogen van Riley's familie wordt er namelijk rekening gehouden met de mogelijkheid dat zij is ontvoerd en dat het de daders om losgeld te doen is. De bekendheid van Riley's vader is de reden dat er helaas ook media op afkomt. Meneer Kuipers en wij als school zullen ons best doen om hier zo goed mogelijk mee om te gaan, maar we willen jullie allen nogmaals dringend verzoeken om níét met de media te praten. Ze zullen ongetwijfeld proberen om met je in gesprek te raken en aangezien we ze de toegang tot de school en het schoolplein uiteraard zullen ontzeggen, zal dat waarschijnlijk ergens in de buurt van de school zijn. Het is erg belangrijk daar dus niet aan mee te werken en er gewoon helemaal niet op in te gaan.'

De klas zweeg, iedereen bleef stil. Zelfs Sebastiaan hield voor een keer zijn mond. Het was moeilijk voor te stellen, zelfs voor mij, dat dit allemaal echt gebeurde. Op onze school, in onze klas. Het leek wel een film.

'Wie vanavond tv kijkt zal in het journaal hier ongetwijfeld iets over zien,' vervolgde Nuys. 'Dus houd daar rekening mee en schrik niet van wat je eventueel hoort. Op dit moment weet nog helemaal niemand wat er precies aan de hand is, maar de media zullen uiteraard proberen er een sensatieverhaal van te maken.'

De deur ging open en meneer Kuipers kwam binnen.

Nuys knikte hem toe. 'Ik was ze net aan het inlichten over de media.'

'Mooi,' zei Kuipers. 'Jongelui, ik heb daar nog het een en ander aan toe te voegen. We willen jullie vragen om allemaal direct vanuit school naar huis te gaan vandaag en niet te blijven rondhangen in de fietsenstalling, op het schoolplein of waar dan ook in de buurt van de school. Ga lekker naar huis en waarschuw ons zodra je iets of iemand ziet waarvan je denkt dat je het niet helemaal vertrouwt.' Hij haalde een kaartje uit de zak van zijn donkerbruine colbertjasje en draaide zich om naar het bord. 'De politie heeft een speciaal telefoonnummer geopend voor deze zaak en ik wil een ieder van jullie vragen dit nummer op te schrijven in je agenda en het later eventueel op te slaan in je mobiele telefoon.'

Hij schreef het telefoonnummer op het bord en achter me klonk het geluid van agenda's die werden opengeslagen, pennen die werden aangeklikt. Ook ik opende mijn agenda en schreef het nummer boven in de hoek van de laatste pagina.

Alec bleef bewegingloos zitten, schreef niets op.

'Zodra je iets te binnen schiet waarvan je denkt dat de politie er iets aan kan hebben, het maakt niet uit wat dat is, dan kun je dit nummer bellen. Desnoods anoniem. Het is vierentwintig uur per dag bereikbaar.' Kuipers zweeg even, keek de klas rond. 'En over politie gesproken,' zei hij toen, 'jullie moeten niet schrikken, maar je zult vanaf vandaag een paar politiemannen in de school zien rondlopen. Die zijn van een speciaal rechercheteam dat zich met deze zaak bezighoudt en ze zijn hier alleen maar totdat Riley weer terecht is. Wel hebben ze aangegeven graag met ieder van jullie even apart te willen praten.'

Weer bleef het stil in de klas.

'We worden dus verhoord,' klonk Iwan toen.

'Zo moet je het niet zien,' zei Kuipers. 'Jullie worden inderdaad ondervraagd, maar dat is meer een formaliteit dan dat ze iemand van jullie ervan verdenken hier iets mee te maken te hebben. Ze moeten nu eenmaal alles onderzoeken en waarschijnlijk hopen ze dat iemand hier iets weet dat hen op het juiste spoor kan brengen. Je hoeft je er absoluut niet druk om te maken, zo'n gesprekje duurt hooguit een paar minuten en dat is het.'

'Lekkere *shizzle* is dat,' mompelde Iwan. 'Ben ik net van die gasten af, komen ze gezellig op mijn school rondhangen. Ik heb ze niets te vertellen, laat ze mij maar skippen.'

Kuipers rechtte zijn schouders en keek Iwan ernstig aan. 'We verwachten medewerking van iedereen, meneer Massing, dus ook van u.'

Iwan zweeg.

'Nou, jongelui, dat was het.' Kuipers liep het lokaal uit.

Het tweede uur, tijdens wiskunde, begon het al. De les was nog maar net gestart toen er op de deur van het lokaal werd geklopt. Een lange dunne man in een spijkerbroek en overhemd stond in de deuropening en knikte ons kort toe.

Ik keek terug, verstijfd in mijn stoel.

'Neem me niet kwalijk dat ik uw les onderbreek,' begon hij tegen meneer Schop, 'maar u bent hopelijk al ingelicht?'

Schop knikte. 'Ga uw gang.'

De man deed de deur wat verder open. 'Manon Adel, zou jij even met mij mee willen komen?'

Iedereen keek om naar Manon, die vuurrood werd. 'Waarom moet ik als eerste?' vroeg ze op hoge toon. 'Ik weet toch niets.'

Even glimlachte de rechercheur. 'Maak je geen zorgen, we werken met een alfabetische lijst. Vandaar.'

Manon kleurde nog dieper en stond op. 'Oké dan.'

Toen ze de deur achter zich dichttrok, zei Schop: 'We gaan gewoon verder met de les. Degenen die terugkomen van hun gesprek met de agenten kunnen bij hun buurvrouw of -man kijken wat ze hebben gemist.'

Ik voelde een golf van opwinding door mijn buik. Dit zou me een reden geven om weer naast Alec te kunnen gaan zitten. Of misschien kwam hij wel naast míj zitten. Hij zou immers eerder aan de beurt zijn dan ik.

Toen Manon tien minuten later weer de klas in kwam en Jurgen aan de beurt was, hoorde ik haar druk fluisteren met Denise, die naast haar zat. Wat zou de politie allemaal aan haar hebben gevraagd? Zouden ze een kant-en-klare vragenlijst hebben die ze bij iedereen op dezelfde manier afwerkten? Ze zouden mij niet verdenken, wie zou mij ooit voor zoiets aanzien? Ik zou hooguit rood worden of gaan zweten, maar ik had net aan Manon gezien dat iemand die onschuldig was dat ook deed. Ik zou zo normaal mogelijk doen, mijn stem rustig houden en ervoor zorgen dat ik de agenten recht in hun ogen keek. Er was niets wat ik niet kon. Ik leefde op een appel en drie rijstwafels per dag, ik kon alles.

Toen het tweede uur voorbij was, waren er al vier mensen uit de klas verhoord.

Voor het eerst sinds februari bracht ik de pauze weer eens door in de kantine. De twee rechercheurs zaten samen aan een tafel in de hoek bruine boterhammen te eten, en met hun aanwezigheid zou Sabina het wel uit haar hoofd laten om mij lastig te vallen. Ze zou er zichzelf alleen maar verdacht mee maken. Of misschien zou het juist goed zijn als ze het wel deed, zodat de agenten haar inderdaad zouden opmerken. Het zou geen kwaad kunnen als ze tijdens het verhoor eens stevig werd aangepakt. Als ze iemand in de klas zouden moeten verdenken, dan zou zij het zijn.

Ik liep zo dicht mogelijk langs haar heen, passeerde de tafel waar ze aan zat. Als ze nu iets vervelends zou doen, dan zou ik hard roepen dat ze me met rust moest laten zodat de agenten het zouden zien.

Maar het gebeurde niet. Sabina was met Jeremy en Sebastiaan in gesprek en liet mij rustig een paar tafels verderop plaatsnemen. Ze riep me niet eens na en ook Jeremy en Sebastiaan keken niet op.

Ik zat aan een lege tafel naast die van Manon en haar vriendinnen. Alec zat samen met Iwan aan de tafel achter me. Pascal had blijkbaar nog les, want hij was er niet bij en er was verder ook nog niemand van zijn klas te zien.

'Echt vet zuur voor je, man,' hoorde ik Iwan zeggen. 'Gewoon niet weten waar je eigen *dushi* is en dan al die fucking politie er ook nog eens bij.'

Alec gaf geen antwoord.

'Ik ben straks aan de beurt om met mijn grote vrienden te praten,' zei Iwan. 'Mijn naam komt altijd na die van jou.'

'Ik denk niet dat ik word geroepen,' klonk Alec. 'Ze hebben mij vrijdag al verhoord. En gisteren weer.'

'Gisteren? Fuck man, op *zondag*? Ze denken toch niet dat jij er iets mee te maken hebt, of wel?'

Ik draaide me half om in mijn stoel, deed alsof ik iets uit mijn tas op de grond moest pakken. In mijn ooghoek zag ik dat Pascal aan kwam lopen. Alec stond op, Pascal en hij gaven elkaar een klap de schouder.

'Hé man.'

'Gozer.'

Alec ging weer zitten. Pascal pakte een stoel en ging er achterstevoren op zitten, een blikje Red Bull in zijn handen. 'We mochten bij aardrijkskunde weg als we klaar waren. Is er al nieuws?'

Alec schudde zijn hoofd.

Pascal zuchtte. 'Politie, cameramensen, wat een shit allemaal, man. Ik kan het bijna niet geloven.'

Alec lachte wrang. 'Het is toch echt zo.'

'Houden ze jou nog steeds in de gaten?'

Alec haalde zijn schouders op. 'Weet het niet. Ze zijn nu ook de rest van de klas aan het ondervragen, dus ze checken echt alles.'

'Hé, wacht even, man.' Iwans ogen waren groot geworden. 'Houden ze jou in de gaten? Meen je dat serieus? Dat zuigt, man, dat zuigt echt hard gewoon.'

Alec verfrommelde een melkkartonnetje in zijn handen. 'Riley is woensdagmiddag voor het laatst gezien en ze was toen samen met mij. Helaas hadden we op dat moment ruzie en er zijn blijkbaar mensen die dat hebben gezien.'

Zag ik het verkeerd, of wierp hij tijdens deze laatste zin een verwijtende blik naar de druk babbelende Denise, die deed alsof ze niets doorhad?

Iwan snoof. '*So what*? Dat is toch geen reden om van jou meteen een verdachte te maken? De politie deugt niet, jongen, let op, ik zweer het je. Ze naaien je waar je bij staat.'

Alec staarde naar het platte kartonnetje in zijn hand. 'Het maakt me allemaal niet uit, zolang ze haar maar vinden,' zei hij langzaam, zijn stem zachter dan anders. 'En snel.'

Ik draaide me terug in mijn stoel.

We zaten bij economie toen ik aan de beurt was. De deur ging open, Denise kwam terug de klas in en de lange politieman verscheen achter haar. 'Elizabeth Versluys,' zei hij. 'Kom je mee?'

Ik slikte. Ik mocht absoluut niet merkwaardig gaan doen. Het was van extreem groot en oneindig belang dat ik me precies zo gedroeg zoals ik zou hebben gedaan wanneer ik werkelijk van niets wist.

Zonder om me heen te kijken stond ik op en terwijl Denise heupwiegend op haar hoge hakken terug naar haar plek flaneerde, verliet ik de klas. Achter me ging de les verder. Niemand verdacht mij ergens van.

'Mijn naam is Mark Beerman,' zei de man toen we op de gang stonden. 'Recherche.' Hij stak zijn hand uit.

'Elizabeth,' zei ik. 'Maar dat wist u al.' Ik schudde zijn hand.

'Loop maar mee, Elizabeth.'

Rechercheur Beerman liep rustig, met grote passen. Zijn zwarte schoenen glommen. Ik liep naast hem en in mijn gedachte herhaalde ik wat ik had gerepeteerd. Ik dwong mezelf rustig te blijven en te onthouden wat ik straks moest zeggen. 'Eigenlijk ken ik haar niet zo goed. We zitten wel bij elkaar in de klas, maar ik ga niet met haar om.' 'Of ze vijanden had? Niet dat mij is opgevallen. Nee, volgens mij niet. Zelfs Sabina deed aardig tegen haar en dat zegt wel wat, hoor.' 'Wanneer ik haar voor het laatst heb gezien? In de les van meneer De Boer.'

Een straaltje zweet ontsnapte aan mijn oksel en begon een kriebelend spoor naar beneden.

'Mooi weer vandaag, vind je niet?' zei Beerman.

Van opzij keek ik naar hem. Hij glimlachte vriendelijk. Als volwassenen dit soort dingen zeiden, dan was dat om je op je gemak te stellen. Kon hij merken dat ik nerveus was? Als hij mijn transpiratie maar niet rook.

Beerman verwachtte kennelijk een reactie en ik glimlachte terug. 'Ja, het is lekker warm.'

Hij knikte tevreden. 'Een mooie zomerse lentedag.'

Intussen waren we bij lokaal 2.8 gearriveerd. Beerman gebaarde dat ik naar binnen kon en hij sloot de deur achter ons. De klik van het dichtvallen leek te weerkaatsen door het lokaal. Ik was opgesloten. Als ik per ongeluk iets verkeerds zou zeggen, dan hadden ze me, dan kon ik geen kant op.

Vier tafels waren in een blok tegen elkaar aangeschoven, met twee stoelen aan de ene kant en één aan de andere kant. De andere rechercheur stond op en stak zijn hand uit. Hij was langer dan Beerman en dikker ook. 'Hallo, Elizabeth, Fred Dielemans is mijn naam.'

Zijn handdruk was stevig en hij keek me doordringend maar met een geruststellende glimlach aan.

'Elizabeth,' zei ik, veel zachter dan ik eigenlijk van plan was.

Beerman wees naar een plek aan de kant waar één stoel stond. Zij namen zelf tegenover mij plaats. 'Mijn collega Fred en ik willen jou graag een paar vragen stellen,' zei hij.

Dielemans drukte op een knop van het apparaat dat tussen ons in stond en dat waarschijnlijk een taperecorder was. Wat een ouderwets ding. Mijn moeder gebruikte er voor haar werk ook een, ik zag haar er regelmatig brieven en notities op inspreken, die dan op kantoor door haar secretaresse werden uitgewerkt, maar dat was een klein dingetje dat in de zak van haar jas paste. Daarbij vergeleken was dit ding antiek. Misschien deden ze dat wel expres, om de verdachte ermee te intimideren. Of –

'Zo, Elizabeth,' begon rechercheur Beerman, terwijl hij wat papieren doornam die voor hem lagen. 'Ik neem aan dat je weet waarom we hier zijn.'

Ik haalde diep adem, legde mijn handen zo ontspannen mogelijk voor me op tafel. Ik knikte.

'Vertel ons eens wat er als eerste in jou opkomt als je denkt aan Riley Konings,' zei Dielemans. Beide mannen keken me aandachtig aan.

Ik wist dat de juiste woorden zich ergens in mijn hoofd bevonden. Ze waren er, ik had ze er zelf geplant en opgeslagen. Maar ik kon ze niet vinden. Mijn gedachten waren veranderd in een krioelende, transpirerende massa, die niet in staat was een samenhangende zin te vormen.

'Niet over nadenken,' zei Beerman, 'gewoon de allereerste gedachte uitspreken die je had.'

'Een rustig meisje,' de woorden kwamen toch opeens. 'Een knap meisje. Bemoeide zich eigenlijk niet zo veel met de anderen, maar kon wel met iedereen goed overweg. Ze had verkering met Alec Leeuwenburgh, die ook bij ons in de klas zit.'

Even zwegen de mannen. Toen zei Dielemans: 'Hoor je zelf dat je alles over haar in de verleden tijd zegt, Elizabeth? Waarom is dat?'

Ik kleurde, ik voelde het. Zo diep dat mijn bloed bij de achterkant van mijn nek, waar het stekelig was van de nieuwe haartjes die er waren gaan groeien, begon te gloeien en mijn huid prikte.

'Dat weet ik eigenlijk niet,' mompelde ik. 'Dat ging vanzelf, denk ik.'

Stom, stom. Uitgerekend ik wist dat Riley er nog wel was, waar sloeg dit dan op? Zoiets trok alleen maar aandacht.

'Je bent de eerste die dat doet,' zei Beerman. 'En we hebben al bijna iedereen uit jouw klas ondervraagd, er moeten er nog maar twee.'

'Zijn jullie al een beetje opgeschoten? Iets te weten gekomen waar u misschien wat mee kunt?'

Beerman schraapte zijn keel. 'Waar het nu even omgaat, Elizabeth, is hoe het komt dat jij er blijkbaar van uitgaat dat Riley er niet meer is. Vertel daar eens wat meer over?'

'Dat denk ik helemaal niet,' zei ik snel. 'Het ging waarschijnlijk automatisch doordat ik altijd in alle gevallen rekening houd met het ergste.'

Ze knikten tegelijk.

'Goed, Elizabeth,' zei Dielemans.

Waarom spraken ze in bijna iedere zin mijn naam uit?

'Dan iets anders. Is jou iets opgevallen aan Riley vorige week woensdag, of misschien in de dagen ervoor? Iets ongewoons, iets waarvan je dacht: wat zou daar aan de hand zijn?'

Ik schudde mijn hoofd. 'Nee. Zoals ik al zei, ik ging, ik bedoel ik gá, eigenlijk helemaal niet met haar om. Dus dat soort dingen weet ik niet.'

'Waar was jij afgelopen woensdagmiddag na schooltijd, Elizabeth?' vroeg Beerman plotseling.

Mijn voeten balden zich onder de tafel samen in mijn gympen. Ook vanuit mijn andere oksel begon het zweet te druppen.

'Dat is een standaardvraag die we tot nu toe aan iedereen hebben gesteld,' voegde Beerman glimlachend toe.

Ik knikte, keek hem recht aan. 'Ik ben vanuit school met de bus naar huis gegaan en daar ben ik gebleven.'

Het was niet eens gelogen.

'En welke bus is dat?'

'Bus 70, richting Zuidplein. Ik stap dan altijd uit bij Slinge.'

'Vreemd,' zei Beerman. 'Toen we aan de andere mensen uit jouw klas die ook met bus 70 reizen vroegen om op te noemen met wie ze allemaal in de bus hadden gezeten die dag, werd jouw naam niet eenmaal vermeld.'

'Ik was later,' zei ik. 'Ik blijf altijd wat langer op school dan de rest.'

Dielemans fronstc zijn wenkbrauwen. 'Hoe dat zo?'

Even was ik stil. Toen zuchtte ik en zei: 'Dat heeft hier verder eigenlijk niets mee te maken, maar dat doe ik om te voorkomen dat ik een aantal klasgenootjes tegenkom die mij altijd lastigvallen als ze me zien.'

De frons van Dielemans werd dieper. 'En over wie heb je het nu?'

'Dat zeg ik liever niet.'

'Waarom niet?' wilde Beerman weten.

'Omdat ik niet wil dat jullie hen erop aanspreken en dat ik daardoor nog meer problemen met ze krijg omdat ze dan denken dat ik over ze heb gepraat.' Ik vouwde mijn armen boven de tafel, keek beide mannen om beurten strak aan.

Dielemans knikte. 'We zullen er discreet mee omgaan,' zei hij. 'En daar bedoel ik mee dat we, als jij dat niet wilt, ze er niet mee zullen confronteren.'

Ik haalde diep adem. 'Goed dan. Het zijn Sabina de Ruiter, Jeremy Hasselbank en Sebastiaan Volkers.'

Vlug schreef Beerman de drie namen op. 'Wat doen ze dan bijvoorbeeld?'

'Nou, ze wachten me op bij een lokaal of in de fietsenstalling en dan doen ze vervelend.'

'Ook lichamelijk?' vroeg Dielemans.

Ik knikte. 'Voorheen wel. De laatste tijd is het gelukkig minder geworden omdat ik ze tegenwoordig dus weet te ontwijken.'

'Deden ze dat alleen bij jou, dat lastigvallen zoals jij het noemt, of heb je ze dat ook bij anderen zien doen?' vroeg Beerman.

Dit was mijn kans. 'Ik weet niet of de jongens het ook bij anderen doen, maar Sabina in ieder geval wel. Ik heb haar vaak andere meisjes zien pesten, vooral uit de lagere klassen. En ze probeerde een hele tijd lang contact te leggen met Riley, maar die wilde niets van haar weten. Dat vond Sabina niet zo leuk, geloof ik.'

Beerman schreef iets op. 'Leg dat eens uit?'

Ik schraapte mijn keel en ging verzitten in mijn stoel. 'Nou, nadat Riley een keer tegen Sabina had gezegd dat zij haar met rust moest laten, ging Sabina zich ineens heel anders tegenover haar gedragen. Stomme dingen over haar zeggen en zo, achter haar rug. Maar ik heb er niet zo goed op gelet, dus ik weet niet precies hoe het zat. Ze is alleen geen fan van Riley meer, dat viel wel op.'

Beerman legde zijn pen neer. 'Goed, Elizabeth, ik denk dat we even genoeg informatie hebben voor het moment. Je hebt als het goed is een telefoonnummer gekregen waarop je ons kunt bereiken mocht je nog iets te binnen schieten. Verder willen we je bedanken voor je tijd.'

'Graag gedaan.'

Beerman stond op. 'Ik loop met je mee terug naar je klas.'

Terug in het lokaal moest ik een glimlach onderdrukken toen ik Sabina zag zitten. Als het een beetje meezat zou ze binnenkort eindelijk krijgen wat ze verdiende. Morgen zou ik oogsten wat ik vandaag had geplant.

's Avonds zat ik samen met mijn moeder op de bank, allebei met een bord eten op schoot. Ik dronk er water bij, wat het uitkotsen straks makkelijker zou maken. Mijn moeder gunde zich geen tijd om te drinken. Ze schrokte haar eten naar binnen en kauwde met open mond omdat ze niet kon wachten om de volgende hap naar binnen te kunnen werken. Ze had een druppel jus op haar blouse gemorst en haar mond glom van het vet, maar het leek niet tot haar door te dringen wat ze zichzelf eigenlijk aandeed door zoveel calorieën in haar lichaam toe te laten. De bovenste knoop van haar lange donkergrijze rok stond open zodat haar opgeblazen buik vrijheid had en nog meer eten aankon. Haar ademhaling was zwaar en haar in panty gehulde voeten roken zuur. Er was niets aantrekkelijks aan haar te ontdekken. Ook had ze –

'Kende jij dat meisje eigenlijk ook?'

Ik keek op. 'Welk meisje?'

Mijn moeder zuchtte en wees met haar vork naar de tv, die het journaal uitzond. 'Dat meisje waar iedereen het over heeft, natuurlijk. Die verdwenen is. Romy… Romy Keizer, Koning, zoiets? Ze schijnt bij jou op school te zitten. Hier, kijk, het is op tv!'

Ik keek en zag inderdaad beelden van Mercatus op het televisiescherm voorbijkomen. Het gebouw was gefilmd vanaf de voorkant, daarna het schoolplein en de ingang. Een opvallend mooie blonde vrouw verscheen in beeld terwijl ze ergens uit een auto stapte. Ze had dezelfde krullen als Riley en wendde haar gezicht af zodra ze de camera zag, haar zwarte leren handtas hief ze beschermend voor haar hoofd.

Een politieman kwam aan het woord, maar het was niet een van de twee die vandaag bij ons op school waren geweest. Deze man droeg een uniform. 'We hebben de ouders van Riley geadviseerd niet met de pers te praten,' zei hij met zware stem. 'Het onderzoek naar de verdwijning van Riley Konings –'

'Heb jij daar niets van gemerkt, dan, op school?' sprak mijn moeder erdoorheen. 'Ze heet trouwens Riley, hoor je het?'

Ik knikte. 'Ze zit bij mij in de klas.'

Mijn moeder stopte met kauwen en keek me verbaasd aan. 'En dat zeg je nu pas!'

Ik haalde mijn schouders op. 'Ik wist niet dat het zo belangrijk was.'

'Lizzie!' riep mijn moeder uit. 'Een meisje uit jouw klas wordt vermist, al dagen, iedereen heeft het erover of is naar haar op zoek en jij doet alsof het allemaal heel normaal is! Het is zelfs op de tv!'

'Er verdwijnt wel vaker iemand, hoor,' zei ik. 'Alleen is het nu toevallig iemand uit mijn klas.'

'Nou, haar ouders zullen wel doodongerust zijn. Arme mensen. Dat is het ergste wat je als ouder kan overkomen, zoiets.'

Ik zweeg.

'Heb jij die televisiemensen ook gezien, dan? Want die zijn bij jou op school geweest.'

'Die liepen inderdaad rond, maar er is ons verteld dat we niet met hen mogen praten,' zei ik.

'Nou,' zei mijn moeder. Ze knikte naar de tv. 'Die boodschap is bij dát meisje in ieder geval niet helemaal duidelijk overgekomen.'

Ik volgde haar blik en daar was Denise, in close-up, haar

zwaar opgemaakte gezicht vol in beeld. Ze sprak met getuite lippen en knipperde voortdurend met haar ogen. 'Het is voor ons allemaal een grote schok, ja, precies. Vooral voor ons als meisjes, natuurlijk. We voelen ons nu niet meer veilig hier, in de omgeving van onze eigen school. Als er ineens iemand zomaar spoorloos kan verdwijnen, weet je.' Ze huiverde overdreven.

Ik zuchtte, rolde met mijn ogen. 'Dat is Denise. Zij verbeeldt zich dat ze ooit een beroemd supermodel zal zijn en grijpt daarom iedere kans aan om te worden ontdekt.'

'Ik hoop maar dat ze die Romy snel vinden,' zei mijn moeder. 'Wat een nachtmerrie.'

's Nachts kon ik voor het eerst in tijden moeilijk in slaap komen. Steeds weer zag ik de gezichten van de rechercheurs voor me zoals ze vandaag tegenover me hadden gezeten, hun pen in de aanslag, aantekeningen makend die ik niet kon lezen. Wat hadden ze over mij opgeschreven? Stel dat ze me zo verdacht vonden dat ze bij een volgend verhoor een leugendetector wilden gebruiken? Of, nog erger, een huiszoeking wilden komen doen?

Ik moest hun aandacht afleiden. En wel zo snel mogelijk.

Ik moest mijn telefoonwekker tegenwoordig ruim een half uur eerder zetten dan voorheen en dat was niet alleen om Riley te verzorgen. Het bleek namelijk nogal tijdrovend om er leuk uit te zien. In plaats van de tien seconden die het me voorheen kostte om 's ochtends mijn haar te vlechten en er de rest van de dag niet meer naar om te kijken, stond ik nu minutenlang voor de spiegel in de badkamer. Ik borstelde mijn haar tot het glad was en kneedde wax in de punten zodat het niet pluisde. Mijn hals en polsen besprenkelde ik met Riley's parfum en ik bracht haar lipgloss aan. Ik had zelfs mijn wenkbrauwen in hetzelfde model als de hare geëpileerd.

's Nachts in bed, met Sattnin warm opgerold naast mijn gezicht, droeg ik het gouden kettinkje met Alecs naam eraan. Ik had het bij haar afgedaan omdat het in de weg zat sinds ik ook iedere dag haar bovenlichaam opfriste, en ik droeg het onder het T-shirt waar ik in sliep. De aanraking van het persoonlijke sieraad op mijn huid was de voorafspiegeling van Alecs rol in mijn toekomst.

Over minder dan twee weken begon de zomervakantie en dan zou ik mijn haar laten blonderen en een geheel nieuwe garderobe aanschaffen. Wanneer het nieuwe schooljaar van start ging, eindelijk op een andere school, zou de oude Elizabeth zo ver achter me liggen dat het bijna onmogelijk zou zijn te bedenken dat ze ooit had bestaan.

Het contact met Riley verliep minder voorspoedig dan ik had gehoopt. Ze zat in een of andere afstandelijke fase waarbij ze alle oogcontact met mij vermeed. Wat ik ook tegen haar zei, ze weigerde me aan te kijken. Gelaten liet ze me mijn gang gaan met de handdoeken en de verfrissingdoekjes. Ze dronk haar water en flesjes Nutridrink, maar staarde de hele tijd met lege ogen naar de grond. Ik had haar de witte blouse, die zuur en muf was gaan ruiken, ook maar uitgetrokken, zodat ze nu geheel naakt was. Maar behalve het kippenvel op haar armen en de verstijving van haar tepels had ze zelfs daar niet op gereageerd. Het was alsof ze er niet meer bij was, alsof alleen haar lichaam zich nog in de kelder bevond, maar haar geest niet meer. En misschien was dat maar beter ook, dan kon ze zichzelf in ieder geval niet meer aan het huilen maken met al die nare gedachten die haar blijkbaar steeds hadden gekweld en die volslagen overbodig waren.

Want als het fout was om haar gevangen te houden, waarom voelde het dan zo goed? Ik wás nu iemand, ik stelde iets voor. Eindelijk had ik eens het heft in handen en ik zou het nooit meer loslaten. Riley had het heus zo slecht nog niet. Ik zorgde goed voor haar, ik hield haar schoon en gaf haar te eten, had haar geen moment pijn gedaan. Wat Sabina mij al die jaren had geflikt was vele malen erger. Sabina had me wél pijn gedaan, had me uitgescholden, extreem vernederd, belachelijk gemaakt. Keer op keer en jarenlang. Dat deed ik niet bij Riley. En dat het hele land nu op zijn kop stond omdat niemand wist waar ze was, daar had zij zelf geen last van. Ze merkte er niet eens wat van. Het maakte het voor mijzelf even wat ingewikkelder, dat was alles. Aan de andere kant was het goed dat het onderzoek er was. Als ik het slim speelde zou Sabina eindelijk krijgen wat haar toekwam.

Het eerste uur, tijdens gym, was het moment om mijn plan ten uitvoer te brengen. Voordat ik naar school ging had ik Riley's agenda in mijn tas gestopt. Pagina voor pagina had ik hem schoongeveegd met babydoekjes om mijn vingerafdrukken te wissen.

Doordat ik niet meedeed met gym kon ik, toen de rest van de klas aan het verplichte warmlopen bezig was, de kleedkamer in glippen. Ik keek om om te controleren of niemand me was gevolgd en liep snel op mijn tas af, die links in de hoek aan het achterste haakje hing. Zo vlug als ik kon greep ik het kledingstuk dat het dichtst naast mijn tas hing – van Manon geloof ik – van het haakje en wikkelde het om mijn hand. Toen griste ik Riley's agenda uit mijn tas.

Ik plaatste hem in de tas van Sabina, boven op haar telefoon, en ritste haar rugtas dicht. Toen pakte ik mijn mobiele telefoon uit mijn tas en stopte hem in de zak van mijn spijkerbroek. Met een bonkende hartslag in mijn keel liep ik terug de gymzaal in, waar ik op de bank ging zitten om met een zo neutraal mogelijk gezicht te wachten tot de les was afgelopen. Niemand keek naar me, niemand had me zien wegglippen.

'Alec was lekker op dreef,' merkte Manon op toen ze de kleedkamer in liep. Ik liep achter haar, Sabina was meneer De Graaff aan het helpen met het wegzetten van de doelen.

Denise, die naast haar liep, knikte. 'Ik dacht even dat hij die voetbal kapot zou trappen, zo hard ging hij tekeer.'

'Het is ook niet makkelijk voor hem allemaal, natuurlijk,' zei Manon. 'Er is nu bijna een week voorbij en nog steeds weet niemand waar Riley is.'

Ze trok haar T-shirt over haar hoofd en haalde deodorant uit haar tas. Douchen gebeurde hier bijna nooit, dat werd thuis gedaan.

Sabina kwam binnen, haar wangen waren rood en zweetplekken stonden op haar T-shirt. 'Ik snak naar een sigaret,' pufte ze. 'Ingelse moet maar even wachten, ik ga zodra ik ben aangekleed eerst even roken.'

'Ik ga met je mee,' stemde Denise in. 'Ben helemaal kapot van dat rennen.'

Zonder Sabina aan te kijken liep ik naar de wc en sloot de deur achter me. Ik ging niet zitten, maar liet het brildeksel naar beneden geklapt en ik leunde met mijn rug tegen de muur. Vanmorgen had ik thuis mijn mobiel al op anoniem ingesteld en Sabina's nummer van de klassenlijst overgenomen in mijn telefoonboek. Terwijl haar stem vanuit de kleedkamer zoals gewoonlijk boven iedereen uitschalde, selecteerde ik haar naam in mijn telefoon en drukte op OK. Ik wist dat ze hem aan had staan, ze had hem altíjd aan staan. In de andere lessen had ze alleen haar geluid uit.

Even bleef het stil. Toen klonk Sabina's ringtone door de kleedkamer, gedempt door haar tas, maar toch duidelijk hoorbaar. Het gering werd luider, waarschijnlijk deed ze haar tas open. Snel drukte ik mijn telefoon uit, stopte hem terug in mijn broekzak, trok voor de vorm de wc even door en liep eruit.

Sabina, slechts gekleed in haar gymshirt en een paarse string, stond voorovergebogen over haar tas. 'Waar is dat ding?'

'Te laat,' giechelde Denise, die haar korte broek uitdeed en in haar jeans schoot. Ze ritste hem dicht.

'Ik vind het altijd zo fucking irritant wanneer ik hem niet kan vinden,' mopperde Sabina. 'En dat er dan ook nog mensen zijn die geen geduld hebben en na twee keer overgaan al ophangen. Hij moet hier ergens tussen liggen.'

Denise ging naast haar staan en keek met haar mee. 'Daar, dat is hem toch? Ik zie iets roods. Kijk, hier!' Ze stak haar hand uit en pakte triomfantelijk de telefoon uit Sabina's tas.

Precies zoals gepland kwam Riley's agenda mee. Hij viel

met een klap op de grond. Ik hield mijn adem in.

Even was Denise stil. Ze staarde naar de grond. Ook Sabina staarde ernaar. En Manon. En ik. Iedereen.

Sabina werd rood. '*What the fuck…?*'

Denise bukte en raapte het op. Riley's agenda was erg herkenbaar omdat ze de enige in de klas was die geen gewone schoolagenda gebruikte, maar eentje van wit leer met een goudkleurige gesp eromheen.

'Waarom zat dit in jouw tas?' vroeg Denise. Haar ogen waren groot.

Sabina griste het ding uit haar handen. 'Geef hier.'

Ze opende de agenda en liet hem vervolgens met een vloek uit haar handen vallen, sprong achteruit.

Iedereen keek naar haar.

'Wat doe jij in godsnaam met de agenda van Riley in je tas?' vroeg Denise nogmaals, met een ernstig gezicht.

'Hoe moet ik dat weten?' Sabina's stem klonk hoog. 'Ik weet niet hoe dat fucking ding in mijn tas komt! Iemand heeft het erin gestopt, dat kan niet anders!'

Denise zweeg. Manon, volledig aangekleed maar nog wel op blote voeten, pakte de agenda van de grond. Langzaam bladerde ze er doorheen. 'Het is hem echt,' zei ze, geschokt.

'We moeten hem aan de politie geven,' zei Denise.

Sabina trok wit weg. 'Niet zeggen dat hij uit mijn tas komt, hoor!'

'Ja, hallo, wat moet ik dan zeggen? Hij kómt toch uit jouw tas?'

Sabina schudde haar hoofd. 'Maar ik weet van niets, dat moet je geloven. Iemand probeert me er fucking in te luizen!' Ze haalde haar handen door haar haren, ze had er nog nooit zo gestrest uitgezien. 'Ik wil niet dat de politie onderzoek naar mij gaat doen, dat snap je toch wel? Laat mij er nou gewoon buiten! Je weet wat voor gezeik ik heb gehad toen door dat kutkind uit de brugklas, dat wil ik echt niet nog een keer meemaken.'

De bel ging, maar Denise en Sabina stonden nog steeds tegenover elkaar, beiden met de armen gekruist. Denise zweeg, Sabina ook. Manon bladerde nog steeds door de agenda. De rest kleedde zich aan, wisselde blikken met elkaar en kon duidelijk niet wachten totdat ze op de gang waren om te praten over wat er zojuist was voorgevallen.

Ik verliet de kleedkamer. Denise zou zich misschien laten overtuigen door Sabina, maar Manon zou rechtstreeks naar de politie gaan. Dat wist ik zeker.

Rustig liep ik naar de volgende les, waar Denise en Sabina uiteindelijk allebei met een rood hoofd de klas in kwamen. Manon bleef inderdaad weg.

In de pauze ging ik net als de vorige dag rustig in de aula zitten. Sabina was nergens te bekennen, maar Jeremy en Sebastiaan waren er wel. Samen met Denise zaten ze aan de tafel naast mij en nu hun geliefde Sabina het onderwerp van gesprek was, lieten ze mij met rust.

Ik hoorde Jeremy vloeken toen hij hoorde wat er precies was gebeurd. 'Maar hoe kan dat dan?' vroeg hij aan Denise. 'Dat is toch onmogelijk?'

'Ja, hij kwam gewoon ineens uit haar tas vallen,' hoorde ik haar zeggen. 'Zomaar, plof! Alsof hij er al die tijd al in had gezeten.'

'Als Sabien er echt iets mee te maken had, dan zou ze heus niet zo dom zijn om die agenda zo open en bloot in haar tas te laten liggen,' merkte Sebastiaan op.

'Hé, zout even op, man! Hoe kan je dat nou zeggen?' viel Jeremy uit. 'Wat ben jij nou voor fucking NSB'er, ze heeft er niets mee te maken, joh.'

'Dat zeg ik toch? Anders zou ze wel wat voorzichtiger zijn.'

'Nee, niets "anders"! Het is niet eens een optie man, *fuck you* als je dat denkt.'

231

'Ze had het over eerdere problemen met de politie,' zei Denise. 'Iets in de brugklas of zo.'

Jeremy zuchtte. 'Ja, dat is waar ook. Kutzooi, daar had ik nog niet eens aan gedacht. Dat maakt het allemaal nog erger.'

'Maar wat was er dan?' wilde Denise weten.

Jeremy dempte zijn stem. 'Kun jij je Adma van der Steen herinneren?'

'Ja, natuurlijk. Dat was dat kind dat toen zelfmoord had gepleegd, toch? Iedereen had het erover.'

'Precies. Maar wat de meeste mensen niet wisten en nog steeds niet weten, is dat dat kutwijf toen geprobeerd heeft om Sabina vet te naaien door in haar afscheidsbrief te schrijven dat het Sabina's schuld was dat ze zelfmoord had gepleegd. Omdat Sabien haar gepest zou hebben.'

'Shit,' zei Denise.

'Ja, nogal. Het is toen gelukkig goed afgelopen, want er was natuurlijk helemaal geen bewijs of zo, maar het is wel een moeilijke tijd geweest voor Sabien. Allemaal door zo'n kutaanstelster.'

'Wie weten dit allemaal?'

'Niemand, volgens mij. Behalve de politie dan natuurlijk. Ja, en Kuipers misschien, maar verder niemand. Ik weet het alleen maar omdat Sabien en ik toen net in die periode verkering kregen.'

Denise floot zachtjes. 'Dan kan ik begrijpen dat ze nu strest. Wat een dip, zeg.'

Het volgende uur zaten zowel Manon als Sabina weer in de les. Achter me hoorde ik mensen Sabina's naam fluisteren, maar wat ze zeiden was niet te verstaan. Meneer Kuipers klopte een paar minuten later aan om Sabina te vragen mee te komen. De rest van de dag kwam ze niet meer terug.

Het was de tweede opeenvolgende avond dat mijn moeder op tijd terug was uit haar werk en ze daardoor thuis was met het avondeten. Van Shirley op het Pro-Ana-forum had ik een paar handige tips gekregen om te verbergen dat ik niet at, bijvoorbeeld door te zeggen dat ik niet zo'n honger had omdat ik na schooltijd al iets had gegeten samen met een vriendin of in mijn geval iemand uit mijn klas. Ook had ze me verteld wat ik moest doen als ik een keer een zwak moment had en trek kreeg in iets lekkers. 'Als je trek hebt in eten ga dan meteen zonder beha op je plaats voor de spiegel joggen. Als je ziet hoeveel vet er dan heen en weer schudt, heb je al snel genoeg geen zin meer in eten,' had ze geschreven. Het werkte inderdaad.

Vanavond aten we patat en omdat ik niet veel had opgeschept was het redelijk makkelijk om, terwijl mijn moeder naar de tv keek, de kleffe stukken aardappel in de linkerzak van mijn vest te laten verdwijnen. Als zij zo de borden terug naar de keuken bracht, kon ik naar de wc lopen en daar mijn zak legen. De sla at ik wel op.

Mijn moeder was er opeens stellig van overtuigd dat ze er goed aan deed tegenwoordig vroeg thuis te zijn. 'Ik vind het maar niets dat er een meisje uit jouw klas zomaar is verdwenen,' had ze gezegd. 'Ik weet wel dat het waarschijnlijk iets te maken heeft met haar vader, maar toch…'

Dat er op het nieuws was gezegd dat de politie er niet langer meer van uitging dat het een ontvoeringszaak om losgeld betrof omdat in zo'n geval de daders inmiddels al lang contact met Riley's ouders zouden hebben opgenomen om het geldbedrag te eisen, vertelde ik haar maar niet. Mijn moeder had dit nieuws blijkbaar nog niet gehoord. Ze was tijdens het journaal in de keuken bezig geweest met de frituurpan.

Naast me kauwde ze vol overgave op de dikke gouden aardappelstaafjes, haar bord droop van mayonaise. Ik keek er met een misselijk gevoel naar. Vroeger was dit een van mijn meest favoriete gerechten geweest. Ik had altijd mijn bord op schoot getild en de frieten met drie of vier tegelijk met mijn vingers in mijn mond gepropt. Onverzadigbaar was ik geweest. Tegenwoordig was de ranzige geur van vet, gefrituurd vet nog wel, braakopwekkend.

Zou Sabina ook aan het eten zijn op dit moment? Of zou ze nog steeds door de politie worden ondervraagd? Ik had Denise om vier uur horen zeggen dat ze Sabina nog steeds niet kon bereiken, dus het verhoor duurde kennelijk lang. Het was net goed dat ze haar verdachten. Mijn plan had nog beter uitgepakt dan ik had gehoopt. Ik had nooit eerder over die Adma gehoord. Wat had ze haar in godsnaam aangedaan dat het arme kind een eind aan haar leven had gemaakt? Zou ze haar net zo erg hebben gepest als mij, misschien nog wel erger? Ze zouden Sabina in een cel moeten gooien en nooit meer vrij moeten laten.

Maar morgen zou ze alweer gewoon op school zijn, natuurlijk. Eigenlijk zou zíj degene moeten zijn die ik in de kelder gevangen hield, samen met Sebastiaan en Jeremy. Dat zou pas gerechtigheid zijn. Sabina zou spijt hebben van iedere seconde die ze mij ooit had dwarsgezeten, ze zou me smeken om vergiffenis. En ik zou absoluut geen medelijden met haar hebben, nog geen moment. Ik zou haar laten merken hoe het was om te worden vernederd en uitgescholden. Eindelijk zou ze zelf ondervinden hoe pijn smaakte, en die andere twee ook. Alle drie zou ik ze vastbinden op een stoel, de monden net als bij Riley afgeplakt, maar bij hen zonder voorzichtigheid. Ik zou ze laten beseffen hoeveel ellende ze mij hadden aangedaan. Hun hoofden kaalscheren. Zomaar, om ze lelijk te maken zodat ze daarna nooit meer iemand zouden pesten om diens uiterlijk. Vervolgens zou ik bij alle drie een koptelefoon op zetten waaruit keiharde bonkende housebeats klonken. De volumeknop op het hardst. En ik zou hun ogen afplakken. Urenlang zou ik ze zo laten zitten, tot ze niet meer wisten wie of waar ze waren. Daarna zou ik de tape ruw van hun ogen trekken en met een felle lamp in hun gezicht schijnen.

Ik zag het zo helder voor me alsof het daadwerkelijk gebeurde. Mijn moeders gesmak verdween naar de achtergrond, Sabina's angstige blik terwijl ik voor haar stond werd echt. Ik lachte haar uit tot mijn buik er pijn van deed, high van gerechtigheid. Ik hield de tondeuse in mijn handen en dreigend zwaaide ik ermee in het rond totdat er een hoog hysterisch geluid ontsnapte vanonder de tape op haar mond.

'Kop dicht, bitch,' snauwde ik haar toe. Met de tondeuse gaf ik een tik op haar hoofd.

Ze piepte nog een keer, harder dit maal.

Met mijn vlakke hand gaf ik haar een klap tegen haar wang. *Pats*, het geluid klonk schel in de holle ruimte van de kelder. Haar gezicht was nat van de tranen en mijn hand liet een rode plek na.

Jeremy probeerde driftig te bewegen in zijn stoel en ook hem gaf ik een harde tik met de tondeuse, boven op de brug van zijn neus. Ik hoorde het bot kraken en even knepen zijn ogen zich samen, maar hij gaf geen kick. Hij probeerde zich nog groot te houden, dat zou straks snel veranderen.

'Ik waarschuw jullie nog één keer. Ik wil niets, maar dan ook niets horen. Begrepen? Jullie bewegen niet, jullie maken geen geluid. Want ik ben tot alles in staat en denk maar niet dat ik niet tot het uiterste ga als dat nodig is.'

Sabina ging weer huilen. Haar schouders schokten en haar donkere haren hingen voor haar gezicht. Tranen drupten op haar spijkerbroek. Ik ging achter haar staan, trok haar ruw aan haar plakkerige haren omhoog. 'En janken is ook verboden. Dat deed je die keer in de fietsenstalling ook niet, toen je mij dwong om Sebastiaan te pijpen. Ik zal zijn lul er straks eens afhakken en in je mond proppen, dan kun je eens proeven hoe hij smaakt.'

Achter de tape klonken angstige geluiden. Snot droop uit haar neus en over haar afgeplakte mond. Walgend keek ik weg.

Ik liep naar het stopcontact en stopte de stekker van de tondeuse erin. Jeremy keek met grote ogen toe. 'Eens kijken hoe mooi je haar straks nog vindt als ze eindelijk van dat ordinaire permanentje is verlost,' zei ik grinnikend tegen hem.

Ik zette de tondeuse aan op stand één en plantte hem ruw op Sabina's schedel. Ze kromp ineen onder de dreun. Ik lachte en trok brede banen over haar hoofd. Een voor een belandden haar gestylde lokken op de grond.

Sebastiaan en Jeremy keken met een geschokte uitdrukking op hun gezicht toe. Jeremy's kaak trilde en zijn hoofd was rood aangelopen. Sebastiaan zat met wijd opengesperde ogen naast hem.

'Even geduld, jullie zijn straks aan de beurt,' riep ik boven het zoemende geluid uit en ik drukte het apparaat nog wat harder op Sabina's bevende hoofd.

Toen ik klaar was zag haar hoofdhuid er wit en schilferig uit. Rechts boven haar linkeroor glom een grote rode wrat die bloedde omdat ik er met de tondeuse te hard overheen was gegaan, en onder de huid van haar slaap was een dikke blauwe ader te zien die nerveus klopte. Haar grote ronde oorbellen bungelden langs haar gezicht en zagen er met haar kale hoofd nog ordinairder uit dan anders. Ik legde de tondeuse op de grond en greep beide oorringen beet. Zo hard als ik kon trok ik eraan en terwijl haar oorlellen openscheurden en het bloed eruit spoot pakte ik het scheermesje dat ik klaar had liggen. Met de ene hand hield ik Sabina's natte, rood gevlekte gezicht vast, waarbij ik haar hete smerige sigarettenadem op de huid van mijn pols voelde, en met mijn andere hand haalde ik het plastic beschermkapje van het mesje en gooide dit naar Sebastiaans hoofd. Het raakte hem precies op zijn voorhoofd.

Sabina's gezicht trilde in mijn hand en met een vlugge haal trok ik het scheermesje over haar linkerwenkbrauw. Ze begon weer te schokken en ik gaf haar een stomp in haar maag. 'Niet janken, had ik gezegd! Dit was de laatste waarschuwing, als je het nou nog een keer flikt, dan snijd ik je tieten eraf. Ik heb een enorm vleesmes in mijn tas, en wat ik met je wenkbrauwen doe kan ik net zo makkelijk met die ranzige toeters van je doen, dus pas op.'

Jeremy stampte met zijn voeten op de grond en stootte zware protesterende klanken uit. Ik liep op hem af en trok ruw de tape van zijn mond. Toen haalde ik met een kras het scheermesje langs zijn bovenlip. Meteen kleurde zijn mond felrood en het bloed droop op zijn kin. Jeremy schreeuwde. Ik scheurde een nieuw stuk tape af en plakte het over zijn mond. 'Zo. En dat geldt ook voor jou. Als jij je kop niet houdt dan snij ik je ballen eraf en dan mag mijn rat ze vanavond opeten als feestmaal.'

In het felle licht van de kelder verschoot zijn gezicht van donkerrood naar doorzichtig wit. Om mijn woorden kracht bij te zetten zocht ik met mijn hand tussen zijn benen tot ik iets zachts voelde. Met mijn vuist ramde ik erop.

Hij kreunde, en —

'Waar zit je aan te denken?'

Ik schrok op. Mijn moeder keek me nieuwsgierig aan, een kloddertje mayonaise zat op haar bovenlip.

'Wat?'

'Ik vroeg waar je toch uithangt met je gedachten. Je zit al een paar minuten lang in het niets te staren en je glimlach wordt steeds breder. Je hebt je patat nauwelijks aangeraakt! Ben je soms verliefd?' Ze keek me aan met een soort hoop die nog altijd in haar blik leek te gloren. Nog steeds wilde ze niets liever dan dat ik normaal was, dat ik een doorsnee tienerdochter kon zijn die met haar over jongens sprak en posters van een boyband aan de muur had hangen. Misschien dat ik haar binnenkort over Alec zou vertellen. Maar nu nog niet.

Ik haalde mijn schouders op. 'Nee, hoor.'

'Dat geloof ik niet. Wanneer vertel je me nou eens een keer wat?'

Gingen we weer. 'Er valt niets te vertellen.'

'Vast niet. Als ik tante Floor wel eens hoor, nou, zij en Trisha bespreken ontelbaar veel dingen samen. Tante Floor zit soms urenlang bij haar op de kamer en dan praten ze over van alles en nog wat. Over de jongens die Trisha leuk vindt en over school. Trisha heeft helemaal geen geheimen voor haar moeder.'

'Dat is de grootste onzin die ik ooit heb gehoord. Waarschijnlijk vertelt ze gewoon allemaal bullshit aan tante Floor om haar op die manier tevreden te stellen en verder geen gezeik aan haar kop te hebben.'

'Of misschien doet Trisha wel niet zo geheimzinnig over alles!' Haar stem schoot omhoog.

Toen ik geen antwoord gaf en haar niet eens aankeek, klonk ze net zo verongelijkt als tijdens de eerste ruzies met mijn vader. 'Ik moet altijd maar raden hoe het gaat op school en waar je toch steeds zit met je gedachten. Denk je dat ik dat leuk vind?'

238

In haar beschuldigingen, onbelangrijker dan ooit, was haar frustratie zo groot dat het de hele kamer vulde, van het plafond afdroop, aan het behang plakte en in het tapijt bleef kleven.

'En het lijkt ook wel alsof je bent afgevallen,' ging ze verder. 'In je eten heb je steeds geen trek. Gisteren –'

'Dat wilde je toch juist? Je vond me toch te dik?'

'Wat ik wil, Lizzie, is dat je eens een keer normaal met me praat.'

Ik stond op van de bank. 'Ik ga mijn huiswerk maken.'

De volgende dag was het eerste uur nog maar net begonnen toen meneer Kuipers al in de klas verscheen. Sabina zat weer op haar plek. Ik had me gedraaid in mijn stoel en zag haar vanuit mijn ooghoek. Ze deed alsof er niets was gebeurd, maar haar bleke en gespannen gezicht toen Kuipers de klas rondkeek en zijn blik op haar liet rusten, verraadde dat er wel degelijk iets aan de hand was.

'Jongelui,' begon Kuipers, 'ik kom jullie nog eenmaal vragen om jullie medewerking te verlenen aan het onderzoek van de recherche in verband met nieuwe ontwikkelingen in de zaak rondom Riley.'

'En wat houdt dat in?' klonk Iwan.

'Dat houdt in dat er vandaag wederom een beroep op jullie wordt gedaan. Net als de vorige keer worden jullie om beurten uit de les gehaald en ik wil jullie verzoeken om, als de laatste les is afgelopen maar je nog niet aan de beurt bent geweest, in de aula te wachten tot iemand je komt halen.'

Een geroezemoes steeg op in de klas.

'Maar waarom?' vroeg Iwan. 'Ik heb ze de vorige keer alles al verteld wat ik wist, wat willen ze nog meer weten?'

'Daar zul je vanzelf achter komen,' zei Kuipers. 'Dit is een ernstige zaak, jongelui, en jullie medewerking is van groot belang.'

Pas toen hij de klas weer uit liep zag ik Alec, die met kaarsrechte rug op zijn stoel zat en niet op of om keek.

Sabina werd overgeslagen tijdens de nieuwe verhoren. 'Ik heb er gisteren de hele middag gezeten,' hoorde ik haar opmerken toen ik na wiskunde met de rest van de klas naar het lokaal voor Engels liep. 'Echt, als ik erachter kom wie mij deze streek heeft geflikt, dan maak ik hem dood.'

Even verwachtte ik dat ze achterom zou kijken en recht in mijn gezicht zou gillen: 'Jíj was het. Ik weet het wel. En ik heb het lekker aan de politie verteld!' Maar dat gebeurde niet. Ze liep samen met Jeremy hand in hand, Denise aan haar andere kant.

Manon liep alleen. Sabina had haar na haar actie van gisteren geen blik meer waardig gegund.

Toen was het mijn beurt. Net als de vorige keer was het rechercheur Beerman die me kwam halen en ik voelde de ogen van de rest van de klas in mijn rug prikken toen ik naar de deur liep.

Ze gebruikten hetzelfde lokaal als de vorige keer, zaten aan dezelfde tafel en hadden wederom de antieke taperecorder in het midden staan.

Dielemans knikte me toe. 'Elizabeth.'

'Hallo,' zei ik.

'We zullen maar meteen ter zake komen,' begon Beerman. 'Eerst waren we van plan om vandaag alleen met de meiden in gesprek te gaan. Misschien kun jij raden waarom?'

Ik keek verbaasd.

'Of was jij er soms niet bij, toen Riley's agenda werd gevonden in de kleedruimte van gym?'

'O, bedoelt u dat. Ja, daar was ik bij.'

'Wat vind je daarvan?' vroeg Dielemans.

Mijn hart bonkte zo hard dat hij bijna uit mijn borstkas

schoot. Ze konden het horen, dat moest haast wel. Mijn hand-palmen waren vochtig en ik legde ze plat op tafel. 'Ik vond het eigenlijk een beetje vreemd,' zei ik uiteindelijk. 'Ik kan me bij-na niet voorstellen dat het echt de agenda van Riley was.'

'Het is hem echt,' zei Beerman kort.

'Vraag is alleen hoe hij in de tas van Sabina is gekomen,' voegde Dielemans eraan toe.

Ik staarde hen aan, mijn ogen zo groot en onschuldig moge-lijk.

'Wat denk jíj, Elizabeth?'

'Ze kan er op zo veel manieren aan zijn gekomen,' zei ik. 'Misschien had ze hem van Riley geleend. Of –'

'Sabina verklaarde dat ze niet wist dat hij in haar tas zat,' on-derbrak Beerman mij. 'Zij beweert dat iemand hem erin heeft gestopt.'

'Ja, dat zou ik ook zeggen,' mompelde ik.

'Wat zeg je?'

'Nou, dat het nogal logisch is dat ze dat zegt. Ze zal heus niet toegeven dat ze wist van die agenda, want dan is ze meteen ver-dacht.'

'Is ze in jouw ogen dan nu verdacht, Elizabeth?'

Even dacht ik na, toen knikte ik. 'Misschien wel, ja. Want ik weet natuurlijk hoe Sabina kan zijn. Het is heel goed mogelijk dat ik niet de enige ben tegen wie ze zo vervelend doet. Ze was de laatste tijd niet bepaald blij met Riley, dus ik zou het niet uitsluiten, nee.'

Dielemans keek me met een geïnteresseerde blik aan. 'En jij voelt je totaal niet bezwaard om tegen ons te zeggen dat jij er niet van zou opkijken als Sabina iets te maken heeft met Riley's verdwijning.'

Ik kleurde. 'Ik ben niet van de politie, ik heb er geen verstand van, maar als iemand er iets mee te maken heeft, dan zou Sabi-na als eerste in mij opkomen.'

'Deed jij eigenlijk mee met gym, gisteren?' vroeg Beerman plotseling.

Ik schudde mijn hoofd. 'Ik had erg last van buikpijn.'

Dielemans knikte. 'Dat hebben we gehoord. Deden er nog meer mensen niet mee?'

'Nee, volgens mij niet. Maar ik heb niets verdachts gezien of gehoord, als u dat misschien bedoelt.'

'Ben jij tijdens de gymles van je plek weggeweest, Elizabeth?'

'Nee.'

Even waren de beide rechercheurs stil. Toen noteerde Beerman mijn telefoonnummer zodat ze me konden bellen als het nodig was, en hij legde zijn pen neer. Hij knikte naar Dielemans, die zei: 'Bedankt, Elizabeth. Dit was voor het moment genoeg.'

's Avonds bleef ik lang onder de douche staan. De warme straal voelde als een streling op mijn huid. Mijn hoofd was licht, iedere beweging duizelde. Het enige wat ik vandaag had gegeten was een half kopje Cup-a-Soup en een kiwi. Mijn bloed suisde door mijn hoofd, mijn maag rammelde.

'Dat geluid is geen geknor om eten,' had Shirley geschreven. 'Het is een applaus omdat je zo goed bezig bent.'

'Op dat soort momenten, waarop het lijkt alsof je lichaam incens heel slap is, moet je gewoon even rustig gaan zitten en dan gaat het vanzelf weer voorbij,' had LoveMyBones eraan toegevoegd.

Met de douche nog aan ging ik op de grijs betegelde grond zitten, mijn benen opgetrokken en het water stromend over mijn hoofd en langs mijn rug. Ik sloot mijn ogen. 'Natuurlijk is het niet makkelijk,' wist LoveMyBones. 'Want als het makkelijk was, dan zou iedereén het doen. Snap je?'

Toegeven aan honger was uit den boze, hadden ze me op het hart gedrukt. Het was een zwakte en het zou ervoor zorgen dat ik nooit het gewicht zou bereiken waar ik naar streefde. '*Hunger hurts, but starving works*,' verzekerde Shirley me.

Volgens mijn meetlint was ik weer een paar centimeter kwijt, maar het ging nog lang niet vlug genoeg.

Toen ik in mijn badjas de badkamer uit kwam, een handdoek op mijn hoofd gewikkeld, stond mijn moeder in de gang. Haar gezicht stond ernstig. 'Lizzie,' begon ze.

Instinctief vouwde ik mijn badjas wat steviger om me heen, de ceintuur lag nog steeds beneden bij Riley. Ik liep langs haar heen, mijn kamer in. 'Wat is er?' vroeg ik over mijn schouder.

Ze kwam achter me aanlopen. 'Ik wil het even ergens met je over hebben.'

'Moet dat nu? Ik wilde juist aan mijn huiswerk beginnen.'

'Mooi zo, dat is precies waar ik het over wil hebben. Dat "huiswerk" van je.'

Nu pas zag ik dat mijn computer aanstond. Op het scherm was het forum te zien, míjn forum, het Pro-Ana-forum. De plek die mijn tweede thuis was geworden.

Ik voelde dat ik rood werd. 'Wat bedoel je?'

Mijn moeder wees naar het scherm. 'Dat daar, op je monitor. Ik ben in je webgeschiedenis gaan kijken, Lizzie, ik wilde weten waar je allemaal mee bezig bent. Het lijkt de laatste tijd wel alsof je steeds meer in jezelf gekeerd raakt en dat is niet goed.'

Mijn god, dit was niet te geloven! Hoe ze daar stond, ervan overtuigd dat ze iets noodzakelijks had gedaan.

Met een klap drukte ik de monitor uit. 'Hoe haal jij het in je hoofd om in mijn geschiedenis te lopen snuffelen?'

'Je bent mijn dochter, Lizzie. Ik heb het recht om te weten waar jij je mee bezighoudt.'

'Dat recht heb je helemaal niet! Jij bent een egoïstische bemoeial!'

Ook mijn moeder verhief haar stem. 'Wat heb je daar eigenlijk te zoeken, op zo'n site? Je wilt niet weten wat voor enge foto's ik daar allemaal op heb gezien. Meisjes van wie de botten aan alle kanten uitsteken. Ingevallen gezichten. Vreselijk! Wat moet jij daarmee?'

'Dat gaat je niets aan! Laat me toch eens een keer fucking met rust!' Ik duwde haar weg, liep langs haar heen.

Mijn moeder trok aan mijn badjas, maar ik liep door. 'Lizzie! Blijf –'

De badjas viel open. Met een vloek trok ik hem uit haar handen en bedekte mezelf. 'Blijf van me af!'

Mijn moeders ogen waren groot geworden, haar blik gericht op de plek waar de jas mijn naakte bovenlichaam had laten zien. 'Hoe komt het dat je zo bent afgevallen?'

Ik kruiste mijn armen voor mijn borst. 'Je hebt niets in mijn spullen te zoeken.'

'Dat is geen antwoord op mijn vraag.'

Ik zuchtte luid. 'Ik ben gezonder gaan eten. Dat zou jij trouwens ook wel eens mogen doen.'

Even zweeg ze. Toen zei ze: 'Bedoel je eigenlijk niet dat je gestopt bent met eten?'

'Doe toch niet zo achterlijk, ma! Wat wil je nou eigenlijk?'

'Ik vraag het je voor de laatste keer, Lizzie. Wat doe jij op dat soort websites?'

Ik ging op mijn bed zitten. Trok de handdoek van mijn hoofd. Met mijn vingers haalde ik de klitten uit mijn natte haar. 'Dat is voor school. Voor maatschappijleer. Ik moet een werkstuk schrijven over eetstoornissen.'

Mijn moeder keek me strak aan. 'Ben je nu eerlijk?'

Ik knikte.

'En je praat ook niet met die meisjes daar? Je hebt niet zelf een account aangemaakt, of zo?'

Ik rolde met mijn ogen. 'Nee, natuurlijk niet. Hallo, zeg. Waarom zou ik? Ik lees het alleen maar.'

'Zweer je dat?'

'Ja, ik zweer het! Jezus, waarom loop je toch zo achterdochtig te doen? Over iets wat gewoon huiswerk is!'

Haar blik priemde nog steeds in de mijne. Toen liet ze haar schouders hangen, stak haar handen in de lucht. 'Ik weet het niet. Het is net alsof er iets anders met je is de laatste tijd. Zie je dat dan zelf niet? Ik dacht misschien –'

'Daar moet je eens mee ophouden, met altijd maar van alles te denken. Focus jij je nou maar lekker op je werk! Dat is veel beter voor je. Ik kan niet eens normaal een opdracht voor maatschappijleer doen zonder dat jij er meteen weer een hele complottheorie op loslaat. Dat is toch niet normaal? Of wel?'

Mijn moeder kleurde. Ze hief haar hoofd en zei: 'Je weet net zo goed als ik dat je bepaald niet openhartig tegen me bent, Lizzie. Het is helemaal niet gek dat ik me soms dingen afvraag.'

'Je moet eens wat meer op jezelf letten in plaats van op mij.'

Ze zweeg, keek me alleen maar aan.

'Ik ga nu mijn huiswerk maken, ma. Zou je de deur willen dichtdoen?'

Zonder wat te zeggen verliet ze mijn kamer.

Mijn wekker was nog niet eens afgegaan toen ik wakker schrok van mijn ringtone. Op de tast voelde ik onder het kussen. Waar lag dat ding? Daar, hebbes. Ik klapte de telefoon open en bracht hem naar mijn oor, mijn tong nog dik van de slaap. 'Hallo?'

'Goedemorgen Elizabeth, je spreekt met rechercheur Beerman. Bel ik je wakker?'

Mijn ademhaling stopte abrupt. 'Ja. Eh, nee. Ik weet het eigenlijk niet. Ik geloof het wel.'

'Elizabeth, zou jij over tien minuten buiten klaar kunnen staan? Dan stuur ik nu een collega om je op te halen. We willen je graag iets laten zien hier op het bureau.'

Mijn hartslag dreunde in mijn hoofd. 'Laten zien? Aan mij?' Fuck, fuck, fuck! Wat was dit?

'Over tien minuten staat er een witte auto beneden bij je flat. Die zal je hierheen brengen. Tot straks, Elizabeth.'

De verbinding werd verbroken. Ik ging rechtop zitten. Wreef in mijn ogen. Sprong bijna van schrik uit mijn bed toen mijn wekker ging. Meteen drukte ik hem uit. Ik moest opschieten.

Mijn moeder was al naar haar werk. In de politieauto op weg naar het bureau kon ik maar aan één ding denken. Wisten ze het? Was ik erbij? Hadden ze in Riley's agenda toch nog een verdwaalde vingerafdruk gevonden en wilden ze die vergelijken met die van mij? Had ik misschien per ongeluk een haar achtergelaten op Sabina's tas? Ineens was alles mogelijk.

Riley zou zich wel afvragen waar ik bleef. Normaal was ik voor half acht al bij haar. Misschien sliep ze nog. Of misschien had ze niet eens door hoe laat het was. Honger zou ze nog niet hebben, ze dronk tegenwoordig haar Nutridrink amper voor de helft op. Ik zou –

'Zo, we zijn er,' zei de man die naast me zat, een politieman in uniform. Hij parkeerde de auto en stapte uit. Hij opende mijn portier en liep met me mee naar binnen, het politiebureau in.

Rechercheur Beerman stond al op me te wachten, een plastic bekertje met koffie in de hand. 'Dank je wel, Veenstra,' zei hij tegen de agent de mij had opgehaald. 'Ik neem het over vanaf hier.'

De agent tikte tegen zijn pet en liep weg.

Het gezicht van Beerman stond ernstig. Zonder wat te zeggen gebaarde hij dat ik hem moest volgen, een gang door, een kamer in. Daar stonden twee mensen met hun rug naar me toe. Toen Beerman de deur sloot, draaiden ze zich om. Een bejaarde man en vrouw. Hun ogen werden groot toen ze mij zagen. 'Ja, dat is haar!' riep de vrouw. De man knikte.

Wacht even, ik kende deze mensen ergens van. Waar had ik ze eerder gezien?

Nu pas zag ik dat er nog een man in de kamer was. Hij stond in de hoek en kwam op me af gelopen. Hij droeg een blauw uniform, maar niet van de politie. 'Ze is het inderdaad,' zei hij tegen Beerman.

Plotseling herkende ik hem. Fuck, ik wist wie hij was. De buschauffeur. En dat bejaarde echtpaar herinnerde ik me nu ook. Ze hadden in de bus gezeten op de dag dat Riley met mij mee naar huis was gegaan. Met zijn drieën stonden ze voor me en wezen naar me. 'Jij hebt het gedaan! Jij hebt het gedaan! Jij!'

Beerman kwam erbij staan en boog zich naar me toe, zijn gezicht dicht bij het mijne. Zijn warme koffieadem blies op mijn wang. '*Game over*, Elizabeth,' fluisterde hij.

Ik sloot mijn ogen.

Ergens in de verte klonk een geluid. Een bekend geluid. Het kwam dichterbij, werd steeds harder, drong mijn hoofd binnen. Ineens besefte ik wat het was.

Ik opende mijn ogen, drukte de wekker uit. Opluchting vloeide door mijn lichaam. Langzaam werd mijn ademhaling rustiger.

Sattnin lag naast me, zijn oogjes nog half dicht.

'Het was een droom,' zei ik zachtjes tegen hem. 'Een droom.'

Mijn voorhoofd was bezweet, mijn T-shirt plakte aan mijn rug. Ik ging rechtop zitten. Een droom.

Tijdens het tandenpoetsen kroop er kippenvel over mijn lichaam bij de herinnering. De schrik in mijn droom had echt gevoeld. Was het mogelijk? Zowel de buschauffeur als het bejaarde echtpaar had mij inderdaad met Riley gezien. Stel dat ze Riley op tv zagen en het zich herinnerden?

's Avonds stond ik voor de spiegel die in mijn kledingkast hing en staarde naar mezelf. Ik had geprobeerd er niet aan te denken, maar het was en bleef een feit dat ik niet bij Alec kon aankomen met nul procent ervaring. Ik werd er dan wel steeds beter in om te bewegen, eruit te zien en zelfs te praten als Riley, maar het bleef een act zolang ik niet alles beheerste. Volwaardig zou het pas zijn als ik zeker wist dat ik klaar was voor Alec, op alle gebieden, als ik geoefend had in belangrijke dingen waar ik nu nog niets van af wist. Ik zou op zijn minst moeten weten hoe ik moest zoenen. Ik was nota bene zestien jaar, hij zou het raar vinden dat ik nog nooit met iemand had gezoend. En als ik dan toch bezig was, kon ik maar beter ook meteen leren hoe ik die andere dingen moest doen die daarbij hoorden. Een stoomcursus. Want onze eerste keer samen naderde, was misschien wel dichterbij dan ik dacht, en het moest perfect verlopen. Gestuntel of onzekerheid van mijn kant zou ons magische moment verpesten. Om Riley's plek volledig te kunnen innemen moest ik in alle opzichten aan haar kunnen tippen en niet nog steeds gedeeltelijk die onwetende Elizabeth zijn.

Maar waar vond ik iemand om mee te oefenen? Een jongen van school vragen was geen optie, want die zou het meteen aan iedereen doorvertellen en Alec zou nog gaan denken dat ik een slet was. Afspreken met iemand via de chat was gevaarlijk, daar hoorde je te veel enge verhalen over. Dus wat bleef er dan nog over?

Misschien had ik het de vorige keer wel helemaal verkeerd aangepakt met die pizzakoerier. Want eigenlijk was het idee natuurlijk nog steeds goed. Zo goed zelfs dat het een nieuwe poging waard was. Ja, dat was het! Maar met een betere afloop dit keer. Dit was de manier, het was tijd om tot serieuze actie over te gaan. Ik was er klaar voor!

Het geld dat mijn moeder gisteren had achtergelaten voor de pizza zat nog in mijn portemonnee. We waren twee hele weken verder sinds de vorige keer dat ik het had geprobeerd. Inmiddels besefte ik dat ik er toen gewoon nog niet aan toe was geweest en daarom was het natuurlijk mislukt. Ik was nu zo veel beter in het zijn van Riley dat het niet meer fout kon gaan.

Ik zou weer een andere pizzaservice bellen dan de laatste keer. Mezelf goed voorbereiden. En zorgen dat ik niet geïrriteerd raakte als het weer een lelijke bezorger was, want dat deed er niet toe. Waar het om ging was het oefenen, de ervaring. Een grote stap dichter bij wie ik moest worden.

Zachtjes zingend deed ik nog wat van Riley's parfum op. Net als de vorige keer hulde ik me in een blouse van mijn moeder, die ik liet openhangen tot aan het zesde knoopje. Ik borstelde het haar van mijn pruik tot het glansde.

Sattnin, die de spanning voelde, zat op mijn schouder en maakte opgewonden geluidjes in mijn oor.

Een kwartier nadat ik had besteld, belde hij al aan, en onderweg naar de deur keek ik in de gangspiegel. Het blonde haar hing in dikke lokken op mijn rug, mijn ogen stonden groot en verwachtingsvol. Het was nu of nooit.

Ik deed open, de geperfectioneerde glimlach op mijn gezicht.

Een grote brede jongen van een jaar of negentien, met een pet op en met ongeschoren wangen, stond klaar met een doos in zijn handen.

'Goedenavond!' zei hij. 'Jouw pizza.'

'Dank je wel.' Toen ik de warme doos van hem aannam, knipperde ik verleidelijk met mijn ogen zoals ik had geoefend. Maar hij zag het niet, staarde in plaats daarvan met een vreemde uitdrukking op zijn gezicht naar een plek naast mijn nek.

Sattnin! Die was ik vergeten.

'Hij doet niets hoor,' zei ik. Ik giechelde zoals Riley.

De jongen knikte, maar bleef met grote ogen naar Sattnin kijken. Ineens stak hij zijn hand uit naar mijn schouder. 'Mag ik hem aaien?'

Sattnin, die schrok van de onverwachte beweging, sprong met een krijs op. Via mijn nek klauterde hij omhoog, rechtstreeks de synthetische haren in. Door de pruik heen voelde ik hoe zijn nageltjes zich schrap zetten in een poging houvast te vinden.

Ik strekte mijn hand uit om hem te pakken en omvatte zijn trillende lijfje, maar hij liet niet los.

Plotseling klonk er uit de broekzak van de koerier een hoog en schel geluid. Er schoot een schok door Sattnin heen en zijn klauwtjes groeven zich nog dieper in de blonde massa op mijn hoofd.

Terwijl de jongen zijn telefoon tevoorschijn haalde, deze openklapte en luid in het Turks begon te discussiëren, probeerde ik Sattnin los te trekken. Maar de rat stond stijf van paniek en klampte zich uit alle macht vast aan mijn pruik.

Toen de koerier klaar was met het gesprek klapte hij zijn telefoon dicht. 'Sorry,' zei hij. 'Dat was mijn baas. Het is acht euro vijftig.'

Dit was het moment. Ondanks alles moest ik het doen. Nu. Ik mocht het niet nogmaals verpesten. Het ogenblik was gekomen, deze koerier moest de gestreste Sattnin op mijn hoofd maar negeren en zijn aandacht op iets anders vestigen. Op mij! Het was nog niet te laat.

Net als de vorige keer liet ik het geld vallen en giechelde. 'Oeps!'

De jongen grinnikte.

Terwijl ik bukte om het briefje op te rapen, een beweging waarbij mijn blouse wijd openviel, voelde ik hoe er met een vaart iets zwaars en zachts langs mijn wang naar beneden gleed en met een plof naast me op de grond belandde.

Nee.

Mijn pruik lag als een dood dier aan mijn voeten. Sattnin zat erbovenop, zijn ogen groot van angst. Even keek hij me aan, toen rende hij zo hard als hij kon weg, piepend de gang door, zijn nageltjes krassend over de vloer.

Zonder mij nog tijd te geven om met mijn geplande veelzeggende glimlach naar hem op te kijken, schraapte de jongen zijn keel, bukte zich en raapte de tien euro op. Daarna draaide hij zich om en liep met vlugge passen weg.

Sattnin was naar mijn kamer gerend en zijn kooi in geklommen. Daar zat hij dan, bij zijn voerbak, waar hij me met onschuldige oogjes aankeek alsof er niets was gebeurd.

Met grote stappen liep ik rechtstreeks naar mijn raam, zette het wijd open en hield de kartonnen pizzadoos ondersteboven. Mijn zogenaamde avondeten gleed eruit en de bosjes beneden ritselden toen de Italiaanse maaltijd erin terechtkwam. Voordat mijn moeder het morgenochtend zou kunnen zien liggen, zou het al opgegeten zijn door de katten, vogels en andere dieren.

In haar kamer hing ik de blouse terug in de kast en trok mijn eigen kleren weer aan. Ik raapte de pruik op uit de gang en ging ermee op bed liggen. Mijn vingers speelden met de blonde haren die op mijn buik lagen. Ik zuchtte. Staarde naar het plafond. Misschien was ik er toch nog niet klaar voor. Het ging ook wel erg vlug allemaal. Het was best mogelijk dat Sattnin me vanavond had behoed voor iets waar ik nog niet aan toe was.

Ik haalde diep adem. Het gaf niet. Er zouden nog meer kansen komen, veel meer. Het was belangrijk te onthouden dat ik nog steeds op de juiste weg was, en dat de kuil die er hier en daar in zat me alleen maar sterker zou maken. Ik liet me niet meer uit het veld slaan, nooit meer. Door niets.

Ik ging rechtop zitten en legde de pruik naast me neer. Liep terug naar de spiegel en keek mezelf diep in mijn ogen. Volgende keer beter. Ik wist het zeker.

Eindelijk was de zaterdag aangebroken waarop ik samen met mijn moeder de open dag van de Maarten Luther zou bezoeken, de school waar ik hopelijk na de zomervakantie heen zou gaan. Ik had er de hele week naar uitgekeken een blik op mijn nieuwe leven te werpen, een wereld die over enkele maanden de mijne zou zijn. In de eerste dagen daar zou ik mijn positie verwerven, de Riley van de klas worden, op een school waar niemand een idee had van hoe ik vroeger was geweest. Na een paar weken zou ik contact opnemen met Alec, hem vragen of hij zin had om een keer iets af te spreken en daarna automatisch verkering met hem krijgen omdat ik precies het type zou zijn waar hij op viel. Hem dan een keer ophalen bij Mercatus, waar Sabina vervolgens haar ogen niet kon geloven als ze mij met hem samen zag. Het zou geweldig worden.

Omdat ik vandaag niet op de gebruikelijke tijd bij Riley langs kon gaan, had ik mijn wekker om half zes gezet zodat ik naar beneden kon glippen voordat mijn moeder wakker werd. Op mijn sokken – schoenen had ik vanwege het geluid niet aangedaan – liep ik de gang door en sloot de deur zo zacht als ik kon achter me.

Tien minuten later sloop ik terug naar boven. Riley had er slecht uitgezien vandaag. Ze had helemaal niets willen drinken van het water of de Nutridrink, niet eens een slokje. Zelfs toen ik mijn stem tegen haar had verheven, was ze stuurs naar de grond blijven turen, had haar gezicht weggedraaid iedere keer als ik het drinken bij haar mond bracht. Als ze vanmiddag nog steeds zo koppig was, dan zou ik het door het rietje in haar keel spuiten totdat ze vanzelf moest slikken. Ze had het nodig!

Zo zacht als ik kon stak ik de voordeursleutel in het slot van de woning en duwde de deur open. Het was nog donker binnen, mijn moeder sliep nog. Ze had niets gemerkt. Ik sloot de deur, liep op mijn tenen de gang in, en –

'Waar ben jij in godsnaam geweest?'

Het licht ging aan. Mijn moeder stond in de gang, gekleed in haar pyjama, en ze had haar handen in haar zij. Haar stem klonk schril. 'Ik was wakker omdat ik moest plassen en ik hoorde nog net de deur dichtgaan. Je bent bijna een kwartier weggeweest!'

Ik staarde haar aan. Kalm blijven, het was belangrijk kalm te blijven. Doen alsof er niets aan de hand was. Ze wist niets, kon onmogelijk iets vermoeden.

'Op je sokken nog wel!' voegde ze er aan toe. 'Om half zes 's ochtends!'

Ik liep langs haar heen, mijn kamer in.

Mijn moeder volgde me, haar gezicht was rood aangelopen. 'Nee, nee, nee, Lizzie, dat flik je me nu niet! Jij gaat mij precies vertellen waar jij mee bezig bent en wel meteen.'

Ik ging op mijn bed zitten, keek haar rustig aan. 'Maak je niet zo druk, zeg. Ik kon niet slapen, dat is alles.'

Mijn moeder trok haar wenkbrauwen op. 'En?'

'Nou, toen dacht ik: als ik nu zorg dat ik gewoon even heel moe word, dan val ik daarna vanzelf in slaap. Dus daarom ben ik een paar keer de trappen op- en afgelopen in het portiek.'

Mijn moeder vouwde haar armen over elkaar, keek me lang

aan. 'Dat vind ik vreemd, Lizzie. Want ik ben zélf namelijk naar beneden gelopen om te kijken wat je aan het doen was en ik heb je niet gezien.'

Ik rolde met mijn ogen. 'Nee, natuurlijk niet. Ik ben naar boven gelopen, heb de trappen op de elfde en de twaalfde gebruikt. Beneden vind ik het veel te koud, met al die tocht.'

Mijn moeder zei niets.

'Is dat zo gek dan?' vroeg ik.

Nog steeds zweeg ze, kneep haar ogen samen. 'Ik weet het niet, Lizzie,' zei ze.

'Hoe bedoel je? Als je hier nu óók alweer moeilijk over gaat doen, dan slaat het echt helemaal nergens meer op, hoor. Lig jij nooit eens een keer wakker?'

'Zo vaak, dat weet jij ook. Waarom denk je anders dat ik van die zware slaapmedicatie heb. Maar ik ga niet bij het krieken van de dag alle trappen van de flat oplopen, op mijn sokken!'

'Nou, en ik wel.' Ik stond op van het bed, deed mijn licht uit. 'En nu ga ik verder slapen. Tot straks.'

De Maarten Luther was een grote school, groter dan Mercatus. Hij lag naast het Zuiderpark en met mooi weer zou ik er zelfs lopend heen kunnen in plaats van op de fiets, omdat het een stuk dichterbij was dan de Spinozaweg. Vanaf het moment dat ik het gebouw in liep had ik er een goed gevoel over. Op Mercatus wemelde het van de slechte herinneringen, maar hier was alles nieuw en onbezoedeld en hier zou ik eindelijk een tweede kans krijgen.

Toen mijn moeder zag hoe ik opbloeide bij het vooruitzicht hier na de zomer heen te gaan, glimlachte ze en gaf me een kneepje in mijn arm. 'We gaan je inschrijven,' zei ze. 'Je had gelijk.'

Voor de eerste keer in vier jaar lachte ik terug. Niets stond mij nog in de weg.

Het eerste wat ik zag toen ik maandagochtend de school in liep, waren rechercheur Beerman en Dielemans, die samen met meneer Kuipers uit de lerarenkamer kwamen. Ze waren druk in gesprek, leken niet in de gaten te hebben dat iedereen nieuwsgierig naar hen keek.

'Ze zijn nog steeds niets opgeschoten,' hoorde ik Manon verzuchten toen ik boven was en samen met de rest van de klas bij het lokaal van Nederlands stond. Sabina stond er ook bij, maar ze had mij nog niet opgemerkt. Jeremy en Sebastiaan zagen me wel, maar negeerden me.

Denise knikte. 'Heel dat tweede verhoor is volgens mij totaal nutteloos geweest. Wat denken ze hier op school nou nog te vinden? Volgens mij kunnen ze beter op andere plekken gaan zoeken.'

'Ja, hallo, ze willen natuurlijk weten waar die agenda vandaan kwam!' zei Manon. 'Dat snap jij toch ook wel? Misschien is dat wel hun enige aanknopingspunt.'

Alec kwam aangelopen, zijn vermoeide gezicht leek smal.

Sabina zag hem het eerst. 'Hou er maar even over op, jongens,' zei ze, met een blik zijn kant op.

'Waarom?' vroeg Manon. 'Iedereen is toch zeker benieuwd naar hoe het nou allemaal zit? Begrijp me niet verkeerd, hoor,

Sabien, ik geloof echt wel dat jij er niets mee te maken hebt, maar vind je het zelf ook niet een beetje vreemd allemaal?'

Alec hief zijn hoofd en keek in de richting van het pratende groepje. Alsof hij had gehoord waar het over ging liep hij erop af en een grimmige trek om zijn mond. Hij ging recht voor Sabina staan, die nerveus de andere kant op keek.

Denise begon te glimmen. 'Hoi Alec,' fleemde ze.

Hij negeerde haar. 'Sabina, ik wil even met je praten.'

Sabina's ogen flitsten onrustig heen en weer. 'Waarover?'

'Niet hier.' Hij legde zijn hand om haar arm en trok. 'Kom mee.'

Maar Sabina bleef staan en trok zijn hand van haar af. 'Ik heb alles al tegen de politie gezegd,' zei ze met een trilling in haar stem. 'Ik weet niets. Laat me met rust.'

Alecs lippen werden dunner en zijn ogen donker. 'Helaas voor jou geloof ik dat niet, Sabina,' zei hij rustig. 'Als Riley's agenda zomaar uit de lucht kwam vallen, waarom landde hij dan precies in jóúw tas?'

Sabina schudde haar hoofd, haar lip trilde. 'Ik weet het niet, echt niet. Je moet me geloven.'

Iedereen was stil geworden en had zich om Alec en Sabina heen verzameld.

'Je liegt,' zei Alec. Hij klemde zijn hand weer om haar arm, hij sprak langzaam met op elkaar geklemde tanden. 'Ik heb erover nagedacht en jij bent de enige link die er is. En je gaat me nu vertellen waar Riley is of wat je weet, want eerder laat ik je niet los.'

'Alec, ze weet het echt niet, hoor!' mengde Denise zich er in. 'Ze –'

'Vroeg ik jou wat?' onderbrak Alec haar.

Denise werd rood.

Jeremy kuchte. 'Eh, Alec, we begrijpen natuurlijk allemaal dat het voor jou niet makkelijk is. Maar je –'

'Waar is ze, Sabina?' zei Alec dwingend. Hij gaf een ruk aan haar arm. 'Zeg het!'

Sabina barstte in snikken uit, haar stem was schor en schel. 'Ik wéét het niet! Geloof me nou toch! Waarom zou ik daarover liegen?'

Iwan kwam aan lopen. Hij duwde Jeremy en Sebastiaan ruw opzij en legde zijn hand op Alecs schouder. 'Laat gaan, jongen,' zei hij rustig. 'Voor je eigen bestwil. Laat dit aan de *cops* over.'

'Wat is hier aan de hand?' klonk de stem van Nuys. Iedereen keek om. Nuys keek vragend naar de huilende Sabina.

Sabina veegde haar tranen weg. Haar mascara was uitgelopen. 'Niets, meneer.'

Nuys opende het lokaal. 'Naar binnen dan, mensen, we zijn laat.'

In de pauze zat Sabina samen met Denise en Manon in de aula, Jeremy en Sebastiaan aan weerszijden van haar, haar gezicht in haar handen. Alec zat een paar tafels verderop en staarde naar haar. Hij schudde langzaam zijn hoofd toen Pascal iets aan hem vroeg en hij wendde zijn blik geen seconde van Sabina af.

Ik zat alleen, dronk water en negeerde Jeremy toen hij langs me heen liep en expres hard tegen mijn tafel botste. Hij deed maar. Het raakte me niet meer en dat wisten ze.

Het leek wel alsof de dagen steeds vlugger gingen. De verzorging van Riley was bij mijn dagelijkse patroon gaan horen, als een huisdier waar ik iedere dag even aandacht aan moest besteden. Ze dronk weer, al was het maar een klein beetje, maar ze reageerde verder nergens op. Als ik tegen haar sprak, keek ze me nog steeds niet eens aan. Maar het gaf niet, ik was eraan gewend geraakt. Het was haar eigen keuze om zich zo op te stellen, ik moest het respecteren. Zolang ik wist dat ik goed voor haar was, kon ik mezelf in ieder geval niets kwalijk nemen.

Haar lange haar was vettig geworden. Dat was het enige wat ik nog niet had kunnen verzorgen. Misschien was het een goed idee om binnenkort een emmer water mee naar beneden te nemen en een fles shampoo. Het zou haar vast goeddoen wanneer ik haar krullen insopte en daarna wat water over haar heen gooide. Ze zou zich verfrist voelen, misschien zelfs eindelijk haar dankbaarheid tonen voor wat ik deed. En de tape was waterbestendig, ik zou de inhoud van de emmer helemaal over haar heen kunnen kieperen. Dat was precies wat ze nodig had!

Op school liep geen politie meer rond, al was het onderzoek volgens meneer Kuipers nog in volle gang. Manon had op

Hyves een speciale 'Help Riley Konings vinden'-pagina aangemaakt, waar al meer dan tweeduizend mensen lid van waren.

Alec was vandaag voor het eerst sinds een paar dagen afwezigheid weer op school. Hij had een beginnende baard, zijn
haar zat onverzorgd en de glans was uit zijn ogen. Het T-shirt
dat hij droeg was gekreukt. Hij liet Sabina nu met rust, bemoeide zich behalve met Pascal en zo af en toe met Iwan verder met
niemand op school. Dat hij ook mij negeerde, zelfs wanneer ik
hem gedag zei, was vervelend, maar ik accepteerde het. Het
hoorde er allemaal bij, hij moest hier doorheen, moest het verdriet om Riley verwerken voordat hij klaar zou zijn voor mij.
Die tijd moest ik hem gunnen. Het was nu nog even niet het geschikte moment voor ons en ik moest deze periode gebruiken
om aan mezelf te werken. Ik begreep het, ik begreep hém.

Over twee dagen zou de zomervakantie beginnen. Ik had nog
steeds geen oplossing voor Riley gevonden. Soms dacht ik dat
het misschien het beste zou zijn om alles achter te laten en gewoon te vertrekken, om tegen mijn moeder te zeggen dat ik bij
mijn vader ging logeren. Hij had het vaak genoeg aan me gevraagd, en in Amerika zou ik mezelf spoorloos kunnen laten
verdwijnen en mijn nieuwe bestaan als Riley daar beginnen in
plaats van hier. Dat zou pas een nieuwe start zijn. Geen be-
moeizuchtige moeder meer, geen herinneringen meer, alles
wissen en opnieuw worden geboren. In het juiste lichaam en
het juiste leven. Ik zou een briefje achterlaten voor mijn moeder en ik zou vrij zijn.

Maar dat was natuurlijk onmogelijk. Want hoe kon ik Alec
achterlaten juist nu ik zo dichtbij was? Na de zomer zou ik eindelijk Riley's plaats innemen in zijn hart, ik kon niet zomaar
weg! Daarbij: hoe zou ik aan het geld moeten komen? Mijn vader zou de vlucht naar Amerika betalen, dat was het probleem
niet. Waarschijnlijk kon ik op Schiphol het ticket al omruilen

voor een reis naar een andere bestemming, maar vervolgens zou ik me daar via allerlei treinen en bussen onvindbaar moeten maken en waar ging ik dat van betalen? Ook eten en het vinden van een slaapplaats zou lastig worden zonder geld. De creditcard van mijn moeder meenemen had geen nut, ze zouden me in *no time* hebben getraceerd. Bovendien was er een nog veel belangrijker probleem: mijn kleine Sattnin. Hoe zou ik hem kunnen meenemen, in een vliegtuig en daarna voortdurend onderweg?

Toch, als ik hier bleef zou vroeg of laat iemand de oude Riley vinden en dan waren de gevolgen niet te overzien. Ze zouden nooit begrijpen waarom ik het had gedaan, niemand. Ik moest van haar af, zíj was degene die weg moest, niet ik! Zelfs nu ze in de kelder zat vormde ze nog een obstakel op mijn levenspad! Maar waar kon ze naartoe? Waar ik haar ook heenbracht, ze zou vanzelf een keer door iemand worden gevonden en dan zou ze meteen alles vertellen wat er was gebeurd. En ook al zou ze toegeven dat ik heus heel goed voor haar was geweest en dat het echt helemaal niet erg was dat ze een tijdje in de kelder had gezeten, de politie zou het anders zien. Die zouden me komen halen, onmiddellijk. Mijn toekomst, mijn nieuwe leven, alles waar ik de afgelopen tijd zo hard voor had gewerkt, zou met één handeling worden weggevaagd door mensen die er niets van snapten. Alles zou voorbij zijn.

Dat mocht ik niet laten gebeuren!

Misschien moest ik maar een tijdje niet meer drie keer per dag naar de kelder gaan en Riley een paar dagen niet opzoeken. En als ik dan na een week naar beneden ging, zou het probleem uit zichzelf zijn opgelost en kon ik haar lichaam 's nachts naar het park brengen en haar daar gewoon ergens neerleggen. Niemand zou ooit weten wat er was gebeurd. Ze zou de geschiedenis in gaan als een onopgelost mysterie en voor mij zou het een groot probleem minder zijn.

Ik schudde mijn hoofd. Dat kon ik niet maken. Dat wilde ik niet eens. Het zou makkelijk zijn, dat was waar, alle problemen zouden zijn verdwenen. Maar het was niet de juiste manier. Ik was geen moordenaar. En Riley verdiende beter. Zij had niets verkeerd gedaan. Dat ze nou toevallig door een of andere rare speling van de natuur het leven had gekregen dat eigenlijk voor mij was bedoeld, daar kon zij ook niets aan doen. Gelukkig was ik hard bezig dat recht te zetten, maar daar hoorde geen dood bij. Niet voor Riley.

Er zat dus toch niets anders op dan zelf weg te gaan.

Misschien moest ik ook dat positief bekijken. Er bestond best een kans dat ik ergens anders, in mijn nieuwe wereld, mijn eigen Alec zou tegenkomen. Hij was vast niet de enige in zijn soort. Zoals ik nu op weg was een tweede Riley te worden, de échte Riley te worden, zo zou er vast ook ergens wel een andere Alec zijn. Eentje die meteen verliefd op me zou worden wanneer hij me zag, die nooit zou weten hoe ik vroeger was geweest.

Maar zonder geld kon ik helemaal nergens heen! Ik zat vast!

Toch maar losgeld vragen aan Riley's ouders, dan? Nee, dat was veel te riskant. De politie was enorm getraind in dat soort zaken, ze zouden me zonder twijfel op het spoor komen omdat ik geen idee had hoe ik zoiets moest aanpakken.

Met mijn hoofd vol vraagstukken liep ik naar de keuken om een appel te pakken. Ik sneed hem doormidden. Eén helft gaf ik aan Sattnin, de andere helft bestrooide ik met wat kaneel, mijn avondeten.

Ik keek de keuken rond. Het pizzageld, dat zoals iedere woensdag op de koelkast hing, trok mijn gedachten terug naar de blamage van vorige week. Doordat het toen fout was gegaan, had ik nog steeds de ervaring niet die ik eigenlijk nodig had. En het geld hing er niet voor niets. Misschien probeerde het me iets duidelijk te maken. Dat het goed zou zijn om me even met iets anders bezig te houden dan de vraag wat ik met Riley moest doen, dat ik gewoon nog één laatste poging met de pizzakoerier moest wagen. Want de nieuwe Elizabeth was een volhouder, die gaf niet op als het de eerste paar keer toevallig niet lukte. Nee, die ging door tot ze kreeg wat ze nodig had, tot de dingen gingen zoals zij wilde. Tegenslag bestond niet.

Ik zou het doen. Vanavond zou de brug naar mijn nieuwe leven worden geslagen. Een leven dat, met de zomervakantie nog maar twee dagen weg, zo dicht voor me lag dat ik het bijna kon aanraken. Aanstaande zaterdag had ik een afspraak bij de kapper om mijn haar te laten blonderen en gisteravond had ik, toen ik op mijn kamer wachtte tot mijn moeder eindelijk sliep, online bij HM.com allemaal leuke nieuwe kleren besteld. Voordat de zomer voorbij was zou ik slank genoeg zijn om ze aan te trekken en ik zou indruk maken op iedereen die mijn pad kruiste.

Ik nam een laatste hap van mijn halve appel, kauwde er net zo lang op tot het moes was en slikte het toen pas door. Spijsvertering begon al in de mond, had Shirley gezegd, en hoe langer je op iets kauwde, hoe beter het was. De rest van de appel gooide ik in de vuilnisbak. Vijf happen waren genoeg.

Het geld op de koelkast keek me aan terwijl ik mijn verplichte vier glazen water dronk, een handeling die ik ieder uur moest herhalen. Het zou me helpen om alle gifstoffen die zich de afgelopen jaren in mijn lichaam hadden opgeslagen af te voeren en mij schoon te spoelen. Over Riley zou ik me later druk maken. Want hoe lang ik er ook over nadacht, het probleem bleef hetzelfde en circuleerde eindeloos in mijn hoofd zonder ook maar ergens op een oplossing te stuiten. Vanavond was het tijd voor actie, er was iets dat prioriteit had. Een mijlpaal, het startschot voor mijn reïncarnatie, stond op het punt van uitbarsten. Driemaal was scheepsrecht.

De slaapkamer van mijn moeder was er het meest geschikt voor. Ten eerste natuurlijk omdat daar een tweepersoonsbed stond, maar ook omdat mijn eigen kamer de plek was waar ik over Alec droomde, aan hem dacht en naar hem verlangde. Het was niet gepast mijn ontmaagding daar te laten plaatsvinden.

Mijn ontmaagding.

Het was een woord waarvan ik jarenlang had gedacht dat het voor mij nooit een andere betekenis zou krijgen dan die uit het woordenboek. Een woord dat niet in mijn leven paste, dat altijd irrelevant zou blijven, iets wat alleen anderen overkwam. Maar nu, nu zou het een woord worden met een herinnering eraan gekoppeld, een woord met inhoud en associatie, met persoonlijke betekenis dat beelden en terugblikken zou oproepen als ik het ergens zag staan of het iemand hoorde uitspreken. Vanavond ging het gebeuren, ik kon het voelen. Ik was er nu écht klaar voor. Het zou het moment worden waarop ik als een sierlijke slang uit mijn oude huid kroop, om stralend en als herboren tevoorschijn te komen.

De ouderwetse opvattingen over seks die ik er zo lang op na had gehouden, pasten niet meer bij mij. Iedereen deed het, de hele wereld neukte, zelfs Alec en Riley waren al jarenlang actief. Wat er zo dadelijk ging gebeuren was dringend en noodzakelijk.

Sattnin liet ik dit keer veilig in zijn kooi en ook het trucje met het gevallen geld liet ik achterwege. Spelletjes waren voor kinderen en dit was de dag waarop ik volwassen zou worden. Ik had geen tijd meer te verliezen.

Ik had de blouse van mijn moeder in haar kast laten hangen en een vest van mezelf aangedaan, dat ik ver had opengeritst. Ik droeg er niets onder. Het blonde haar van de pruik lag feestelijk over mijn decolleté heen gedrapeerd, als een uitnodigende franje, en het onderste randje van mijn billen piepte onder het vest uit.

Toen ik de deur opendeed sloeg mijn hart over. Het was een aantrekkelijke koerier. Eindelijk.

'Ik heb het geld binnen liggen,' zei ik tegen hem, mijn stem zacht als die van Riley. 'Loop je even mee?'

Zonder zijn antwoord af te wachten draaide ik me om en liep naar de slaapkamer van mijn moeder. 'Doe de deur maar dicht als je wilt,' zei ik over mijn schouder.

De opgewonden kriebel die vanuit mijn onderbuik omhoog kroop, via mijn borst mijn hoofd in zweefde en me daar licht en bijna duizelig maakte, vermengde zich met het geluid van de deur die werd gesloten en zijn voetstappen die mij volgden. Het ging gebeuren. Het ging echt gebeuren.

Hij had de pizzadoos nog in zijn handen toen we in de slaapkamer kwamen. Zwijgend stonden we tegenover elkaar, hij met een afwachtende blik in zijn ogen. Hij was langer dan ik, zag eruit als het soort type waar iemand als Denise meteen op zou vallen. Kort donker haar dat aan de onderkant was opgeschoren, een langwerpig litteken bij zijn linkerwenkbrauw en een gladde huid. Onder zijn spijkerbroek droeg hij nette zwarte schoenen.

Ik ging op de rand van het bed zitten, voelde mijn borsten wiebelen bij de beweging en klopte met mijn hand naast me op de sprei.

Verbaasd keek hij me aan.

Ik glimlachte, klopte nogmaals op het bed.

Langzaam zette hij een paar passen in mijn richting, keek vlug de kamer rond en zette de doos naast me neer. Toen liep hij weg van het bed en bleef in de deuropening staan, zijn ogen verward. 'Negen euro vijftig,' zei hij.

Ik zette de doos op de grond, voelde dat bij het vooroverbuigen mijn vest ver genoeg openviel om alles zichtbaar te maken.

Langzaam kwam ik weer omhoog, ging staan en vond zijn blik. Zonder wat te zeggen stonden we daar, de naar gesmolten kaas geurende doos tussen ons in op de grond.

Een glimlach van besef kroop over zijn mond en toen hij naar me toekwam rook hij naar de lucht die op school in de rookruimte hing. Zonder wat te zeggen legde hij zijn handen op mijn schouders en drukte me op het bed.

Ik zat op de rand van het bed, hij stond voor mij, zijn zwartleren broekriem ter hoogte van mijn gezicht. Bleke handen met lange dunne vingers maakten zijn riem los en deden de gulp van zijn spijkerbroek open. Hij trok zijn broek naar beneden. Witte boxershorts. Ik keek omhoog, naar zijn gezicht.

'Haal hem er maar uit als je wilt,' zei hij, zijn stem zacht en kortademig. De bobbel in zijn onderbroek zag eruit alsof hij op barsten stond en ik voelde mijn ogen groot worden terwijl ik ernaar keek.

'Toe maar,' moedigde hij aan.

Mijn god. Ik had deze situatie gepland, gecreëerd, uitgelokt, en nu was het zover. Er was geen weg meer terug. Dit was het moment.

Toen ik niet bewoog pakte hij met beide handen de zijkant van zijn boxershorts beet en trok die naar beneden. Meteen sprong zijn erectie vooruit, raakte me bijna in mijn oog. Ik verplaatste me.

Hij duwde zijn boxershorts verder naar beneden, naar zijn enkels. Rustig, alsof hij helemaal niet zenuwachtig was, stapte hij uit zijn broek en daarna uit zijn shorts. Hij droeg zwarte katoenen sokken en zijn scheenbenen waren donker en krullend behaard. Om zijn piemel was het schaamhaar weggeschoren, jongens deden dat dus blijkbaar ook.

Ik keek naar hem op. 'Het is mijn eerste keer,' bekende ik, mijn stem klonk hoger dan anders.

Kut! Waarom zei ik dit?

Hij glimlachte. 'En waar heb ik deze eer aan te danken, als ik vragen mag?'

'Dat doet er niet toe,' mompelde ik. 'Ik wil gewoon weten hoe het moet.'

Hij grinnikte, dacht natuurlijk dat dit een soort spelletje was en dat ik erop kickte om de maagd te spelen.

Langzaam pakte hij mijn rechterhand beet en legde die op zijn harde penis. 'Zo. Heb je wel al eens iemand afgetrokken, of dat ook niet?'

Ik schudde mijn hoofd.

'Nou, vouw je vingers er maar omheen tot je hem in een soort vuist hebt. Ja, zo. En dan langzaam op en neer gaan. Goed zo, dat doe je goed. Nee, niet zo hard knijpen bovenin, want dan knijp je zijn strot dicht en dat is niet fijn. Een beetje losser. Ja, zo ja. Dat is het.'

Een paar minuten lang bewoog ik mijn hand op en neer. Hij ging steeds zwaarder ademen. Af en toe kwam er een druppeltje vocht uit het gaatje aan de bovenkant van zijn piemel, wat ik dan met mijn duim wegveegde.

'Dat is om op te likken,' klonk zijn stem boven mij. 'Lik maar, dat is lekker. Het heet voorvocht.'

Voorzichtig boog ik mijn hoofd ernaartoe. Maar het smaakte helemaal niet lekker, het was zuur en muf en prikte op mijn tong. Ik trok mijn hand ervanaf en probeerde mijn hoofd terug te trekken, maar hij pakte mijn haren beet en duwde mijn hoofd terug naar beneden zodat zijn piemel diep in mijn keel schoot. Allebei negeerden we het geluid van mijn kokhals- reflex, die doordat ik nu zo bedreven was geworden in braken voortdurend op scherp stond, en hij trok me aan mijn haren op en neer.

Om te voorkomen dat mijn pruik los zou raken liet ik het gebeuren, bewoog ik mijn hoofd zoals hij blijkbaar wilde en ging met mijn mond op en neer zoals ik eerder met mijn hand had gedaan.

Toen deed hij een stap naar achteren. Zijn piemel schoof uit mijn mond en stond groot en hard voor me, glimmend van mijn speeksel. Ik keek ernaar. Dit zou nooit in me passen, nooit.

Ik haalde diep adem. Ik moest hem vragen zich weer aan te kleden en weg te gaan, ik moest hem uitleggen dat dit wel even genoeg was geweest voor deze keer, dat hij best een keertje mocht terugkomen om hiermee verder te gaan, maar dat ik het niet wou overhaasten. Ik had het onderschat! Ik moest –

'Doe dat vest eens uit,' zei hij. 'En ga dan maar op je rug liggen.'

De klok beweerde dat er pas een kwartier was verstreken. Toch voelde het aan als een hele avond, een nacht zelfs. Misschien wel langer. Ik lag nog steeds op het bed van mijn moeder, mijn vest op de grond, de hele kamer riekend naar pizza en een soort weeïge zweetgeur. Tussen mijn benen, waar het rood en vlekkerig was van het bloed dat ik had verloren, prikte en brandde mijn huid, en was ik nat en kleverig van het sperma.

Het besef dat ik de sprei waar ik op lag moest wassen voordat mijn moeder thuiskwam, drong vaag tot me door, als een realiteit uit een andere wereld. Ik sloot mijn ogen. Mijn hele lichaam leek in de fik te staan. Nog steeds voelde ik zijn gewicht op me, zijn sigarettentong in mijn mond, zijn piemel duwend tussen mijn benen. Zoekend, dwingend, zich een weg naar binnen banend. Ik had hem zijn gang laten gaan, had mijn ogen stijf dichtgeknepen. Het voelde heel anders dan ik het me had voorgesteld.

Voordat mijn ontmaagder was weggegaan ('Blijf maar liggen, ik vind de uitgang wel.') had hij me een kaartje gegeven met zijn telefoonnummer erop. Het lag naast me op het kussen en ik keek ernaar. Mourad, heette hij.

Hij had me gevraagd hoe oud ik was en of ik hem nog een keer zou willen zien. 'Ik heb een broer in Amsterdam,' had hij verteld, 'en daar werk ik zo nu en dan mee samen. Op een hele leuke manier. Eigenlijk zijn we al een tijdje op zoek naar een leuk meisje zoals jij. Jij bent precies wat we nodig hebben.'

Een leuk meisje. Het was de eerste keer in mijn hele leven dat iemand mij zo had genoemd. Ik had gebloosd, mijn vingers hadden met het blonde haar dat over mijn borsten viel gespeeld.

Mourad schoof het haar opzij en bewoog zijn vingers over mijn tepels, keek me vragend aan: 'Lijkt dat je wat?'

Toen ik niet antwoordde, ging hij verder: 'Ik zou het in ieder geval erg leuk vinden om jou nog een keer te zien, hoe dan ook.' Zijn broer huurde een heel mooi pand in Amsterdam, vertelde hij. Er waren daar meer meisjes van mijn leeftijd en ik zou ze volgens hem vast allemaal erg aardig vinden en me er meteen op mijn gemak voelen.

'Maar wat doen ze daar dan? Wat is het voor soort werk?'

Mourad glimlachte en legde een hand tussen mijn benen, waar alles beurs voelde van wat er net was gebeurd. Hij liet zijn vingers stil liggen, zachtjes, teder bijna, en boog toen voorover om me een kus op mijn mond te geven.

Ik zag voor me hoe ik er op dat moment uit moest zien, zag mezelf als in een film, op het bed van mijn moeder, naakt, met een knappe maar tegelijk gevaarlijk uitziende jongen, die zo veel meer leek te weten dan ik, die één hand op mijn borst had liggen en een hand tussen mijn benen. Die me vertelde dat ik mooi was, die ín mij was geweest, me had ontmaagd.

Nu was mijn leven pas echt veranderd. Ik hoorde erbij, bij de mensen die het deden. Ik was geen kind meer. Ik was een vrouw.

'Hoe heet je eigenlijk?' vroeg Mourad.

'Riley.'

Hij haalde zijn hand van mijn borst en sloot zijn vingers om die van mij. 'Nou, Riley,' zei hij zacht, 'je moet waar ik het over heb eigenlijk niet eens zien als werk, want dat is het niet. Daar is het namelijk veel te leuk voor. Je gaat gewoon plezier maken met vrienden van mij en mijn broer, vet coole gasten allemaal. Wij zullen voor je zorgen, voor eten en al die dingen, sieraden, noem maar op, en we regelen dat je mooie kleren krijgt.'

Kleren. Plotseling voelde mijn lichaam koud, was ik lang genoeg naakt geweest. Ik draaide me op mijn zij, pakte de punt van de sprei beet en trok hem over me heen zodat alleen mijn benen nog bloot waren. Zodra hij straks weg was zou ik gaan douchen, het vlammende gevoel van binnen kalmeren met de sussende straal van de douche en daarna mijn dikke zachte badjas aantrekken.

'Niet dat zo'n knap meisje als jij mooie kleren nodig heeft om er leuk uit te zien,' voegde Mourad eraan toe en hij glimlachte naar me. 'Maar ik vind gewoon dat je dat verdient. Snap je?'

Hij drukte me zijn kaartje in handen. 'Denk er anders maar even over na, oké?'

Ik had hem mijn nummer niet gegeven. Gelukkig stonden mijn moeder en ik niet vermeld in het telefoonboek. Stel je voor dat hij opbelde en naar 'Riley' vroeg, hoe zou ik dat kunnen verklaren?

En nu was hij dus weg.

Hij had gedaan wat ik van hem wilde. Eindelijk was het gelukt. Waarom voelde ik me dan zo vreemd? Was dit het gevoel dat je kreeg wanneer je plotseling iemand anders was? Hij had me Riley genoemd, had me mooi gevonden. Het was een opwindende gewaarwording en ik wilde er meer van. Ik moest me ermee voeden, me drenken in bewondering, de complimentjes aantrekken als een jas van zelfvertrouwen die ik nooit meer zou uitdoen. Vanavond was mijn eerste keer geweest en ik zou ervoor zorgen dat er nog heel veel zouden volgen. Keer op keer zou ik kunnen ervaren dat ik mooi was, tot ik niet beter meer wist en de pesterijen en negatieve opmerkingen over mijn uiterlijk tot het verleden van een ander behoorden.

Ik stond op en trok de sprei van het bed. Ik stopte hem in de wasmachine. Het kaartje van Mourad deed ik in de zak van mijn badjas, die in de badkamer hing. Toen trok ik mijn pruik af, draaide de douchekraan open en liet samen met het warme douchewater het laatste restje van de oude Elizabeth door het putje wegstromen. Met iedere seconde die verstreek nam mijn nieuwe zelf meer bezit van me.

Het was even voor half elf toen mijn moeder thuiskwam. Ik stond in de keuken Sattnins kooi uit te soppen, een klusje dat tot ongenoegen van mijn moeder eens per week gedaan moest worden, en Sattnin zelf zat op mijn schouder. De pruik lag veilig weggeborgen onder in mijn kast en de sprei van mijn moeders bed was inmiddels gewassen en hing te drogen over de deur van de woonkamer.

Met afschuw in haar ogen keek mijn moeder naar Sattnin en toen naar de sprei, die vanuit de keuken precies te zien was. 'Waarom hangt dat daar?'

'O, ik had er per ongeluk cola op gemorst. Sorry.'

Mijn moeder zuchtte en opende de koelkast. Ze haalde er een groot stuk jonge kaas uit, sneed er met een mes een dikke reep af en legde het blok terug in de koelkast.

Ze nam een hap. 'Je hebt toch niet weer op mijn bed zitten eten, hè?' zei ze met volle mond. 'Je weet dat ik dat niet fijn vind.'

'Ik heb er alleen maar even liggen lezen,' zei ik. 'Met een glas cola erbij. Ik vind het licht daar 's avonds fijner om bij te lezen dan in mijn eigen kamer, want daar is na de middag de zon weg.'

'En dat beest dan? Die was er niet bij, hoop ik. Ik wil niet hebben dat hij op mijn bed komt, Lizzie.'

Ik strooide het laatste beetje schone zaagsel op de bodem van de kooi. 'Hij komt nooit in jouw kamer, ma, dat weet je toch.'

Ik tilde het hok op en liep ermee terug naar mijn kamer. Ze moest eens weten wat er echt was gebeurd vanavond. Wat er had plaatsgevonden op het bed waar zij straks weer in zou liggen, waar ze in het maanlicht dat door de kier in haar gordijnen de kamer in scheen naar het plafond zou turen omdat ze niet kon slapen, waar ze misschien terugdacht aan vroeger, toen mijn vader nog naast haar had gelegen of waar ze peinsde over haar werk, over mij, of over wat dan ook. Ze moest eens weten dat haar dochter een paar uur eerder op datzelfde bed haar maagdelijkheid was verloren, nee, niet verloren, want ik had me er heel bewust van ontdaan, ik had het allemaal zelf geregeld, ík, en ik was dus in tegenstelling tot wat zij altijd van mij dacht wel degelijk iemand die initiatief wist te nemen. Ze had er geen idee van dat er hier iemand was geweest die mij mooi vond, die dat zelfs hardop had gezegd, meerdere malen, die zo onder de indruk van mij was geweest dat hij me nu zelfs aan zijn broer in Amsterdam wilde voorstellen. En aan zijn vrienden. Dat zou de oude Elizabeth nooit zijn overkomen. Mijn moeder mocht mijn verandering dan nog niet hebben opgemerkt, omdat de saaie en lelijke Elizabeth vastgeroest zat in haar beeld van mij, andere mensen zagen het wél. Het enige wat mijn moeder opviel was dat ik was afgevallen, maar Mourad had de echte nieuwe Elizabeth gezien, hij had Riley gezien. Hij had een glinstering in zijn ogen gehad toen hij mijn benen uit elkaar duwde en zijn erectie naar binnen drong, en ondanks de pijnscheuten en het gevoel dat ik van binnen werd opengescheurd was het een mooi moment geweest. Hij had naar mij gekeken zoals meneer De Graaff tijdens gym een keer naar De-

274

nise had gekeken, die dag dat ze in plaats van een trainingsbroek die de meesten van ons toen nog allemaal droegen, voordat de belachelijke verplichte outfit was ingevoerd, de gymzaal
in was gelopen met strakke roze hotpants, die zo kort was dat
de helft van haar billen eronderuit kwam. Later die dag, toen
de lessen al lang waren afgelopen en ik uit de wc naast de gymzaal kwam, waar ik me had verscholen voor Sabina, had ik De
Graaff en Denise samen uit de meisjeskleedkamer zien komen.
Denises lippenstift was gevlekt geweest en De Graaff had een
rood en bezweet hoofd. Ik had het nooit aan iemand verteld.

Nadat ik Sattnins kooi op de grond in mijn kamer had gezet,
liep ik terug de keuken in om op te ruimen. Mijn moeder stond
er nog steeds, ze had een tweede reep van het blok kaas afgesneden en werkte het naar binnen alsof ze uitgehongerd was,
terwijl ik wist dat ze op de dagen waarop ze niet thuis maar op
kantoor overwerkte, altijd Chinees bestelde.

Vroeger was ik gek op kaas geweest, dikke plakken op brood,
hele stukken zo los of in lagen over mijn avondeten geraspt, het
maakte niet uit. Op verjaardagen at ik het in blokjes tegelijk
van de schaal die rondging en –

'Weet je wat ik trouwens van mevrouw Hoornweg hoorde?'
vroeg mijn moeder toen ze haar mond eindelijk leeg had. 'Ik
stond vanmorgen met haar in de lift, we gingen tegelijk de deur
uit.'

Een moment stopte ik met het pak zaagsel terug in de plastic tas te stoppen en keek haar aan. 'Wat dan?'

'Ze zei dat er overmorgen mensen komen kijken naar de lege
woning naast ons.'

Ik verstijfde.

'Leuk, hé? Ik ben zo benieuwd wat voor mensen het zijn,'
ging mijn moeder verder. 'Misschien hebben ze wel kinderen
van jouw leeftijd, dat zou gezellig zijn, toch? Als het doorgaat.'

Sattnin protesteerde piepend. Terwijl mijn moeder enthousiast dit vreselijke nieuws vertelde had ik hem beetgepakt en mijn hand ongemerkt te strak om zijn lijfje geklemd. Snel liet ik hem los, gaf hem een aai over zijn rug.

'Hoe weet mevrouw Hoornweg dat dan?' vroeg ik, zo nonchalant mogelijk.

'Van de makelaar gehoord, geloof ik. Dat is een kennis van haar dochter of zo, ik weet het niet precies.'

Terwijl mijn moeder met een pak vanille-ijs en een grote lepel naar de woonkamer liep, bleef ik in de keuken staan. Ik keek uit het raam, probeerde mijn gedachten op een rij te krijgen. Mensen die de woning kwamen bekijken wilden natuurlijk ook de bijbehorende kelder zien, dat was te verwachten.

Kutzooi.

Riley terugbrengen naar onze kelderruimte was te omslachtig, helemaal nu de bureaustoel niet meer beneden stond. Ik moest iets bedenken! Waar kon Riley heen? Of hoe kon ik in ieder geval voorkomen dat die makelaar de kelder zou laten zien?

Ik pakte de korstjes kaas die mijn moeder op het aanrecht had laten liggen en sneed het plastic ervan af. Toen gaf ik ze aan Sattnin, die nog steeds op mijn schouder zat en er direct van begon te knabbelen.

In bed lag ik die avond lang wakker, maar toen ik uiteindelijk in slaap viel wist ik wat ik moest doen. Het zou dan wel slechts een tijdelijke oplossing zijn, maar het gaf me in ieder geval even een marge totdat ik iets beters had bedacht.

's Ochtends wachtte ik tot mijn moeder was vertrokken en pleegde de telefoontjes voordat ik naar beneden ging om Riley te verzorgen. Dat we vandaag de eerste twee uur vrij hadden kwam mooi uit, anders had ik vanaf school moeten bellen. Op internet had ik het telefoonnummer van Mook Makelaardij gevonden. Ik zette de nummerweergave van mijn mobiel uit en toetste het nummer in.

'Goedemorgen, Mook Makelaardij.'

'Hallo, goedemorgen,' zei ik met mijn meest volwassen stem. 'Ik heb overmorgen een afspraak om een woning te bezichtigen op de Kortgencstraat nummer 123, maar ik wil de afspraak graag een week verzetten als dat kan. Er is helaas iets tussengekomen.'

'Een ogenblik,' klonk de vrouwenstem aan de andere kant van de telefoon. 'De Kortgenestraat, zegt u? Aanstaande vrijdag?'

'Dat klopt.'

'Weet u ook hoe laat u die afspraak heeft? Want ik zie hier… o ja, hier staat het. Om tien uur. Mevrouw Wagner, klopt dat?'

'Ja, inderdaad,' zei ik.

'U wilt de afspraak verzetten. Naar wanneer?'

'Naar volgende week vrijdag. Dezelfde tijd, graag.'

'Dat kan. Het staat genoteerd, mevrouw Wagner. Volgende week vrijdag om tien uur, aan de Kortgenestraat 123.'

Ik drukte mijn telefoon uit. Stap één was gezet. Als de rest ook goed ging was mijn plan geslaagd.

Er werden op telefoongids.nl in totaal twaalf Wagners vermeld in Rotterdam.

Het eerste nummer werd niet beantwoord.

Het tweede nummer werd opgenomen door een man. 'Hallo?'

'Goedemorgen,' begon ik, 'u spreekt met de secretaresse van Mook Makelaardij. Ik bel u in verband met uw afspraak voor de bezichtiging van aanstaande vrijdag.'

'Bezichtiging?' bromde de man. 'Ik weet niet waar u het over heeft. Met wie spreek ik, zei u?'

Zonder nog wat te zeggen verbrak ik de verbinding.

Op het derde nummer was niemand thuis en het vierde nummer ging over in een voicemail. Het vijfde nummer dan.

'Met Gladys!' klonk een jonge vrouwelijke stem.

'Goedemorgen, u spreekt met Mook Makelaardij. Ik bel u om te vragen of het voor u mogelijk is de bezichtiging van aanstaande vrijdag met één week op te schuiven.'

'O, van de Kortgenestraat bedoelt u? Nee hoor, dat is geen probleem.' Ik hoorde het geluid van een agenda die werd doorgebladerd. 'Wanneer wordt het dan?'

'Volgende week vrijdag, zelfde tijd, als dat u schikt,' zei ik.

'Prima, goed hoor, ik heb het genoteerd!'

Met een glimlach klapte ik mijn mobiel dicht. Zie je wel, ik kon tegenwoordig écht alles. En voor volgende week zou het me gelukt zijn te bedenken wat ik met Riley moest doen.

Voordat ik naar school ging gaf ik Riley haar slokjes Nutridrink en verschoonde haar handdoek. Ik had haar blouse nog steeds niet vervangen door iets anders. Was ze altijd al zo mager geweest en viel het nu extra op? Haar sleutelbeenderen staken uit, haar ogen lagen diep in hun kassen. In het bleke tl-licht leek ze op een schim van het meisje dat ze ooit was geweest.

Ik ging tegenover haar op de grond zitten. 'Riley,' zei ik.

Riley weigerde mijn blik te beantwoorden. Ze bleef voor zich uit turen, met levenloze ogen. Ik zat precies in haar gezichtsveld, maar het was alsof ze me niet zag, alsof ze dwars door me heen keek. Tranen had ze niet meer en haar blonde haar hing in slierten naar beneden. Ik had ervan afgezien het te wassen, het risico dat ze met al het water dat ze over zich heen kreeg kou zou vatten was te groot.

Zou ze me ooit kunnen vergeven wat ik had gedaan? Haar situatie door mijn ogen kunnen zien? Zodra ze dat kon, zou ze begrijpen dat ze zichzelf niet zielig hoefde te vinden. Haar hele leven lang had ze een prinsessenbestaan geleid, genoeg reserves opgebouwd om nu zonder problemen een tijdje in mijn kelder door te kunnen brengen. Het was alleen maar goed voor haar om nu ook eens een andere kant van de wereld te zien te krijgen. Dat besefte ze nu alleen nog niet.

'Riley,' zei ik nogmaals. Toen ze nog steeds weigerde om op te kijken, ging ik verder: 'Je kunt doen alsof je me niet ziet, maar ik weet dat je me in ieder geval wel hoort.'

Of niet? Had ze zichzelf misschien in een soort trance gebracht, één waarbij ze zichzelf geheel had afgesloten voor alles van buitenaf?

'Overmorgen begint de grote vakantie,' probeerde ik. 'Wist je dat?'

Ze knipperde niet eens met haar ogen.

'De politie heeft nog steeds niets kunnen vinden om jou op het spoor te komen,' zei ik. 'Ze houden inmiddels rekening met het ergste. Als je wilt kan ik je ouders een anoniem bericht sturen om ze te laten weten dat je oké bent.'

Deze aanpak had effect. Riley bewoog, hief haar kin een

klein beetje op en keek me met doffe ogen aan.

'Dan weten ze in ieder geval dat je nog leeft,' voegde ik eraan toe.

Riley produceerde een zwak geluid van achter haar tape.

Ik knikte. 'Ik zal ze bellen, goed? Het nummer zag ik in je agenda staan. Ik zal ze bellen vanuit een telefooncel en laten weten dat ze je binnenkort weer zullen zien.'

Riley's ogen werden groot, vulden zich met tranen.

'Ja, want ik kan je hier niet lang meer houden. Ik moet alleen nog even nadenken over hoe ik het allemaal precies ga aanpakken en dan komt het goed, afgesproken?'

Ze knikte, haar wangen waren nat.

Ik stond op, legde even mijn hand op haar hoofd. Met mijn vingers streek ik door haar krullen. 'Het is bijna voorbij.'

En dat was ook zo. Op welke manier dan ook.

Zoals altijd tijdens de laatste gymles van het jaar mocht iedereen helemaal los gaan en werd de gymzaal omgetoverd tot een apenkooi. Touwen, matten en rekken stonden en hingen overal, en behalve ikzelf was Alec de enige die niet meedeed. Hij zat op de hoek van de bank en staarde naar de grond. De afwezigheid die in zijn ogen lag leek op die van Riley. Ik probeerde zijn blik te vangen, al was het maar voor een seconde, zodat ik even bemoedigend naar hem kon glimlachen, maar hij keek niet op. De hysterie om hem heen ontging hem, het hoge gegil van Denise die wild achterna werd gezeten door Sebastiaan, Manon die samen met Bojan giechelend boven in de touwen hing, Iwan die van de ene mat op de andere sprong en iedereen eruit rende, Alec had er geen oog voor. Hij had zich teruggetrokken in zijn eigen wereld, zijn eigen gedachten.

Na afloop, in de kleedkamer, hoorde ik Manon praten over de zoekactie op Hyves. Er waren veel neptips binnengekomen, vertelde ze. De politie had haar gevraagd alle informatie door te sturen naar hen omdat ze iedere aanwijzing moesten onderzoeken en niets mochten uitsluiten. Het speciale telefoonnummer dat voor deze zaak was aangemaakt stond op de pagina, samen met foto's van Riley.

Manon had er niet veel vertrouwen meer in dat Riley nog zou worden gevonden. 'Als ze echt was ontvoerd, dan zou er al lang om losgeld zijn gevraagd,' zei ze, terwijl ze haar broek dichtritste. 'Dat is niet gebeurd. Dus waar is ze dan?'

'We moeten wel positief blijven, jongens,' zei Linda, die haar haar aan het borstelen was. 'Het is heus wel eens eerder gebeurd dat iemand na een tijd weer opduikt, hoor. Pas nog ergens in België, toch?'

Sabina kwam erbij staan, knikte.

Manon schudde haar hoofd. 'Ik weet dat het heel erg is voor haar ouders en voor die arme Alec, maar ik denk toch dat we de realiteit onder ogen moeten zien.'

Iemand zuchtte.

'Arme Alec,' herhaalde Denise. 'Hij zal wel verschrikkelijk verdrietig zijn.' Ze likte met haar tong langs haar lippen en knipoogde naar Sabina.

Manon gaf haar een por met haar elleboog. 'Je laat het uit je kop om hem nu te gaan bespringen hoor, Denies.'

Denise grinnikte.

Ineens keek Sabina mij aan. 'Ja, en wat sta jij te kijken?' viel ze uit. Ze liep naar me toe, gaf me een harde duw. 'Ze hadden jóú moeten ontvoeren, walgelijke trol. Jij zou tenminste door niemand worden gemist.'

'Laat haar met rust, Sabina,' zei Manon. 'Zij kan er ook niets aan doen.'

's Avonds in bed, de gordijnen dicht en mijn ogen open, lag ik te wachten tot ik zeker wist dat mijn moeder sliep. Ze was erg laat naar bed gegaan vanavond, had tot tien voor twaalf in de woonkamer zitten werken en was daarna nog patat gaan frituren. De ranzige geur van borrelend frituurvet had zich door de flat verspreid, was via de gang onder de deur van mijn kamer door gekropen en had me zo misselijk gemaakt dat mijn maag ervan samentrok. Zelf had ik vandaag alleen een rode paprika en een volkoren cracker gegeten. Volgens het meetlint was ik sinds gisteren weer een halve centimeter van mijn middel kwijt. Als ik dit tempo kon volhouden, zou ik iedere week een halve centimeter minder vet met me meezeulen, totdat ik eindelijk was waar ik moest zijn. Het was jammer dat mijn moeder geen weegschaal in huis had. Hoe zwaar zou ik nog zijn?

LoveMyBones had me gewaarschuwd dat ik er rekening mee moest houden dat het niet altijd zo snel zou blijven gaan. 'In het begin is het net alsof je er maar heel weinig voor hoeft te doen, gewoon zo min mogelijk eten en de overtollige kilo's vliegen eraf, maar na een tijdje zet je lichaam een soort stop in en dan blijf je steken op een bepaald gewicht. Soms kom je dan zelfs weer aan!'

Zo ver was ik nog lang niet. Zowel LoveMyBones als Shirley waren er al veel langer mee bezig dan ik. Het was hun levensstijl, hun alles, totale controle over hun eigen wereld. Vergeleken bij hen was ik nog maar net begonnen.

Mijn moeder was nog wakker, ik kon het horen. Ik merkte het aan de manier waarop haar bed kraakte, iedere keer dat ze zich omdraaide. Ik herkende het wakkere zuchten, ik wist dat ze ervan baalde dat ze haar slaappoeder niet iedere nacht mocht gebruiken, maar slechts twee keer per week.

Sattnin, die losliep op de grond, klauterde via de sprei op mijn bed en trippelde over mijn benen naar mijn buik, waar hij neerplofte.

De tijd begon te dringen. Over één dag was het zomervakantie. En volgende week kwamen er mensen kijken naar de woning naast ons. De makelaar zou het uitermate vreemd vinden dat zijn sleutel ineens niet meer in het slot van het kelderhok paste. Misschien zou hij de deur forceren of een slotenmaker bellen. In ieder geval was de kans groot dat ze op de een of andere manier in kelder 123 zouden weten te komen. Riley moest weg zijn, hoe dan ook.

Maar waar kon ze heen? Ik kon wel alles uit de kelder opruimen zodat niemand ooit zou weten dat zij daar had gezeten, maar waar zou ik Riley zelf moeten laten? Er viel geen enkele andere plek te bedenken. En haar zomaar laten gaan was natuurlijk onmogelijk zolang ik zelf traceerbaar was.

Ik haalde diep adem. Ik moest beter nadenken, érgens was er een manier om uit deze toestand te komen, dat wist ik zeker. Ik was de schrijfster van mijn eigen boek en Riley was slechts een personage. Er was niemand anders die bepaalde hoe dit verhaal afliep dan ik. Hoeveel makelaars er ook zouden komen kijken en hoe snel de zomervakantie ook begon, ik had het onder controle.

Ik streelde de slapende Sattnin. Er was een uitweg. Ergens.

Misschien moest ik Riley toch maar gewoon laten verdwijnen.

Iedereen ging er al van uit dat ze dood was, de school, de politie. En natuurlijk hoopten ze nog wel op een wonder, maar diep van binnen had iedereen hetzelfde voorgevoel. Precies zoals Manon had gezegd. Dat Riley vast niet meer leefde, dat het erg onwaarschijnlijk was dat ze ineens nog ergens boven water zou komen. Alleen haar ouders zouden zolang er geen lichaam was gevonden misschien altijd de hoop blijven houden dat hun dochter nog in leven was. Maar wat hadden ze aan die onzekerheid? Was het niet veel fijner voor ze als ze deze periode konden afsluiten, het verlies samen verwerken en daarna verder gaan met hun leven? Het onderzoek van de politie was vastgelopen. Ze wisten niet meer waar ze moesten zoeken, en dat was logisch, want alle sporen liepen dood. Niemand geloofde er meer in. In dat opzicht zou het dus weinig meer uitmaken als Riley daadwerkelijk dood zou zijn. Eindelijk zou iedereen kunnen beginnen met rouwen, in plaats van voortdurend heen en weer geslingerd worden tussen hoop, angst en twijfel.

De theorie klonk mooi. Als een oplossing, bijna. In de praktijk, besefte ik, zou ik het niet kunnen. Ik moest zelf weg, niet Riley. Dat was het beste. Voor iedereen. Ergens, ik wist alleen nog niet waar, wachtte mijn nieuwe leven op me. Een bestaan waarin ik geen geschiedenis had, waarin ik Riley heette, jongens me mooi vonden, me wilden aanraken en me graag nog een keer zouden willen zien. Waarin ze me aan hun broer wilden voorstellen. Zoals Mourad.

Wacht even.

Ik pakte Sattnin op, ging rechtop zitten, en zette hem op mijn schouder.

Mourad had het over Amsterdam gehad.

Misschien lag dáár de uitkomst! Niemand zou me daar ooit

zoeken, laat staan vinden. Ik zou er het leven leiden waar ik van had gedroomd. Samen met andere meisjes zou ik in een huis wonen, had hij verteld, we zouden zijn als zussen, als de vrolijke knappe Chinese meisjes die altijd in groepjes liepen. Het zouden vriendinnen van me worden, zoals de meiden op het forum, maar dan echt. En ik zou Sattnin gewoon meenemen, dat zou daar geen enkel probleem zijn.

Naast me hoorde ik hoe mijn kleine vriend gaapte. In gedachten zag ik voor me hoe zijn tongetje naar buiten kwam en opkrulde, zoals altijd wanneer hij geeuwde, en ik glimlachte. Toen hij zich knorrend nestelde in het plekje tussen mijn schouder en mijn nek streelde ik hem zachtjes over zijn neus. Zijn snorharen kriebelden tegen mijn nek.

Het was duidelijk waar ik heen moest. Ik had de oplossing gevonden. Ik wist het ineens helemaal zeker, er leed geen twijfel. Het leek zo logisch en vanzelfsprekend dat het bijna niet viel te bevatten dat ik dit niet eerder had bedacht. En in dat nieuwe bestaan zou er een nieuwe Alec zijn, mijn eigen Alec. Eindelijk!

Ik deed het licht aan op mijn nachtkastje, stond op en haalde het kaartje van Mourad uit de zak van mijn badjas. Rustig toetste ik zijn nummer in.

'Hoi,' zei ik toen hij opnam. 'Met Riley.'

Voordat mijn wekker ging was ik al uit bed. De zon scheen, de lucht was egaal blauw. De wereld was mooi. Ik had me geen mooiere laatste dag in het leven van Elizabeth kunnen wensen. Deze avond, deze middag eigenlijk al, ging mijn nieuwe bestaan van start. Ik was er klaar voor.

Mourad had gezegd dat ik om vier uur op Rotterdam Centraal Station moest staan. Voordat de avond begon zouden we al in Amsterdam zijn en tegen de tijd dat mijn moeder mijn brief vond was ik onvindbaar. Mijn telefoon zou ik op mijn kamer laten liggen nadat ik het geheugen zou hebben gewist en de simkaart zou hebben doorgeknipt. De politie zou me op geen enkele manier kunnen opsporen.

Ik zou ervoor zorgen dat ik rond twee uur thuis was. Dat zou me genoeg tijd geven om de brief voor mijn moeder onder haar kussen te leggen, Riley nog één keer te verzorgen en er dan vandoor te gaan. Sattnin zou ik meenemen in mijn jaszak, in Amsterdam kon ik een nieuwe kooi voor hem kopen.

Mijn moeder was nog thuis geweest toen ik opstond en keek verbaasd op omdat ik er al zo vroeg uit was. Terwijl zij aan het douchen was zette ik thee voor haar en besmeerde een cracker met roomkaas, haar lievelingsontbijt. Ik glimlachte toen ze de woonkamer in kwam.

Haar ogen lichtten op bij het zien van het eten, ze was blij verrast. Het was jaren geleden dat ik een ontbijt voor haar had gemaakt en haar lach kleurde de laatste herinnering die ik aan haar zou hebben. Wanneer zij vanavond thuiskwam van haar werk zou ze zich in eerste instantie afvragen waar ik was, misschien zelfs even bezorgd zijn, maar daarna zou ze de brief vinden. Misschien moest ik hem ergens anders neerleggen, ergens waar ze hem eerder zou zien. Op de koelkast, de plek waar ze altijd direct naartoe liep zodra ze haar schoenen uit had en haar jas had opgehangen.

Wat zou er door haar heen gaan als ze de brief las? Hopelijk zou ze blij voor me zijn omdat ik nu eindelijk een leven ging leiden dat me gelukkig zou maken. Ik had geschreven dat ze niet moest proberen me te zoeken, dat ik een bewuste keuze had gemaakt voor mezelf en dat zij me daarin moest steunen. Dat ik hier nou eenmaal niet hoorde. En dat de Elizabeth die zij had gekend, niet meer bestond. Ik had erbij geschreven dat ze niet ongerust hoefde te zijn en dat ik over een tijdje eens zou bellen.

Over Riley was ik kort geweest. 'Onder mijn kussen vind je een sleutel,' stond er in het laatste gedeelte van mijn brief. 'Die sleutel is van kelder 123. Je kunt de deur openmaken, maar je kunt ook aan de politie vragen om dit te doen. Wel moet je me beloven dat je niet schrikt. Ik heb nooit kwade bedoelingen gehad, deed alleen maar wat nodig was. Ik hoop dat iedereen het me zal kunnen vergeven en zal beseffen dat ik nu een nieuw persoon ben.'

En zo niet, jammer dan. Ik wist dat niemand me zou begrijpen, dat hadden ze nooit gedaan. Het maakte niet meer uit. Met elke seconde die verstreek hoorde alles van hier meer bij mijn geschiedenis dan bij mijn heden en het raakte me niet meer.

Mijn pruik lag al klaar en ik zou in Amsterdam zo snel mogelijk naar de kapper gaan om mijn eigen haar te laten blonderen, het liefst morgen al zoals ik hier ook van plan was geweest. Op de kale plekken waren de nieuwe haren al aan het groeien en de lichte kleur zou er geweldig uitzien. Mijn dagen in Amsterdam zouden aangenaam worden, warm omlijst met de bewondering van Mourad en zijn vrienden. Ze zouden naar me kijken op dezelfde manier als jongens ook altijd naar Riley keken en ik zou het normaal gaan vinden.

Natuurlijk snapte ik heus wel wat Mourad had bedoeld toen hij zei dat ik het 'gezellig' ging hebben met zijn 'vrienden'. Maar het gaf niet, hij opende de deur en bood een uitweg, en waar het om ging was dat de 'gezelligheid' waar hij het over had zou bestaan uit begeerte die ík opwekte. Ik, *Riley*, zou mannen naar mij doen verlangen. Ze zouden er zelfs geld voor over hebben om met me samen te mogen zijn, wie had dat ooit gedacht? Nooit meer zou ik een trol zijn. En na een tijdje zou ik gewoon weggaan uit het huis van Mourad en op eigen benen staan. Ik zou genieten van mijn nieuwe leven, eruitzien als de dochter die mijn vader eigenlijk had willen hebben en die hij nooit in de steek zou hebben gelaten. Ik zou zelfs lijken op de vrouw voor wie hij mijn moeder had verlaten en ik zou bovendien het soort meisje zijn waar Alec op viel, waar álle jongens op vielen. Als Riley zou ik eindelijk mijn geluk vinden.

De Riley die beneden zat zou ik, voordat ik vanmiddag wegging, goed bedekken met een grote deken zodat ze in elk geval niet naakt was als ze haar vonden. Alles zou goed komen met haar. Terug in 's-Gravendeel zou ze haar vertrouwde leventje weer oppakken, samen met Alec. Hij zou dolgelukkig zijn dat ze er weer was. Misschien zou hij me zelfs dankbaar zijn dat ik zo goed voor haar had gezorgd terwijl iedereen dacht dat ze dood was. Want als ze bij iemand anders in de kelder had gezeten, dan was het misschien wel heel anders afgelopen. Ik had me zorgzaam over haar ontfermd en Riley zelf zou dat bevestigen als ze haar ernaar vroegen.

Met een glimlach op mijn gezicht stapte ik onder de douche. De matglazen wanden van de cabine waren nog vochtig van het douchen van mijn moeder. Ik waste mijn haar, schoor mijn benen met een van de roze scheermesjes die ik had gekocht. Grappig, dat ik die kleur ooit zo had verfoeid. Roze had symbool gestaan voor een wereld waarin ik niet werd toegelaten, waar ik enkel maar naar binnen mocht gluren met mijn neus tegen de ruit gedrukt. Wat was er veel gebeurd de afgelopen maanden.

Het was de laatste keer dat ik hier had gedoucht, besefte ik toen ik mezelf afdroogde. Vanmiddag zou de laatste keer zijn dat ik in deze spiegel keek, die me zo vaak tot huilen had gebracht. Het zou de laatste keer zijn dat ik deze wc-pot zag, waarbij ik zo vaak had neergehurkt als ik me ontdeed van de vette troep die ik naar binnen had gewerkt. Met opgeheven hoofd keek ik mezelf aan. Ik had geen eten meer nodig, daar stond ik boven.

Ik legde een hand op mijn lege buik, dezelfde buik die de dag ervoor in de kleedkamer nog een fikse duw van Sabina had gekregen. Als vanouds had ze haar frustratie op mij afgereageerd, had ze met walging in haar ogen naar me gekeken. Als de rest van de meiden er niet bij was geweest en als Manon er niet tussen was gekomen, dan zou ze verder zijn gegaan, dat wist ik zeker. Ze had gewoon nog steeds niets geleerd. De politie had haar dan wel verhoord, Alec had het haar lastig gemaakt en ze had een paar moeilijke dagen achter de rug, maar het had helemaal niets geholpen. Sabina was nog steeds de valse bitch die ze altijd was geweest.

En daar in die kleedkamer, gisteren, op het moment dat ik haar recht in haar gezicht aankeek en alle vreselijke momenten van de afgelopen vier jaar zich in mijn geheugen afspeelden, wist ik het. Ik wist wat me te doen stond, het besef was kalm maar glashelder tot me doorgedrongen. Iets wat ik al veel eerder had moeten doen. Gerechtigheid.

Vandaag zou ik definitief afrekenen met mijn oude leven.

De zon scheen fel toen ik over het schoolplein naar de ingang van het gebouw liep en ik kneep mijn ogen samen tegen de prikkende stralen. Ik voelde de glimlach op mijn gezicht, hoe die mijn wangen deed bollen, mijn lippen een stukje uit elkaar bracht, mijn hoofd licht maakte.

Het was de laatste keer dat ik hier ooit zou zijn, de laatste keer dat ik de fietsenstalling passeerde, waar iemand met grote, witte letters SCF: ROTTERDAM HOOLIGANS op had gekalkt, de laatste keer dat ik naar deze bomen keek, de groepjes jongens en meisjes voorbijliep die buiten stonden, sommige rokend, andere telefonerend of met oordopjes in.

Iwan stond samen met Cliften bij de ingang. Zijn donkere stem kwam boven het groepsgeroezemoes uit.

De laatste dag, yo, dan zijn we vrij
de komende maand is mijn tijd van mij
Mercatus is dan even voorbij
Nuys, nou niet meer zeuren, mijn agenda gaat opzij.

Binnen stond Sabina bij het scherm met roosterwijzigingen, met haar rug naar me toe. In plaats van vlug door te lopen, ging ik pal achter haar staan. Ze had me nog niet opgemerkt.

'Vieze, sletterige kut,' zei ik hard.

Met een ruk draaide ze haar hoofd om. Een ongelovige uitdrukking verscheen op haar gezicht toen ze mij zag en ze opende haar mond om wat te zeggen, maar ik liep weg, grijnzend, haar verbijsterd achterlatend.

Het eerste uur hadden we Nederlands. In plaats van me verscholen te houden totdat de bel ging, zorgde ik ervoor dat ik als eerste bij het lokaal stond. Naarmate het dichter bij half negen werd kwam de rest van de klas naar boven. Sommigen kwamen in groepjes aangeslenterd, anderen alleen.

Toen Sabina samen met Jeremy en Sebastiaan arriveerde keek ik haar strak aan. Over een paar uurtjes zou ze niets meer zijn dan een stinkende herinnering uit een vorig leven.

Sabina gaf Jeremy een tikje tegen zijn arm en ook hij keek me aan. Met een valse grijns bracht hij zijn hand naar zijn keel en maakte een snijdend gebaar.

Ik bleef hem rustig aankijken, mijn gezicht neutraal.

Dezelfde ongelovige uitdrukking die even tevoren over het gezicht van Sabina was gekropen, verscheen bij hem. Toen lachte hij. In een paar passen was hij bij me, stond recht tegenover me. 'Je vraagt erom, trol.'

Ik lachte spottend. 'Dat mocht je willen.'

Jeremy hief zijn hand op, maar Sabina hield hem tegen. 'Nuys komt eraan, man. Laat maar, ik heb al problemen genoeg.'

Toen Nuys de deur opende liep ik glimlachend naar binnen. Als eerste, mijn hoofd geheven.

Rustig ging ik zitten op de plek waar normaal gesproken Riley zat. Naast Alec. Meneer Nuys keek me even verwonderd aan, maar zei niets.

Een voor een kwam de rest van de klas binnendruppelen, Alec als laatste. Verbaasd bleef hij bij zijn tafel staan.

'Hoi,' zei ik, met een glimlach.

Zonder wat te zeggen keek Alec me vragend aan. Toen legde hij zijn tas op tafel en ging naast me zitten. De kringen onder zijn ogen waren zo donker dat ze op bloeduitstortingen leken. 'Hoi,' mompelde hij.

Ik glimlachte nog steeds, voelde dat ik straalde. Alles verliep precies zoals ik had gehoopt. Dit was een waardige laatste dag.

Toen Alec in zijn zwarte linnen rugtas begon te rommelen om zijn spullen te pakken haalde ik vlug de Miss Dior Chérie uit mijn tas en spoot een beetje extra op mijn polsen. Onder mijn T-shirt droeg ik het kettinkje met Alecs naam, het was vandaag de eerste keer dat ik het overdag om had gelaten. Het maakte me compleet. Ik was Riley.

De rest van deze dag zou ik gewoon bij alle lessen naast Alec gaan zitten. Na vandaag zou ik hem waarschijnlijk nooit meer zien, dus onze laatste dag moest memorabel zijn. Even schoot er een steek door me heen toen ik besefte dat Riley hem alles zou vertellen, misschien vanavond al. Maar als ik ervoor zorgde dat hij inzag dat ik heel leuk en aardig was, zou hij er misschien heel anders tegen aankijken wanneer hij het allemaal hoorde. Vandaag was de laatste dag waarop onze werelden elkaar ooit nog zouden raken. En al hadden onze levens slechts met een pinknagel langs elkaar geschuurd, ik moest zorgen dat zijn laatste herinnering aan mij positief was.

Het vierde uur, voor de grote pauze, hadden we geschiedenis. Weer was ik naast Alec gaan zitten, maar hij had helaas nog helemaal niets tegen me gezegd. En dat terwijl hij altijd naar Riley toe boog om dingen in haar oor te fluisteren, soms zelfs teder een lok haar opzij te schuiven, samen te lachen. Door mijn T-shirt heen legde ik mijn hand op de ketting. Ik voelde zijn naam op mijn huid en drukte die stevig tegen me aan.

'Als jullie je boek willen openslaan op pagina 245,' zei meneer Pieterse, 'dan gaan we deze les verder waar we eergisteren zijn gebleven.'

'Ja, vagina 245 graag,' grapte Bojan.

Manon giechelde.

Pieterse negeerde het en er klonk geritsel van het bladeren. Alec had de bladzijde snel gevonden en zijn mooie jongensachtige hand rustte in het opengevouwen boek. In zijn andere hand hield hij een pen, ook al hadden we die nog niet nodig.

Toen ik zelf pagina 245 had gevonden, zag ik dat het hoofdstuk er bij mij heel anders uitzag dan bij Alec en ik keek naar de voorkant van mijn boek. Aardrijkskunde. Snel boog ik opzij naar de grond, tilde mijn tas op en legde hem op mijn bureau. Ah, daar was mijn geschiedenisboek, helemaal onderin. Vlug trok ik het onder de andere boeken uit mijn tas vandaan en…

KLING!

Meteen waren alle ogen uit de klas gericht op de plek naast mijn stoel.

Ik keek ook naar beneden.

Shit.

Het parfum was uit mijn tas gevallen. Snel raapte ik het op en ik voelde het bloed naar mijn wangen stromen. Gelukkig was het flesje nog heel. Ik stopte het terug in mijn tas.

'Dat is om haar trollenlucht te verbergen,' zei Sabina achter me. 'Niet dat het helpt, natuurlijk.'

Iemand grinnikte.

'Stilte,' gebood meneer Pieterse. 'Als iedereen zover is dan wil ik nu graag beginnen met de les.'

Ik bladerde naar het juiste hoofdstuk, maar ik voelde dat Alecs blik op mij was gericht. Vanuit mijn ooghoek keek ik opzij, klaar om naar hem te kunnen glimlachen, maar mijn mond bevroor toen ik de vreemde blik in zijn ogen zag. Hij staarde naar mijn tas, naar mij, maar draaide zich toen van me weg. Peinzend keek hij voor zich uit.

Ik ging recht zitten, richtte mijn ogen op het boek dat voor me lag en trok de hals van mijn T-shirt goed die door het bukken was verschoven.

Toen de bel aankondigde dat het einde van het lesuur was aangebroken, was ik de eerste die opstond. Het was pauze, tijd voor mijn plan. Het laatste uur zou bestaan uit het in ontvangst nemen van ons rapport bij meneer Nuys, maar dat zou ik niet meer meemaken. Ik hoefde geen rapport, waar had ik dat voor nodig? Het was niets meer dan een suf lijstje, een resultatenoverzicht van een kutjaar uit Elizabeths leven, niet uit dat van mij. Mercatus kon in de stront zakken, met alle rapporten erbij.

In de aula stelde ik me verdekt op, naast de snoepautomaat met mijn rug tegen de muur. Vanaf hier kon ik precies zien wie er allemaal binnen kwamen. Jurgen en Bojan, lachend. Denise, met haar vriendinnen uit 4c. Wat jongens uit 4c. Manon, zoekend naar iets in haar tas. En ah, daar waren ze. Sabina en Jeremy hand in hand, Sebastiaan ernaast. Ik kneep mijn ogen samen om ze in de drukte niet uit het zicht te verliezen. De rest van de klassen wandelde ook de aula in, 4c en 4b door elkaar, en een groepje vijfdeklassers erachter. Alec zag ik nergens. Wat vreemd. Hij rookte niet en sinds Riley weg was ging hij in de pauze niet meer naar buiten. Waar was hij dan? Iwan en Pascal kwamen binnen en gingen aan een tafel zitten. Misschien was Alec even naar het toilet. Maar ik moest op Sabina letten. Ik keek weg van Iwan en Pascal, zocht Sabina. Daar stond ze.

Zoals gewoonlijk kocht Jeremy Sabina's lunch zodat ze zelf niet in de rij hoefde te staan. Haar ogen scanden de aula op zoek naar een lege tafel om alvast te gaan zitten. Dit was het moment. Ik liep weg van de automaat naar de uitgang van de aula, waarbij ik zeker wist dat Sabina me zag. Ik keek haar aan, wachtte tot ik haar blik vasthad, stak mijn tong uit en verliet de aula.

Het werkte. Sabina kwam meteen achter me aan. Ik hoorde het klikken van haar hakken, hoe ze steeds vluggere en grotere stappen nam, dichterbij kwam. Ik versnelde mijn tempo. Klapdeur door, gang in, Sabina nog steeds achter me. We naderden de verlaten wc's bij de gymruimte en ik keek om. Sabina was nog maar een paar meter van me verwijderd, haar gezicht was rood aangelopen. Snel ging ik de toiletruimte in, schoot een hokje in en draaide de deur op slot.

Sabina bonkte op de deur. 'Open doen, trol!'

Mijn hart klopte in mijn keel. Ik zweeg, wachtte.

'Doe open, Elizabeth Versluys, anders krijg je er spijt van,' schreeuwde Sabina. 'Ik zweer het!'

Ik ritste mijn tas open, trok het grote keukenmes tevoorschijn dat ik vanmorgen van huis had meegenomen. Snel, voordat Sabina nog meer herrie kon maken waar misschien mensen op zouden afkomen, draaide ik de deur van het slot en zwaaide hem wijd open.

Het geluid van Sabina's hakken die net op tijd opzij sprongen werd gevolgd door haar triomfantelijke lach.

Het mes hield ik achter mijn rug.

Sabina grijnsde. 'Zo. Word je toch nog verstandig op de laatste dag?'

Ik keek haar aan, antwoordde niet, maar trok met een ruk het mes achter mijn rug vandaan. Sabina's ogen werden groot. Voordat ze iets kon doen stak ik met één harde, vlugge beweging het mes in haar nek. Diep.

Ze hapte naar adem, bracht haar armen omhoog, klemde haar hand om de mijne. Met een ruk trok ik het mes los. Bloed spoot uit haar nek, in mijn gezicht, over mij heen, tegen de wc-deur, tegen de muur.

Sabina gorgelde. Ze liet mijn hand los, haar mond stond wijd open. Haar ogen puilden uit haar gezicht.

Ik stak nog een keer, weer in haar nek.

Het gorgelen werd luider, bloed kolkte uit haar mond en langs haar kin, alles was rood. Ze zakte door haar knieën en ik deed een stap opzij. Met haar rug viel ze tegen de wc-deur aan en ze gleed naar beneden, het mes stak nog in haar nek. Even, één seconde, keek ze naar me op, het wit van haar ogen verdronken in bloed. Toen viel haar hoofd naar beneden, scheef, terwijl het bloed uit haar bleef spuiten en haar gegorgel nog luider werd, en toen ineens ophield.

Trillend stond ik boven haar, staarde naar beneden. Mijn lichaam was koud.

Ik had het gedaan, ik had het gewoon echt gedaan. Het was gebeurd.

Langzaam, mijn hoofd duizelig, pakte ik mijn tas van de grond en stapte over Sabina's lichaam heen. Ik zette mijn tas in de wasbak en trok toen Sabina aan haar armen het wc-hokje in. Het mes stak nog steeds uit haar nek en ik liet het zitten. Ik trok haar half overeind zodat ze met haar rug tegen de wc-pot zat. Haar hoofd hing schuin naar beneden, uit haar openhangende mond stroomde nog bloed. Haar ogen stonden open maar ze zagen niets meer. Ik schopte haar voeten naar binnen, liep het hokje uit en sloot de deur.

Alles was rood, de hele toiletruimte was besmeurd met Sabina's bloed. Ik moest opschieten. Snel deed ik mijn T-shirt uit, haalde mijn tas uit de wasbak en draaide de kraan open. Ik spoelde mijn gezicht, armen en nek af tot mijn huid schoon was. Toen trok ik het schone vest aan dat ik vanmorgen in mijn tas had gestopt. Ik bekeek mezelf. Op de zwarte broek die ik droeg viel het bloed niet op. Mijn rugtas stopte ik in de grote plastic tas die ik had meegenomen. Ik moest weg. Meteen.

Terwijl de bel het einde van de pauze inluidde en de rest van de klas naar lokaal 2.8 liep, wandelde ik naar buiten, het schoolplein af, waar niemand meer stond. Mijn handen trilden op weg naar de bushalte. Het was zo snel gegaan daarnet dat het nu pas echt tot me doordrong. Maar het was goed. Ik had geen spijt. Dit was belangrijk geweest, een noodzakelijke punt achter vier vreselijke jaren. Sabina had het er zelf naar gemaakt. En ik moest het van me afzetten, ik moest vooruit kijken.

Zouden ze haar al hebben gevonden? Niet aan denken. Zou iemand zich afvragen waar ik was? Alec misschien? Ik had de hele dag naast hem gezeten, het zou hem opvallen dat ik er nu niet meer was. Zou hij er zelf wel zijn? Hij was tijdens de pauze ineens verdwenen, zonder Pascal. Dat was ongewoon voor hem.

Ook de herinnering aan Alec moest ik van me afschudden. Hij hoorde bij mijn verleden, net als de rest van Mercatus. De nieuwe Alec, mijn eigen Alec, wachtte op me in Amsterdam. Ik kon het voelen. En ik was er bijna.

Onderuitgezakt zat ik op de achterbank van de bus. Toen we langs het schoolgebouw reden voelde ik de ogen van het Mercatus College op mij inzoomen. Ik stak mijn middelvinger op. Vaarwel.

Thuis ging ik voor de spiegel staan, bond mijn haar in een knot en schoof de blonde pruik er behendig overheen. Ik schudde mijn bebloede rugtas leeg op bed en gooide hem samen met het vieze T-shirt in de vuilnisbak. Onder in mijn kast had ik een weekendtas liggen, die ik volpropte met kleren en wat voer voor Sattnin. Veel kleding had ik niet nodig, Mourad had immers gezegd dat hij daarvoor zou zorgen. Verder een tandenborstel, tandpasta, mijn vitaminepillen van het merk dat Shirley me had aangeraden, en een foto van Rudy en een van mijn oma. Dat was het.

Ik zette de tas klaar bij de deur, klemde de brief voor mijn moeder met een magneet op de koelkast. Het was net half drie geweest, over een uurtje moest ik vertrekken naar het Centraal Station. Genoeg tijd om voor de laatste keer naar de kelder te gaan en Riley gedag te zeggen.

Met twee handen trok ik de deken van mijn bed om haar mee te bedekken, en ik opende de deur.

Ik stapte de lift uit, de deken tegen mijn buik gedrukt. De laatste keer dat ik hier door deze donkere gang liep. Riley zou blij zijn als ik haar vertelde dat ze haar waarschijnlijk vanavond al zouden komen halen. Het kwam allemaal goed, voor iedereen.

Ik ging de hoek om en passeerde mijn eigen kelderhok.

Wacht even, er klopte iets niet. De deur van kelder 123 stond wijd open.

What the...?

Meteen maakte ik rechtsomkeert.

Dit was niet goed, hier was iets heel erg mis! Ik moest weg, vlug! De trap op, de straat uit, fucking rennen nu, wegwezen – nee, nog niet! Eerst Sattnin halen! En mijn tas. En dán maken dat ik wegkwam. Hoe –

Ik botste op tegen iets dat groot en hard was. De deken viel uit mijn handen. Voor ik wist wat er gebeurde werden mijn armen stevig achter mijn rug getrokken.

'Kom maar met ons mee, jongedame,' klonk een zware stem.

Al het gevoel verdween uit mijn benen. Onder mij klapten ze dubbel, mijn knieën konden mijn gewicht niet meer dragen. Ik werd door een man mee de trap op getrokken. Hij liep naast me, één hand op mijn rug, één hand stevig op mijn bovenarm.

De man tegen wie ik was opgebotst liep achter me. Het waren politiemannen, in uniform. Ze waren groot, sterk, donkerblauw. En ze waren zichtbaar niet blij.

Dit was niet waar, dit gebeurde niet. Niet nu, niet nu het net bijna allemaal voorbij was. Ik droomde. Dat was waarom ik mijn benen niet voelde, dit was gewoon niets meer dan een irritante droom. Alweer. Een nachtmerrie. Zo eentje waarbij je plotseling niet meer kunt lopen en waarbij je stem het niet doet, terwijl je wilt rennen, wilt schreeuwen, vluchten. Eigenlijk zat ik nog in de klas, naast Alec, en was ik in de saaie les van Pieterse in slaap gevallen. Straks zou de bel gaan en dan zou ik in mijn ogen wrijven en zien dat dit allemaal niet echt was gebeurd.

Maar de grip op mijn arm was wel echt, en het buitenlicht, de zon waarvan de stralen eerder deze dag nog zo veelbelovend naar me hadden gelachen, scheen nu haar felle licht verraderlijk op mijn pruik, terwijl ik de trap op werd getrokken. Ik keek niet op, ik zou deze werkelijkheid niet in de ogen kijken, niet erkennen, nooit. Ik weigerde het.

Ergens achter me kwam het geluid van een mannenstem uit een portofoon, onverstaanbaar door het geruis.

'Ja, met Peters. We hebben haar,' klonk een andere man.

Mijn god, ze hadden me dus echt opgewacht. Wanneer was dit gebeurd? Toen ik boven was? Maar hoe? Hoe?

En wist mijn moeder het al?

Plotseling was dat het allerergste, dat mijn moeder zou weten wat ik had gedaan. Misschien zou ik deze mannen kunnen overhalen om haar er buiten te laten, om het niet aan haar te vertellen. Als ik aanbood me vrijwillig te laten opnemen in de jeugdgevangenis, op voorwaarde dat ik mijn moeder in de waan mocht laten dat ik er gewoon vandoor was gegaan, misschien dat we dan iets konden regelen met elkaar. Die brief was een vergissing geweest, die moest worden verscheurd. Ik zou straks meteen iemand vragen dat voor me te doen. Want ze mocht dit niet weten! Hoe had ik kunnen denken dat ze het zou begrijpen? Ik moest deze mensen duidelijk maken dat ze hun mond moesten houden tegen haar! Dat ik het niet verkeerd had bedoeld! Ze moesten me beloven dat niemand dit te horen zou krijgen, dat was belangrijk! Ik moest meewerken, aardig zijn, zodat ze dat voor me wilden doen. Mijn moeder was op haar werk, ze hoefde nooit te weten dat dit was gebeurd. Het zou ons geheim zijn. Het –

We waren boven aan de trap.

Haar platte, onvrouwelijke schoenen.

Mijn hart stopte met kloppen.

Langzaam keek ik verder omhoog, langs haar grijze krijtstreeppantalon, het colbertje dat te strak om haar borsten spande, naar haar gezicht. Onder haar bril waren haar ogen en wangen nat, haar lippen waren samengeknepen tot een dunne trillende lijn. Ik keek haar niet aan, liet mijn blonde haar als een gordijn voor mijn gezicht vallen. Ze kende me niet. Ik was Riley, niet haar dochter. Al lang niet meer.

'Waarom?' gilde ze hysterisch. 'Waarom?!'

Haar hand schoot voor mijn gezicht langs, griste de pruik van mijn hoofd. Ze smeet hem op de grond, stampte erop en schopte hem weg. 'Waarom, Lizzie? Waarom?!'

Ze begon luid te huilen, de snikken galmden door het portiek.

'Rustig maar, mevrouw,' zei een agent. Hij nam haar bij de arm en leidde haar een paar stappen bij me vandaan. De mevrouw snikte nog steeds en keek over haar schouder, maar ik ontweek haar blik. Ze was mijn moeder niet.

Ineens zag ik de andere mensen. Mevrouw Hoornweg, nog meer politie, buren van andere verdiepingen. Allemaal keken ze naar me, met angst en ongeloof op hun gezichten.

Een ambulance met blauwe zwaailichten stond op de parkeerplaats. Ik zag het nu pas. Een blond meisje lag op een brancard. Twee in het wit geklede mannen stonden over haar heen gebogen en een van hen verwijderde voorzichtig donkerkleurig tape van haar mond.

Er stond nog iemand bij met zijn rug naar me toe. Alec.

Alsof hij mijn blik voelde draaide hij zich om. 'Jij!' schreeuwde hij toen hij me zag. Hij kwam naar me toe, zijn gezicht was verwrongen. 'Wat heb je met haar gedaan? Ze kon niet eens meer lopen! Waarom?! Waarom, in godsnaam?'

'Rustig, jongeman, rustig,' zei de agent die mij nog steeds vasthield.

Maar Alecs hand schoot naar voren. Hij wilde me slaan. Ik sloot mijn ogen. Hij greep naar mijn nek, waar hij met een ruk het kettinkje lostrok. 'Dit is van Riley!' schreeuwde hij. 'Van Riley! Wie denk je wel niet dat je bent?'

Verbaasd keek ik hem aan. Waar had hij het over? *Ik* was Riley, wist hij dat soms niet?

Een andere agent kwam erbij en ging tussen mij en Alec in staan. 'Genoeg. We nemen haar mee.'

Vanuit mijn ooghoek zag ik hoe het blonde meisje de ambulance in werd gedragen. Alec snelde erop af. Zelf werd ik in de richting van een wit busje geduwd. Ik moest achterin plaatsnemen.

Ik sloot mijn ogen. Zodra deze mannen straks wat rustiger werden zou ik ze uitleggen dat ik niet Elizabeth was, maar Riley. De échte Riley. Ze moesten het begrijpen. Ik was niet wie zij dachten dat ik was. Ze vergisten zich, allemaal.

Alles zou goed komen.

Mijn speciale dank gaat uit naar:

Proeflezers Roos Boum, Carien Touwen, Jean-Paul Colin en Michael Risse;
iedereen bij uitgeverij De Boekerij en in het bijzonder Diny van de Manakker;
het Mercatus College;
alle lezers!